UNE MER SI FROIDE

Linda Huber

UNE MER SI FROIDE

Roman

Traduit de l'anglais par Cécile Leclère

PRESSES
DE LA CITÉ

Titre original : *The Cold Cold Sea*
Publié chez Legend Press Ltd., Londres, Royaume-Uni.

© Linda Huber, 2014
© Presses de la Cité, 2017 pour la traduction française
ISBN 978-2-258-11884-3

Presses
de   un département **place des éditeurs**
la Cité

place
des
éditeurs

À la famille Mathieson,
particulièrement mon père, Forsyth,
et mon frère, Gordon

Prologue

Attirée par un éclat brillant dans le sable, elle s'accroupit. C'était un très beau coquillage rosé, exactement comme celui qu'elle avait trouvé la veille. Elle l'extirpa de sous une épaisse algue brune et le nettoya du bout du doigt. Contrairement à l'autre, il était couvert de sable, ce n'était pas très agréable. Elle chercha autour d'elle quelqu'un qui pourrait l'aider, mais son père, sur la plage, lui tournait le dos, il regardait en direction de l'hôtel. Elle hésita un moment. La mer était toute proche. Elle laverait elle-même le coquillage puis elle le rapporterait à la maison pour le donner à mamie. À cette idée, ses yeux se mirent à briller.

Elle se dirigea vers l'eau, le soleil tapant sur ses épaules. Ce n'était pas facile de courir sur le sable sec ; des grains rêches grattouillaient la peau entre ses orteils. À proximité de l'océan, le sol devenait plus ferme. Elle s'arrêta pour vider ses sandales. C'était la seule chose qu'elle n'aimait pas à la plage, le sable qui se faufile partout.

Ce qu'elle préférait, bien sûr, c'était la mer. C'était magique, les couleurs changeaient en permanence. Aujourd'hui toute bleue sous le soleil, elle étincelait comme les pierres sur la bague de sa mère. Elle se mit à rire en sentant les bébés vagues venir lui lécher les pieds.

L'eau froide, d'une clarté argentine, se précipitait jusqu'à ses chevilles comme pour l'inviter à jouer. Elle se pencha pour y plonger le coquillage. Concentrée sur sa tâche, elle frotta, rinça, frotta encore, sans se rendre compte que la mer montait autour de ses jambes. Le coquillage était tout propre, maintenant. Il ferait joli sur le rebord de fenêtre de sa mamie, avec les autres ramassés l'année précédente.

Contente du résultat, elle se redressa et sursauta en constatant que l'eau lui arrivait au-dessus des genoux. Elle sentait les vagues qui tourbillonnaient, l'attirant d'un côté, de l'autre. Ce serait plus facile si elle avait quelqu'un à qui donner la main. Elle se retourna vers la plage.

Désormais ses parents n'étaient plus que deux petites silhouettes, beaucoup trop éloignées, jamais ils ne l'entendraient si elle les appelait. La mer, elle, était juste là, à la narguer. Elle rit encore aux remous créés par un hors-bord au large, qui s'écrasaient contre ses cuisses. C'était mieux, plus amusant.

Plus loin, l'écume surmontait les flots qui se déversaient vers elle. Elle se souvint de l'album qu'elle avait lu avec son père juste avant de venir, un conte dans lequel une princesse attrapait un cheval blanc sur une vague, puis s'en allait sur son dos jusqu'au point de rencontre entre la mer et le ciel. Si seulement elle pouvait faire pareil. Elle se hissa sur la pointe des pieds, avança de quelques pas pour voir s'il n'y aurait pas un cheval, dans les environs.

Brusquement, l'eau devint plus profonde, et glaciale ; la voilà qui éclaboussait son ventre. Une vague plus haute faillit la soulever et elle poussa un cri de panique, puis fondit en larmes en s'apercevant qu'elle avait lâché le beau coquillage. Les larmes toutes chaudes sur ses joues, les dents qui claquaient, elle tenta de retrouver son équilibre tant bien que mal puis avança vers l'endroit où son trésor avait disparu.

Il était introuvable. L'eau la reprit, elle l'attirait vers le large, tout à coup arrivait jusqu'à son menton, et puis il n'y avait aucun cheval blanc, nulle part, rien que de l'eau très, très froide. De l'eau qui rentrait dans ses yeux, son nez, sa bouche, aussi, quand elle essaya d'appeler à l'aide.

Le sel lui brûlait le nez. Elle se sentit entraînée vers le fond, sentit la mer la remplir, l'emporter, sans qu'elle puisse l'en empêcher. Le monde rétrécissait... Il faisait si froid. Elle avait l'impression de flotter dans de l'eau laiteuse, de flotter, tout simplement, et soudain tout s'effaça.

PREMIÈRE PARTIE

La plage

1

Depuis le seuil, Maggie observait fixement la chambre d'Olivia. Elle était minuscule, comme toutes les pièces du cottage, mais, contrairement aux autres, figée. Jouets et jeux... tout ici était immobile, depuis une semaine maintenant. Poupons et Barbie se côtoyaient sur l'étagère, un assortiment de peluches étaient éparpillées sur le lit, et Vieux Nounours, le doudou d'Olivia, était assis sur une chaise en bois à côté de la fenêtre.

Maggie entendait la mer cogner contre la falaise. Marée haute. La plage serait recouverte à cette heure ; la houle coiffée d'écume sous ce ciel d'un bleu limpide. Comme les Cornouailles étaient belles, et quelle chance d'y posséder une maison de vacances. C'était du moins ce qu'ils pensaient jusqu'à la semaine passée. En ce jour comme les autres, ils auraient dû être en train de pique-niquer en haut de la falaise, de se promener dans le centre-ville de Newquay, ou de se détendre à la maison, rire, se chamailler, trop manger... toutes activités normales quand on est en vacances.

Mais plus rien n'était normal et Maggie savait que rien ne pourrait être pire que ce qui les attendait le lendemain.

Le 23 août. L'anniversaire d'Olivia. En cet instant précis, Maggie et sa fille auraient dû être en train de préparer le gâteau choisi par Olivia, un biscuit de Savoie fourré à la confiture de framboises et nappé d'un glaçage rose, dans lequel devraient être piquées quatre bougies rose et blanc.

Tout cela était inutile, désormais. Maggie entra dans la chambre, attrapa l'oreiller sur le lit, y enfouit son visage et inspira profondément, saisie d'un besoin de sentir une dernière fois l'odeur d'Olivia, l'ultime vestige de son enfant. Mais les seules odeurs encore présentes étaient celles d'une pièce abandonnée : air confiné et poussière.

— Livvy, reviens, ma puce, murmura-t-elle avant de reposer l'oreiller pour le remplacer par Vieux Nounours.

Des larmes brûlantes lui montèrent aux yeux lorsqu'elle se revit en train de serrer Olivia, après que Joe lui avait donné un coup avec un club de golf en plastique, au deuxième jour des vacances. Elle avait alors deux enfants. Elle ignorait sa chance.

— Je ne pensais pas ce que j'ai dit, vraiment.

Sa voix se brisa, elle bascula en avant et ses genoux heurtèrent douloureusement le parquet avec un bruit sourd. Comment pouvait-elle continuer à vivre dans un monde sans Olivia ?

— Pardonne-moi, Livvy, pardonne-moi !

Elle n'avait quasiment pas parlé à voix haute de toute la semaine, les mots jaillirent dans un gémissement aigu méconnaissable. Par terre, courbée sur Vieux Nounours, Maggie se mit à pleurer. Sa voix résonnait dans le cottage vide, elle se balançait d'avant en arrière, criant sa détresse.

Mais personne n'était là pour l'entendre.

2

15 août

Phillip Marshall fonça aussi vite qu'il l'osa jusqu'en haut du complexe hospitalier, puis ralentit pour tenter de trouver une place sur le parking du service d'oncologie, aussi rare qu'une pépite d'or. Il s'était assoupi juste après le déjeuner et il était en retard. La chaleur de l'été californien n'incitait pas à l'éveil, surtout lorsqu'on digérait un hamburger, avachi sur un canapé.

Dieu merci, il restait une petite place à côté de l'entrée. Au moins une chose qui se passait bien aujourd'hui. Phillip se gara en marche arrière, pour pouvoir partir plus vite, puis gagna le bâtiment au petit trot. Sa grand-mère méritait qu'il soit ponctuel, or les visites avaient commencé depuis dix minutes.

— Bonjour, Phillip. Edwina passe un scanner, mais elle ne va pas tarder, annonça Joe, l'infirmière principale, en l'accueillant d'une tape dans le dos lorsqu'il arriva à l'étage. Une chambre simple s'est libérée, donc on l'a déplacée ce matin. Chambre 35.

Phillip grimaça. Un lit qui « se libère » dans un service d'oncologie signifiait probablement un décès durant la nuit.

Il remercia l'infirmière d'un sourire et avança dans le couloir. La nouvelle chambre se trouvait tout au bout. C'était bon signe, non ? Si son état avait été critique, ils l'auraient sûrement maintenue à proximité du poste des infirmières. Phillip ouvrit la porte sur une petite pièce pourvue d'une immense baie vitrée. Le Pacifique s'étirait devant lui. Aujourd'hui plus que n'importe quel jour, il aurait préféré ne pas y être confronté avec tant de brutalité. Il se laissa tomber sur une chaise et fixa le lit vide.

C'était l'anniversaire de Hailey, aujourd'hui. Le 15 août, cinq ans plus tôt, Jennifer et lui étaient devenus parents. Le plus beau jour de la vie de Phillip. Il avait promis à ce petit paquet blotti dans ses bras qu'il lui donnerait tout l'amour paternel et l'attention dont lui-même avait été privé. C'est bien ce qu'il avait fait, pendant un temps.

— Phillip chéri !

Il se leva d'un bond et l'infirmière poussa le fauteuil roulant de sa grand-mère jusqu'au lit. Elle était plus pâle aujourd'hui, mais ses yeux brillaient. En l'étreignant doucement, en sentant sa cage thoracique si fragile sous sa robe de chambre, Phillip prit conscience, choqué, qu'il allait bientôt la perdre. Elle lui tapota le dos, s'attardant quelques secondes de plus que d'habitude. Elle se souvenait de l'anniversaire de Hailey, bien sûr ; elle souffrait d'un cancer de Dieu sait quoi, mais elle avait toute sa tête.

Il aida l'infirmière à l'installer sur le lit puis approcha sa chaise.

— Phillip, est-ce que ça va ? Tu as appelé Jennifer ?

Sa grand-mère lui tendit la main, Phillip la serra. Quel courage elle avait… Pas un mot sur la maladie, ni sur ses souffrances. Il haussa les épaules.

— J'ai tenté de la joindre plusieurs fois, mais son portable est éteint et elle ne répond pas au fixe. J'ai laissé des messages. Ne t'inquiète pas, elle va mieux. Elle sera sûrement sortie avec Thea, ou alors Bea n'est plus fâchée et l'a emmenée à Torquay.

Sa grand-mère hocha la tête.

— Je l'espère. Il ne faut pas qu'elle reste seule un jour comme aujourd'hui.

Phillip ferma les yeux brièvement. La vie était cruelle. Non, Jennifer n'aurait pas dû passer cette journée seule, elle aurait dû préparer une fête d'anniversaire pour une fillette de cinq ans surexcitée. Mais ce n'était pas le cas, et Phillip regrettait de ne pouvoir être à ses côtés. Son séjour aux États-Unis, initialement prévu pour durer deux semaines, s'était prolongé, d'abord parce que sa grand-mère s'était fait une entorse à la cheville, puis parce qu'elle avait été hospitalisée, la veille, suite à de terribles crampes à l'estomac. Il n'avait pas grand espoir de pouvoir repartir vers l'Angleterre ce week-end ainsi qu'il en avait eu l'intention. Il ne pouvait pas abandonner sa grand-mère. Elle semblait si fragile, et il lui devait tant. À la mort de ses parents, elle avait été là pour lui, laissant sa vie derrière elle pour veiller sur lui en Angleterre. Maintenant qu'elle était de retour dans son pays, c'était son tour de l'aider.

— Je lui parlerai demain. Il est trop tard pour la rappeler, il est presque minuit en Angleterre, dit-il en parvenant à sourire pour lui montrer que lui aussi allait bien.

Sa grand-mère s'assoupit et Phillip la regarda respirer. Allait-elle guérir ? Entrer en rémission et avoir un peu de temps pour profiter de la vie ? Quant à lui, quelles étaient ses options ? Il ne pouvait pas rester indéfiniment à Los Angeles, alors que sa maison, son travail se trouvaient en Angleterre, sans parler de Jennifer, qui allait peut-être « bien » pour l'instant, mais dont l'état n'était en aucun cas stable. Dieu sait qu'il aurait dû être avec elle aujourd'hui et pas ici, sous le soleil de Californie. Il avait déjà eu des scrupules à partir pour deux semaines, et voilà que son absence durait deux fois plus longtemps.

Le sentiment de culpabilité lui tordit le ventre, il sentit le goût de son hamburger de midi lui remonter dans la gorge.

La porte s'ouvrit sur Jeff Powell, le responsable du service d'oncologie, qui lui fit signe de le suivre dans le couloir.

— Les nouvelles sont mauvaises, Phillip, dit-il. Deux tumeurs, l'une sur l'estomac et l'autre sur le gros intestin. Malheureusement, l'opération est impossible. Nous allons essayer de les réduire grâce à un traitement par radiothérapie, pour tenter de lui donner plus de temps. Je suis vraiment désolé.

Phillip déglutit. Ce n'était pas vraiment une surprise, mais ça n'en restait pas moins dur à entendre.

— Et une chimio ? s'enquit-il.

Le médecin secoua la tête.

— Une chimio douce serait inopérante à ce stade, et les médicaments les plus forts fatiguent trop les personnes âgées. Elle a quatre-vingt-cinq ans, nous devons penser à sa qualité de vie, à son bien-être pour les derniers mois qui lui restent.

Phillip revint s'installer sur une chaise dans un coin de la chambre. Voilà, maintenant sa femme avait besoin de lui en Angleterre, sa grand-mère ici, et les allers-retours étaient matériellement impossibles. Il lui faudrait persuader Jennifer de surmonter sa peur de l'avion pour venir le rejoindre quelque temps. Il ne voyait pas d'autre solution.

Un hélicoptère entreprit de se poser sur la piste tout près des urgences et Phillip approcha de la fenêtre pour assister à l'atterrissage. La plage se trouvait cinquante mètres derrière. Sable doré. Vacanciers heureux. L'été, à Winchester Beach.

Hailey aurait dû avoir cinq ans aujourd'hui, sa grand-mère allait bientôt mourir.

Il appuya le front contre le verre frais. Il ne tenta pas d'essuyer les larmes qui commençaient à ruisseler le long de sa mâchoire et formèrent bientôt une flaque salée sur l'appui de la fenêtre.

3

Jamais elle n'oublierait le moment où ils avaient pris conscience de la disparition d'Olivia. Une panique aveuglante s'était emparée de son esprit, sa vision s'était brouillée, le goût de la bile avait envahi sa bouche.

C'était leur deuxième semaine de vacances ; les enfants étaient bronzés, heureux, et Colin passait son temps dehors, à prendre l'air des Cornouailles. Maggie se sentait dans son élément. Du soleil, rien que du soleil et rien d'autre à faire qu'en profiter.

Ils étaient descendus sur la plage. C'était une plage de carte postale, avec ses falaises sombres et son sable doré. L'eau – ses vagues magnifiques aux reflets à la fois bleu, vert et blanc – avançait jusque sur les brisants au pied du promontoire qui tendait vers l'océan. Bientôt, elle noierait les deux grottes profondes situées à cet endroit et lentement grimperait sur le rivage pour venir heurter la falaise sous le cottage. Somnolant sur sa serviette, au centre d'un cercle de rochers qui la protégeait de la brise assez forte, Maggie entendait la petite voix haut perchée de Joe, qui jacassait sans cesse, de plus en plus proche, et les accents plus graves de Colin, qui lui répondait. Elle eut un sourire indolent – la famille était de retour. Elle pouvait dire au revoir au calme et à la tranquillité pour un moment. Mieux valait se préparer à l'attaque.

— Maman ! On a apporté des gâteaux ?

Joe se précipita dans le cercle rocheux et se laissa tomber sur le sable.

— Crois-tu que je viendrais à la plage avec des morfales comme vous sans prendre le goûter ? répondit Maggie en souriant, le paquet à la main. Alors, elles étaient comment, les mares laissées par la marée ?

Joe mordit dans un biscuit au gingembre, puis s'agenouilla à côté d'elle.

— On a vu huit crabes ! Et on a sauvé deux petites méduses coincées dans le sable. On les rapportées dans l'eau sur ma pelle et elles sont parties.

Maggie écoutait en opinant avec sérieux. Elle adorait son enthousiasme. C'était un garçon tellement gentil, très attaché à ses mares et aux créatures qu'elles abritaient.

Elle ouvrit sa Thermos et versa un gobelet de café qu'elle tendit à Colin. La plage était déserte. Maintenant que l'hôtel situé un peu plus loin avait fermé, les seules personnes à fréquenter cette plage étaient les habitants des cinq cottages du haut de la falaise. Aujourd'hui, il n'y avait qu'eux. Maggie se tourna vers la mer, qui léchait l'entrée de la grotte Smuggler, et constata que l'autre grotte, que l'on appelait Borrowers, était presque entièrement sous l'eau. Combien de temps avait-elle dormi ?

— Où est Livvy ? demanda Colin en regardant alentour.

Maggie le dévisagea. Elle se figea pendant une fraction de seconde, puis se détendit. C'était une blague, bien sûr.

— Sûrement partie dire bonjour à des lutins ? suggérat-elle d'une voix forte. Allez, Livvy chérie ! Viens prendre ton goûter !

Un silence lui répondit, dans lequel on ne percevait que le cri des mouettes et le bruit des vagues qui s'écrasaient sur les récifs à quelque distance de là. Maggie but une gorgée de café et, en levant les yeux, découvrit le regard interloqué de Colin braqué sur elle. Il se mit debout d'un bond et scruta les alentours du cercle de rochers.

— Elle n'est pas là, affirma-t-il, une urgence dans la voix.

— Elle était avec toi, en tout cas, répondit Maggie. Où est-elle allée quand vous êtes revenus ici ?

Les yeux de Colin étaient noirs, désormais, et Maggie vit que la commissure de ses lèvres était devenue très pâle. C'est à cet instant qu'elle comprit que quelque chose n'allait pas. En moins d'une demi-seconde, sa vie bascula, transformée en téléfilm lamentable et sensationnaliste, bon pour une chaîne commerciale.

— Mais qu'est-ce que tu racontes ? Tu sais bien qu'elle n'était pas avec nous, elle déteste les mares, répliqua Colin, haussant la voix. Elle était avec toi.

Le ventre de Maggie fut secoué par un soubresaut douloureux.

— Mais elle est partie dans votre direction il y a peut-être vingt minutes. Ou moins, je ne sais pas. Nous avons fait un château de sable et quand elle en a eu assez, je lui ai proposé de vous rejoindre ! Oh mon Dieu !

Elle se leva en tremblant, regarda partout autour d'elle, les jambes flageolantes d'être restée si longtemps assise. La plage était toujours déserte. Personne susceptible de distraire Olivia, ni de l'emmener jouer derrière des rochers. Aucun mouvement visible du côté des mares, pas de tee-shirt rose et blanc en train de courir entre les rochers.

— Tu l'as laissée partir seule ?

Le ton de Colin était accusateur. Maggie rétorqua du tac au tac :

— Il n'y avait pas un chat sur la plage, merde ! Elle ne pouvait pas se perdre...

— Maman ?

Joe avait une petite voix effrayée. Maggie le serra contre elle tandis que Colin quittait le cercle de pierres.

— Elle a dû remonter au cottage. J'y vais. Vous, cherchez ici.

Il s'élança en direction du chemin dans la falaise. Maggie demeura immobile un instant, se forçant à contenir la panique. C'était sa faute. Qu'est-ce qui lui avait pris d'envoyer Livvy seule sur la plage ? Elle était énervée, voilà, agacée qu'une gamine de trois ans ait préféré rejoindre son père et son frère au lieu de faire des pâtés de sable avec sa maman. C'était d'un pathétique…

Maggie serra les lèvres. Elle aurait tout le temps de revenir sur ses manquements plus tard ; pour l'instant, il fallait trouver Livvy. Avait-elle réellement gravi le chemin de la falaise jusqu'en haut ? Ça paraissait peu probable, mais il n'y avait aucun autre endroit…

Sauf si… Mais jamais Livvy ne serait allée dans l'eau, ils pouvaient en être certains. Elle n'aimait pas franchement les brisants qui s'écrasaient sur la plage. Les vagues n'étaient pas très fortes aujourd'hui, la mer, relativement calme. Cependant, il semblait tout aussi invraisemblable qu'elle ait entrepris l'ascension du chemin. Les marches raides qui zigzaguaient dans une crevasse de la falaise étaient compliquées à monter pour une fillette de trois ans. Qu'est-ce qui aurait bien pu pousser Livvy à remonter là-haut toute seule ?

Fébrile, Maggie tourna la tête à gauche, à droite, fouillant la plage, et lorsqu'elle constata que les deux grottes étaient déjà immergées, l'horreur se mit à tourbillonner dans sa tête. Si Olivia s'était aventurée dans l'une d'elles…

Ravalant sa panique, elle tenta de se concentrer, de se forcer à réfléchir. Au moment où Olivia était sortie du cercle de rochers, Maggie buvait un café. Elle était tournée vers les grottes et, si Olivia était allée de ce côté, elle l'aurait vue, forcément. C'est donc qu'elle était partie dans la direction opposée, vers le chemin à flanc de falaise et les mares. À moins qu'elle n'ait longé la plage ? Maggie se hissa sur la pointe des pieds. Les rochers et les mares d'eau de mer qui les séparaient étaient les vestiges d'un ancien promontoire, bâti quelques siècles auparavant. Au-delà, il y avait une autre plage, qui appartenait en partie au vieil hôtel et s'étirait jusqu'à la ville.

Elle attrapa Joe par la main et s'élança aussi vite qu'elle le put sur ce sable irritant, glissant. Ils dépassèrent le chemin, contournèrent les rochers. Plus de la moitié d'entre eux étaient sous l'eau désormais. Maggie protégea ses yeux du soleil, pour voir si quelque part elle apercevait un tee-shirt rose et blanc dans les flots.

Rien. Dieu merci.

Sans lâcher Joe, elle poursuivit sa course, passant en revue les recoins de la falaise.

Rien. La plage diminuait rapidement, les vagues léchaient déjà le château qu'Olivia et elle avaient construit.

« Regarde, maman ! Il est beau, hein ? On va mettre des coquillages autour du haut, comme ça, ça fera la tour de la princesse. C'est moi la princesse, et toi, tu es ma servante. Joe pourra être le page et papa le roi, bien sûr. »

Maggie déglutit douloureusement. Sur le coup, elle avait été vexée. C'était une de ces ridicules petites piques contre leurs parents dont les enfants ont le secret. Papa le roi et elle la servante. Il lui avait fallu un moment avant de sourire ; elle se souvenait d'avoir pensé que ça aurait pu être pire, elle aurait pu être la méchante sorcière. Et maintenant Olivia pouvait se trouver quelque part par là, inconsciente derrière un rocher. Si elle était tombée, s'était cogné la tête... Et la marée qui montait, montait...

Elle se hâta de grimper sur une hauteur pour embrasser la plage de l'hôtel, où s'alignaient des cabines de couleurs vives. Était-il même possible, de près ou de loin, que sa fille se soit aventurée par ici ?

Mais, si Livvy était venue là, Colin l'aurait croisée en revenant sur ses pas. C'était la seule portion de sable située juste sous la falaise que l'on ne pouvait pas voir depuis le chemin, et Maggie venait de la parcourir. Donc, Livvy était forcément remontée jusqu'au cottage.

En traînant toujours Joe derrière elle, Maggie gravit le chemin de la falaise, son cœur tambourinant douloureusement à cet effort inhabituel.

— J'ai mal aux jambes, maman, dit Joe, des larmes ruisselant dans le sable collé sur ses joues.

Maggie s'immobilisa. Il ne servait à rien de courir. Colin était déjà là-haut. Et Olivia ne pouvait se trouver nulle part ailleurs. Elle continua à pas plus lents, aida Joe à avancer. Mentalement, elle hurlait sa frustration qu'il ne soit pas capable d'aller plus vite.

Arrivée en haut, elle comprit tout de suite qu'il n'y avait personne. La voiture avait disparu.

Haletante, elle descendit Cliff Road. Les voisins pourraient les aider à chercher. Trois cottages étaient occupés cette semaine, mais il n'y avait personne à cette heure. Maggie demeura immobile un moment, ses jambes prises d'un tremblement irrépressible. Que pouvait-elle faire ? Que lui restait-il, comme option ?

Colin avait peut-être essayé de l'appeler. Maggie se précipita à l'intérieur, récupéra son portable, en train de charger dans la cuisine. Aucun nouveau message. Alors leur fille était perdue et Colin était parti à sa recherche en voiture. Son Olivia chérie, son agaçante, sa merveilleuse Olivia avait disparu.

À cet instant, leur Opel vert pâle s'engagea dans l'allée en cahotant et vint s'arrêter juste à côté du cottage. Maggie courut à sa rencontre.

L'espoir illumina le visage de Colin lorsqu'il la vit, puis disparut, laissant place à une terreur blême lorsqu'il comprit que Joe et elle étaient seuls.

— Elle n'est pas sur la plage, murmura Maggie. La marée monte…

— Je suis descendu jusqu'au carrefour, dit Colin. Elle ne serait pas allée plus loin.

Ils se regardèrent. Maggie sentit le malaise dans son ventre envahir tout son corps, différent, brûlant jusqu'à lui remonter au bord des lèvres. Elle se pencha derrière un hortensia tout proche et vomit.

— Maman, maman !

Joe pleurait. Impuissante, Maggie se tenait le ventre en vomissant, tandis que des sanglots douloureux s'échappaient de sa gorge. Colin, le visage dépourvu de la moindre expression, prit son portable et appela la police.

4

Sur le coup, il sembla que la police mettait des heures à rejoindre Cove Cottage, mais en réalité ils n'arrivèrent que dix minutes après l'appel de Colin, leurs gyrophares allumés et visibles depuis Cliff Road. Deux agents en uniforme s'approchèrent. Maggie les dévisagea. Seulement deux ?

Elle avait passé les dix dernières minutes perchée sur un roc sur le haut du chemin de la falaise, à scruter les vagues qui se jetaient sur la plage. Colin gardait ses jumelles braquées sur la crique, le sable, les falaises. Maggie frissonna. Livvy n'aurait pas avancé dans la mer, elle ne savait pas nager, elle n'aimait même pas le contact de l'eau froide, salée.

Une effroyable pensée surgit dans l'esprit de Maggie. Et si Livvy s'était approchée des vagues ? Peut-être avait-elle eu envie de se rincer les pieds avant de rejoindre son père ? Un de ces brisants qui faisaient la réputation des Cornouailles avait fort bien pu emporter sa frêle silhouette de moins d'un mètre et l'entraîner au large. Elle vit Olivia étendue sur des récifs anonymes, ses yeux remplis d'eau, sans vie. Cette journée en famille, normale, heureuse, avait basculé vers le pire des cauchemars, celui dont on espère se réveiller au plus vite sans jamais réussir à en sortir. C'était la première fois depuis la naissance de sa fille que Maggie ne savait pas où elle se trouvait.

Et Colin qui l'avait complètement ignorée depuis son coup de fil à la police. Maggie avait l'impression d'être comme détachée à l'intérieur d'elle-même ; elle sentait encore dans sa bouche le goût amer du vomi et, malgré le soleil sur sa nuque, ses bras, ses jambes, elle avait froid.

Une autre idée épouvantable lui vint, qui faillit la faire tomber de son promontoire. C'était la plus horrible de toutes et pourtant si logique qu'elle se demandait pourquoi elle n'y avait pas pensé dès le début.

— Col, tu ne crois pas que... quelqu'un a pu l'emmener, si ?

Cette éventualité était la pire. Maggie n'avait pas surveillé Olivia ce matin, et durant ces quelques instants sa fille avait disparu. Elle pourrait être en ce moment même entre les mains d'un pervers, et tout serait sa faute.

— Merde, lâcha Colin en observant la route qui menait à l'hôtel, à trois cents mètres de là.

Maggie plaqua une main sur sa bouche. On était dimanche, ce qui signifiait qu'il n'y avait aucun ouvrier sur le chantier. L'hôtel était vide.

— Monsieur et madame Granger ? Je suis le sergent Craig Wilson, et voici l'agent Tim Davidson. Votre fille n'est pas revenue ?

— Non. Nous ne savons pas si elle s'est perdue ou si on l'a enlevée. S'il vous plaît, il faut faire quelque chose, vite ! S'il vous plaît !

Maggie ne put retenir ses larmes. Les deux hommes échangèrent un regard, le plus jeune prit Joe par la main et s'adressa à Maggie :

— Je vais emmener votre petit garçon un peu plus loin pendant que vous discutez avec le sergent Wilson. Comment tu t'appelles ? Ça te dirait de voir l'intérieur de la voiture de police ?

D'un signe de tête, Maggie autorisa Joe à suivre l'agent.

— Je ne vais pas vous dire de ne pas vous inquiéter, mais neuf fois sur dix les enfants disparus se sont simplement égarés et on les retrouve vite, les rassura le sergent.

Il posa quelques questions rapides auxquelles Colin répondit. Maggie se détendit légèrement. De toute évidence, pour ce policier, c'était la routine, il connaissait la procédure sur le bout des doigts. Ils ne tarderaient sûrement pas à localiser Livvy.

Le sergent les observa quelques secondes, puis s'éclaircit la gorge.

— Bien. Je transmets tout ça au poste. Nous allons avoir besoin de renforts. Si vous voulez bien m'attendre ici…

Il regagna la voiture. Maggie demeura immobile, Colin replaça les jumelles devant ses yeux. Joe vint les rejoindre et se colla contre sa mère, l'air hébété.

Quelques minutes plus tard, un autre véhicule fit son apparition dans la rue. Cette fois, les occupants étaient en civil : un homme d'une quarantaine d'années au visage fatigué, buriné, vêtu d'un costume gris, et une femme, plus jeune, tout en noir.

— Monsieur et madame Granger ? Police judiciaire. Je suis le capitaine Howard Moir, voici le lieutenant Amanda Donnelly. Un hélicoptère est en route et les gardes-côtes sont prévenus – regardez, vous pouvez voir leur bateau qui contourne le promontoire. Nous avons également organisé une battue sur terre.

Il alla échanger quelques mots tendus avec ses collègues en tenue puis revint vers Maggie et Colin.

— Il est évidemment essentiel de lancer les recherches maritimes aussi vite que possible.

Maggie serra ses mains contre sa poitrine. Quel soulagement de savoir que la police prenait le contrôle de la situation, mais... la mer ? Elle observa l'embarcation des gardes-côtes qui longeait le rivage au plus près des falaises.

Un hélicoptère apparut un peu plus loin. Il vola dans leur direction puis descendit brusquement vers la surface de l'eau, suivit la plage derrière l'hôtel, puis repartit vers le large.

Les genoux de Maggie se mirent à trembler, elle tenait à peine debout. Alors qu'elle commençait à hyperventiler, elle posa ses deux mains sur les petites épaules de Joe. Colin, les yeux rivés sur l'hélicoptère, n'esquissa aucun geste vers elle.

— Monsieur Granger, je crois que votre femme...

Howard Moir s'interrompit.

Maggie tituba jusqu'à Colin, qui la serra contre lui. Elle n'entendait plus désormais que les battements du cœur de son mari et le vrombissement de l'hélicoptère, qui résonnaient jusqu'au tréfonds d'elle-même. Elle voulut prendre un mouchoir dans son sac et Colin la laissa aussitôt s'éloigner.

La question suivante était inattendue :

— Vous êtes entrés dans la maison depuis qu'Olivia a disparu ?

— Seulement pour vérifier qu'elle n'y était pas, répondit Colin.

Maggie confirma d'un hochement de tête, avant d'ajouter :

— Je suis allée récupérer mon sac. Mon portable.

— Et en dehors de vous, qui a vu Olivia ce matin ?

Maggie se figea. On se serait cru en pleine affaire criminelle.

La voix de Colin se brisa dans un accès de fureur :

— Vous ne pouvez quand même pas croire que...

— Je suis désolé, répondit Howard Moir, impassible. Je suis obligé de demander. Alors on s'en débarrasse et on passe à la suite.

— Colin et Livvy sont allés à Newquay acheter des croissants, répondit Maggie, atone. La boulangère a offert un biscuit à Livvy.

— Et les voisins l'ont vue après, au moment de notre départ pour la plage, précisa Colin. Ils étaient dans leur jardin, nous avons échangé quelques mots.

— Bien, conclut Howard. Alors, que s'est-il passé sur la plage ?

Maggie s'approcha de Colin, mais il s'écarta. Elle croisa les bras pour empêcher ses mains de trembler.

Howard la regardait, le visage neutre.

— Colin et Joe faisaient le tour des mares d'eau de mer et Livvy et moi étions de l'autre côté, raconta-t-elle en faisant son possible pour garder une voix normale. Nous avons joué dans le sable, puis nous avons regagné notre cercle de rochers. Livvy voulait rejoindre son père, je l'y ai autorisée...

Tout avait l'air si lisse, ainsi raconté. Mais la culpabilité liée à ces quelques instants la travaillait sans cesse. Elle s'était montrée cassante avec Olivia.

— *Je veux aller avec papa.*

C'était la centième fois que Maggie entendait cette phrase, prononcée sur un ton geignard. Elle sentit sa patience l'abandonner. Elle était en vacances, elle aussi, et rien dans son contrat de mariage ne stipulait que c'était sa tâche à elle, de surveiller la petite fille revêche en permanence. À Colin de faire sa part, maintenant.

— *Oh, tu m'agaces à la fin ! Vas-y,* céda-t-elle *en étalant sa serviette au centre du cercle. Mais ils ne seront peut-être pas contents de te voir arriver, tu sais.*

Olivia s'était élancée sur la plage sans se retourner. Maggie frissonna.

— Et ensuite ?

33

Ces policiers qui l'observaient attentivement, à quoi pensaient-ils ? Avaient-ils remarqué qu'elle se sentait coupable ? Percevaient-ils combien elle regrettait ce qui s'était passé ?

Maggie prit une grande inspiration.

— Je l'ai regardée partir, et je voyais Col et Joe près des mares, ils n'étaient pas très loin. Mais je...

Sa voix trembla et se brisa, les sanglots s'accumulaient dans sa gorge.

— Je ne l'ai pas suivie des yeux jusqu'au bout. Je... je me suis assise et j'ai bu un café !

En proie à une terreur pure, elle se replia sur elle-même en s'arrachant les cheveux, s'entendit gémir : Livvy était-elle allée dans l'eau ? Cette fois, Colin vint la prendre dans ses bras, et elle agrippa son tee-shirt en tentant de se ressaisir.

Howard se pencha vers eux.

— Je sais combien ce doit être difficile, affirma-t-il d'une voix douce, mais nous avons besoin de déterminer le plus précisément possible ce qui s'est passé. Ainsi, nous serons plus efficaces dans nos recherches.

Un des agents en uniforme approcha d'Amanda Donnelly pour lui souffler quelque chose à l'oreille.

— Nous pouvons entrer maintenant, annonça-t-elle à Howard.

Maggie grimaça.

Ils avaient fouillé le cottage. Pour s'assurer qu'il n'existait pas de preuves matérielles qu'Olivia ait été blessée d'une manière ou d'une autre. Elle ouvrit la voie vers le tout petit séjour, se laissa tomber sur le canapé à côté de Colin. Howard s'assit en face, dans l'expectative.

Maggie se força à se redresser, tira un mouchoir propre de son sac. Il fallait qu'elle parle à cet homme, qu'elle l'aide à retrouver Olivia.

— Au début, j'ai regardé la mer, reprit-elle en s'essuyant les yeux. J'étais dans le cercle de rochers, mais je distinguais les grottes. L'eau dépassait juste de la grotte Borrowers, alors Livvy n'a pas pu y entrer.

— Bien, dit Howard. Mais vous ne pouviez pas voir tout l'horizon, de là où vous vous trouviez ?

Maggie secoua la tête, s'efforça de respirer calmement. C'était impossible.

— J'aurais remarqué si elle avait couru vers la mer, intervint Colin. Joe et moi allions de mare en mare. Je la voyais à un moment, qui dansait autour de Maggie, et je suis certain que ça ne m'aurait pas échappé si elle était passée par-dessus les rochers. Elle est forcément remontée jusqu'ici.

— Hmmm, oui, concéda Howard, et Maggie perçut le doute.

Sur son visage se mêlaient la tristesse, la pitié et les expressions typiques de sa profession de policier.

— Combien de temps s'est-il écoulé entre la dernière fois où vous avez vu Olivia sur la plage et celui où vous vous êtes rendu compte qu'elle avait disparu ? demanda Amanda Donnelly à Colin.

Il haussa les épaules. Sa bouche restait blanche aux commissures et Maggie vit un tic nerveux agiter le coin d'un de ses yeux.

— Quinze, vingt minutes ?

Howard hocha la tête.

— Vous auriez une photo récente de votre fille ?

Maggie lui donna le cliché qu'elle gardait dans son sac à main. Olivia, les cheveux dans le vent, l'air heureux, leur souriait à tous. Un jour d'anniversaire, devant son gâteau sur le thème de la mer, avec de la pâte d'amande vert et bleu, trois bougies. Elle datait de l'année passée, mais c'était la seule qu'elle avait ici.

— Merci. Comment était-elle habillée aujourd'hui ?

— Un tee-shirt rose et blanc, un short rose et des sandales en plastique bleu. Ses cheveux sont plus longs, maintenant.

— J'ai des photos plus récentes dans mon téléphone, dit Colin en le leur tendant.

Maggie sentit une sorte d'apathie l'envahir. Elle s'assit au fond du canapé, soulagée que cette sensation progresse dans son corps, remplaçant la douleur.

Au bout de l'allée, on entendit un bruit de voix et de moteurs. L'équipe de recherches était arrivée.

— Je veux partir avec eux, décida Colin. S'ils trouvent Livvy, il faut que je sois présent.

Howard, qui ne laissait rien transparaître, jeta un coup d'œil vers lui, puis vers Maggie.

— Vous devriez rester ici, madame Granger, dit-il. Au cas où on la retrouverait ailleurs. Le lieutenant Donnelly va vous tenir compagnie.

Une foule aux visages sombres s'était réunie, mêlant policiers et civils. La plupart étaient armés de longs bâtons. Tous attendaient les instructions dans le calme. L'allée était remplie de véhicules. Depuis le seuil, Maggie regarda Colin s'éloigner avec le premier groupe, les mains enfoncées dans les poches.

Il n'y avait rien à faire qu'à attendre. Les policiers s'occupaient de la rue, vérifiaient les maisons voisines, ouvraient les abris de jardin. Ils avaient des chiens, et Maggie leur avait donné le pyjama d'Olivia pour que les animaux reniflent son odeur.

Elle se percha sur le mur du jardin devant chez eux et se massa le ventre, ses muscles la faisaient souffrir comme après une centaine d'abdominaux. Au bout d'un moment, Joe la rejoignit.

— Oh ! Joe, mon chéri. Mon pauvre chéri, dit-elle en le serrant fort contre elle.

Il éclata en sanglots et Maggie pressa sur son cœur l'enfant qui lui restait, de toutes ses forces.

L'apathie l'écrasait chaque seconde un peu plus. C'était comme si son corps la savait incapable de dominer tant de peur. Elle fixa la route qui menait à la ville, souhaitant plus que tout voir apparaître un petit tee-shirt blanc et rose. C'était le genre de choses qui arrivaient aux autres, et qu'on apprenait par le journal. *Une enfant de trois ans disparaît sur la plage – Les recherches pour retrouver Olivia, trois ans, disparue depuis... Où est Olivia ?*

Qu'était-elle en train de vivre ? Lorsque Maggie sauta à terre, du café tiède éclaboussa ses jambes, la tasse à demi vide qu'elle avait à la main se brisa sur le sol dur. Pliée en deux, elle vomit violemment. Les pleurs de Joe redoublèrent.

Amanda lui tapota le dos.

— Essayez de garder votre calme. Les secours vont peut-être la localiser très vite, vous savez.

Maggie hocha la tête, se força à respirer, inspirer, expirer. *Les secours vont peut-être la localiser très vite.* Un espoir auquel se raccrocher.

Les heures défilèrent lentement. Maggie restait assise à regarder Joe pousser ses petites voitures dans l'allée du jardin. Amanda était toujours avec eux, jouant avec Joe. Maggie se demanda soudain si la jeune femme n'était pas là pour s'assurer qu'il n'arrivait rien à son fils, en réalité.

Colin ne rentra qu'en fin d'après-midi.

— Rien, annonça-t-il d'un ton lourd. Nous avons suivi la falaise jusqu'à la rivière puis nous avons remonté la gorge. Une autre équipe vient de partir. Je... Oh mon Dieu ! Maggie, où est-elle ?

Maggie le prit dans ses bras et pendant quelques instants ils restèrent ainsi enlacés, silencieux. Et pourtant incapables de se réconforter l'un l'autre.

À 18 heures, Howard revint à son tour.

— Rien pour l'instant. Aucune trace d'Olivia, que ce soit dans la mer, en haut de la falaise ou dans tous les endroits qu'on a pu fouiller. Parmi tous ceux que l'on a questionnés, personne ne l'a vue aujourd'hui, ni n'a remarqué quoi que ce soit d'inhabituel. Nous avons emmené les chiens dans l'hôtel, aucun résultat. Les recherches continuent, bien sûr, mais pour l'instant, on n'a rien. Un responsable de l'unité d'investigations spéciales vient d'arriver pour interroger votre fils, en présence d'une assistante sociale. De votre côté, vous allez maintenant devoir me suivre au commissariat pour faire votre déposition. Nous vous ramènerons juste après.

Maggie se leva, hébétée. Voilà que son fils allait être interrogé par la police pendant qu'elle irait signaler la disparition de sa fille. Elle s'aperçut au passage dans le miroir de l'entrée. Elle semblait avoir vieilli de vingt ans, au moins.

5

Dites-moi que ce n'est pas la réalité, pensa Maggie, avachie sur une chaise en plastique dans la salle d'interrogatoire au mobilier spartiate. Tout était si gris et froid, la puissante odeur de désinfectant lui piquait les yeux. Seule avec une policière, Maggie fixait ses mains. Elle s'était rongé les ongles jusqu'au sang. Rien dans sa vie ne l'avait préparée à un moment pareil ; elle n'avait aucune expérience sur laquelle s'appuyer.

Elle prit soudain conscience de sa tenue – tee-shirt froissé et short en jean maintenant tachés de sable, de sueur et de vomi. Mais cela importait si peu.

Olivia était-elle toujours en vie ? Dans la mer ? Échouée sur des écueils, attaquée par des mouettes ? Ou bien enfermée quelque part, terrifiée ?

Des pas se firent entendre dans le couloir, puis une voix d'homme, qui chuchotait :

— Cent contre un qu'elle est à la flotte.

Le murmure qui lui répondit se distinguait plus nettement :

— En tout cas, si elle n'y est pas, c'est encore pire.

Maggie n'aurait pas pu se sentir plus glacée. Elle se raidit sur sa chaise en plastique, jusqu'à ce que Howard réapparaisse en compagnie d'une femme. Il la présenta, mais son nom ne s'imprima pas dans le cerveau de Maggie. La première policière claqua la porte, le bruit résonna.

Maggie raconta une nouvelle fois son histoire. Il y eut davantage de questions.

Que s'est-il passé exactement ce matin ?

— *Je ne veux pas aller à la plage, je n'aime pas les mares. Pourquoi on ne peut pas aller au manège ?*

Maggie essaya de rester positive. Après tout, elle comprenait fort bien le dégoût de sa fille pour toutes ces bestioles, crabes et autres patelles.

— *Je sais, ma puce, nous irons à la fête foraine cet après-midi, promis. Mais après, la marée sera trop haute pour la pêche aux crabes.*

— *Joe a toujours le droit de faire plus de choses avec papa.*

La patience de Maggie baissa d'un cran devant l'air exaspéré d'Olivia.

— *Oh, Livvy, tu exagères, chérie. Tu sais que ton père aime autant jouer avec toi qu'avec ton frère, répondit-elle en se forçant à prendre un ton optimiste. Et puis tu aimes bien être avec moi aussi, non ?*

— *Mais ça, ça n'a rien d'extraordinaire, répliqua Olivia avec la logique brutale de ses presque quatre ans. Toi, tu es là tout le temps.*

Le destin de la mère au foyer, songea Maggie, reconnaissant avec ironie cette petite douleur en elle. Elle avait toujours eu la sensation d'avoir de la chance, rares étaient ceux qui pouvaient se permettre de ne pas travailler pour élever leurs enfants. Mais d'une certaine manière, en se dévouant à Joe et Olivia, elle était devenue « ordinaire ».

En descendant avec Olivia sur le chemin de la falaise, Maggie avait délibérément essayé de voir le côté positif. Attends qu'elle atteigne la puberté, se disait-elle. Là, tu verras ce que c'est que la mauvaise humeur. Et Livvy était une petite fille gaie la plupart du temps, d'ailleurs elle jacassait à nouveau. Elle avait pour l'instant oublié qu'elle voulait « être avec papa ».

— Allez zou, filez voir vos petites bêtes, les garçons, dit Maggie lorsqu'ils arrivèrent sur le sable fin et doré. Nous, on s'installe dans le cercle.

Joe fonça vers ses mares préférées au pied de la falaise, Colin sur ses talons. Lorsqu'elle baissa les yeux vers Olivia, Maggie constata que sa lèvre inférieure s'était remise à trembler.

— Donc, Olivia et vous, vous êtes restées seules ?

Maggie hésita. La voix de la femme était cassante, pas de doute.

— Oui. Nous avons fait un château de sable et ensuite…

— Et ensuite Olivia « est allée rejoindre son père » – mais au lieu de ça, apparemment, elle s'est enfuie. Est-ce que ça lui est déjà arrivé, madame Granger ?

Bon sang non, bien sûr que non. Elle n'a même pas encore quatre ans, elle n'en est pas là. Maggie entendit les mots dans sa tête aussi clairement que si elle les avait réellement prononcés, néanmoins elle se contenta de répondre :

— Non.

Même à ses propres oreilles, elle n'avait pas l'air convaincante.

— Pourquoi Olivia n'a-t-elle pas choisi de rester avec vous, si elle n'aimait pas les mares ?

Maggie se mordit la lèvre.

— Parce qu'elle avait envie d'être avec son papa. Vous savez comment sont les enfants. Elle était fâchée que Col et Joe s'amusent tous les deux, sans elle. C'est tout.

La policière fixait Maggie, elle n'avait pas l'air de savoir le moins du monde comment étaient les enfants. Sa question suivante arracha une grimace à Maggie, pas seulement à cause du ton.

— Vous étiez fâchée, vous aussi, madame Granger ?

Maggie s'attaqua de nouveau à ses ongles, déterminée à ne pas s'effondrer.

— Non. Enfin, j'étais un peu agacée qu'elle ait préféré rejoindre son père. En ce moment, c'est vraiment la fille à son papa. Elle a dit que rester avec moi n'avait rien d'extraordinaire.

— Ah, lâcha la femme.

Maggie grimaça encore. Oh mon Dieu, je n'aurais pas dû dire ça. Elle adorait avoir une fille. Et ils essayaient d'avoir un troisième enfant. Livvy serait tellement heureuse de s'occuper d'un bébé. Ce serait vraiment un lien mère-fille de plus pour elles. Faites qu'on la retrouve en bonne santé. Pourquoi n'était-ce plus Howard qui menait l'interrogatoire ? Et quel était le rapport avec la localisation de sa fille, merde ? Ne devraient-ils pas tous être dehors à la chercher au lieu de rester assis ici à lui poser des questions trompeuses ?

— Et quand Olivia est partie rejoindre son père, vous ne l'avez pas accompagnée ? Vous ne l'avez pas suivie des yeux jusqu'au bout ?

L'insinuation était assez claire – elle était une effroyable mère. Ce qui, évidemment, était tout à fait exact. Elle était responsable de ce qui était arrivé à Olivia. Fallait-il qu'elle fasse appel à un avocat ? Dormirait-elle en prison ? Et Dieu Tout-Puissant, où était donc sa fille ?

Elle craignait tant pour son enfant qu'elle eut soudain du mal à respirer. Sa bouche était pleine de salive, elle déglutit, consciente que ça ne tarderait pas à la rendre malade. Elle sentit la faiblesse la gagner, mais s'obligea à répondre :

— Non. Mais la plage était vide. Je…

— Madame Granger, vous êtes sûre qu'Olivia est bien partie en direction de son père et son frère ? Je n'arrive pas à m'ôter de l'idée qu'ils l'auraient vue si elle avait couru vers eux. Que s'est-il réellement passé ce matin, madame Granger ?

La question lui coupa le souffle. Oh seigneur, pensa Maggie, sentant son estomac se retourner. Ils croient que j'ai fait du mal à Olivia.

6

— Ne t'inquiète pas pour moi, Phillip. Je sais que tu
dois partir retrouver Jennifer.

Phillip sursauta. Il ne s'était pas rendu compte que sa
grand-mère était réveillée. Elle avait dormi par intermittence tout l'après-midi, ce qui lui avait laissé amplement
le temps de planifier la suite. À cause du décalage horaire,
il n'avait toujours pas pu parler à sa femme, mais il avait
pris la décision pour elle, et avec un peu de chance elle
serait d'accord.

— Je vais rentrer à la maison et revenir avec elle,
annonça-t-il en se penchant vers sa grand-mère pour lui
serrer la main. Oui, je sais qu'il va sûrement falloir que je
l'anesthésie pour la faire monter à bord de l'avion, mais on
va y arriver, ne t'en fais pas. Comme ça, on sera là tous les
deux pour te changer les idées.

Et sa présence ici était nécessaire, il en était conscient.
Elle avait été son unique parent, en réalité. Jamais il n'avait
eu l'impression d'avoir manqué de quoi que ce soit.

Elle hocha la tête et ses yeux glissèrent vers l'armoire à
côté du lit.

— Il y a une bougie dans mon sac. Je l'avais vue dans
une boutique pour touristes l'autre jour, avant que je me

casse la binette, et j'ai pensé que ce serait bien pour l'anniversaire de Hailey. Allumons-la, tu veux ?

Phillip lui tendit son sac à main dont elle tira une de ces petites bougies produites en masse pour les vacanciers à la recherche d'un joli souvenir à rapporter chez eux. Deux hippocampes et quelques plantes aquatiques vertes étaient dessinés sur la cire bleu océan : sa grand-mère avait raison, Hailey aurait adoré. Ils la regardèrent se consumer jusqu'à ce qu'une des infirmières vienne leur signaler, en s'excusant, que les bougies n'étaient pas autorisées.

Phillip la souffla et se leva pour prendre congé. Sa grand-mère s'était à moitié rendormie, et l'heure des visites touchait à sa fin. Il rentrerait chez lui et attendrait minuit. À 7 heures du matin, Jennifer serait sûrement en état de répondre au fixe, quand bien même son portable serait encore éteint. Quel dommage qu'elle ne se soit jamais mise à Skype. C'était vraiment la femme la plus technophobe du monde.

L'appartement de sa grand-mère, qui se trouvait au neuvième étage, était un vaste cinq-pièces doté de deux balcons, l'un donnant sur le parking et l'autre sur l'océan, splendide. Bien entendu, il ne s'asseyait jamais de ce côté, il ne voulait voir rien d'autre que le parking. Phillip s'ouvrit une canette de bière et se laissa tomber sur le transat. Il ne tenait plus debout. Comment allait-il rester éveillé encore quatre heures pour appeler Jennifer ? Pourtant, il fallait absolument qu'il lui parle, ils devaient s'organiser et surtout, surtout, il lui fallait vérifier qu'elle était en aussi bonne forme qu'il l'avait assuré à sa grand-mère.

Hailey. Il avait l'impression que c'était hier. Les souvenirs tournaient dans sa tête sans qu'il puisse les supprimer et la douleur était aussi violente ce soir qu'elle l'avait été deux années plus tôt. À l'époque, il avait eu du mal à croire qu'une chose aussi effroyable leur soit arrivée à eux, une famille complètement normale qui n'avait rien fait pour mériter une telle souffrance.

Durant des jours, Jennifer était restée assise sur un coin de canapé, à geindre à mi-voix. C'était le début de ce qu'elle appelait encore aujourd'hui sa « période noire », comme s'il s'agissait d'une série de tableaux d'un artiste. Elle n'avait plus parlé, plus mangé, elle n'était même plus allée se coucher et à la fin le médecin l'avait envoyée à l'hôpital psychiatrique. Pendant son séjour là-bas, Phillip avait vendu la maison de Torquay pour en acheter une à Truro, loin de la mer et des souvenirs douloureux. Son achat avait fait merveille, car quelques semaines à peine après son retour de l'hôpital Jennifer s'était réveillée un matin exactement telle qu'elle avait toujours été : confiante et énergique, comme s'il ne s'était rien passé.

Sauf que… Phillip se força à se remémorer la vérité.

Elle n'était pas tout à fait telle qu'elle avait toujours été. La Jennifer d'après la période noire s'était révélée subtilement différente. La femme dont il était tombé amoureux était intelligente, pleine d'assurance, une belle femme douée, à la tête d'une chaîne d'agences immobilières. La nouvelle Jennifer était plus dure. Cassante. Elle n'évoquait jamais leur vie d'avant, comme si elle en avait effacé les souvenirs de son esprit. Mais, certes, cela n'aurait pas pu être différent. Il avait changé, lui aussi.

Pour finir, il n'eut pas à veiller trop longtemps. Une demi-heure plus tard, il s'appliquait à compléter ses mots croisés en grignotant du pain à l'ail quand son portable sonna.

C'était Jennifer, constata-t-il, incrédule, en récupérant son téléphone dans la cuisine. Elle l'appelait à 4 h 30 du matin, pour elle. Ne prenait-elle plus ses médicaments ?

— Jennifer, chérie, comment vas-tu ?

Il prit soin de garder une voix normale, amicale. Les manifestations d'inquiétude avaient le don d'agacer Jennifer.

— Phillip ! Je n'arrivais pas à dormir alors je me suis dit que j'allais te passer un coup de fil. J'ai vu que tu m'avais appelée, merci, mon chéri. Ce n'est pas bon d'être séparés un jour comme celui-ci, hein ?

Elle allait bien. Phillip lâcha un soupir silencieux, prenant conscience de l'inquiétude qui l'avait tenaillé.

— C'est vrai. On a allumé une bougie, avec mamie. Et pour toi, comment s'est passée la journée ?

— J'étais avec Thea, je me suis installée chez elle pour le moment. Ne t'inquiète pas, vraiment.

Phillip ferma les yeux, soulagé. Thea connaissait Jennifer depuis l'adolescence : il pouvait compter sur elle pour rester vigilante.

Jennifer avait encore des choses à lui raconter.

— Tu te souviens de cette maison à Polpayne dont on avait parlé au printemps dernier ? Comme elle était toujours sur le marché, j'avais fait une offre et devine, mon chéri... Elle a été acceptée ! Je suis en train de la faire redécorer, comme ça elle sera parfaite pour nous, tu verras. Tu vas l'adorer.

Une sonnette d'alarme résonna dans la tête de Phillip. Leur maison à Truro n'était pas idéale, et ils avaient effectivement évoqué un autre déménagement, pendant un temps. Mais tout ça était très soudain. Et avec ce projet immobilier en cours, Jennifer n'accepterait jamais de quitter le Royaume-Uni. Il tenta de lui donner quelques explications, à grand renfort de précautions.

Jennifer écouta l'histoire du cancer de sa grand-mère, ainsi que sa proposition de venir la chercher pour repartir aux États-Unis.

— Mon Dieu, non, chéri ! Reste aussi longtemps que nécessaire avec ta grand-mère adorée, c'est de toi qu'elle a besoin à ses côtés dans un moment comme celui-là. Moi, je ne manquerai pas d'occupations avec la maison à préparer. Allez, je te laisse, j'essaie de me rendormir pour commencer la journée sur de bonnes bases. Bisous, mon chéri !

Elle raccrocha. Phillip fixa son téléphone. Conclusion, Jennifer allait bien. D'ailleurs, elle paraissait même en meilleure forme que n'importe qui à cette heure avancée de la nuit, ou du matin. Et peut-être valait-il mieux, en effet, qu'il passe du temps seul avec sa grand-mère. Le médecin lui avait prescrit une radiothérapie et, si cela fonctionnait, il pourrait repartir en Angleterre d'ici quelques semaines pour persuader Jennifer de l'accompagner.

Il se doucha et s'allongea sur son lit, des pensées confuses et tristes à l'esprit et, au loin, les bruits de Winchester Beach, qui s'apaisait pour la nuit. Dieu merci, Thea était présente aux côtés de Jennifer. Il pouvait rester au chevet de sa grand-mère avec la conscience tranquille.

Si seulement Hailey avait eu quelqu'un, elle aussi.

7

Elle aurait qualifié leur mariage d'heureux. Ils se parlaient, prenaient soin de s'organiser un tête-à-tête toutes les deux ou trois semaines, partaient régulièrement en week-end en amoureux, laissant Joe et Livvy aux bons soins des grands-parents. Tout le monde les croyait solides comme le roc.

Mais apparemment, ce n'était pas le cas. Colin était assis sur l'accoudoir de son fauteuil au commissariat, une main sur l'épaule de Maggie, mais il ne la regardait pas, ne lui adressait pas la parole, et si la policière n'avait pas été là, il ne se serait peut-être même pas assis près d'elle. Pour le moment, cette seule présence suffisait presque à Maggie. Presque.

On l'avait emmenée dans cette pièce plus vaste et plus confortable après qu'elle avait vomi par terre dans la salle d'interrogatoire. Là, pour la première fois depuis la disparition d'Olivia, elle avait pleuré, en silence, et sans pouvoir se retenir. Le médecin de la police vint lui apporter deux cachets à avaler avec le thé qui les accompagnait. Elle parvenait à peine à tenir sa tasse tant ses mains grelottaient, et elle avait froid, ses pieds étaient gelés. Les pilules firent bientôt effet et le tremblement se calma. Maggie sentit son corps se détendre. Tout autour d'elle lui paraissait flou.

C'était réconfortant, si tant est qu'une chose pût sembler réconfortante un jour comme celui-ci. Lorsque Howard arriva avec Colin, elle avait recouvré l'usage de la parole.

— Où est Joe ?

— Chez vous, il joue avec Amanda, l'informa Howard. Ils l'ont interrogé. Il a dit avoir remarqué Olivia, probablement juste après sa petite danse autour du château de sable. Elle regardait quelque chose par terre. Mais ensuite, il s'est à nouveau tourné vers les mares et il ne l'a plus revue.

Maggie frissonna. Livvy avait dû prendre la direction des mares – ou du chemin de la falaise. Quelques minutes passèrent. La police les laissa seuls. Colin n'ouvrit pas la bouche et elle non plus, du moins au début. Il n'y avait rien à dire. Mais elle voulut bientôt expliquer pourquoi elle avait été malade au point de vomir.

— J'ai… J'ai cru qu'ils pensaient que je lui avais fait du mal, dit-elle après s'être mouchée. Et peut-être que c'est vrai, et qu'ils ont raison, d'ailleurs ? C'est ma faute, je ne l'ai pas assez surveillée.

— Attendons, pour l'instant, tu veux bien ? dit Colin. Il suffit de nous persuader qu'ils vont la retrouver saine et sauve.

Maggie joignit ses mains froides, comme en prière, bien qu'elle ne pût se souvenir de la dernière fois qu'elle avait prié. Elle savait qu'elle ne pouvait même plus espérer que Livvy soit en bonne santé. Les pensées insoutenables qui résonnaient dans sa tête n'appartenaient qu'à elle. Elle ne pouvait pas les partager avec Colin. S'il avait encore de l'espoir, elle ne pouvait pas l'en priver et le condamner à cet enfer qu'elle traversait actuellement.

Howard réapparut.

— Les équipes de recherches ont fait un point, annonça-t-il. Toujours rien, même les chiens n'ont pas repéré d'odeur en dehors des quelques mètres autour de votre cottage.

Il posa sur eux un regard triste avant de continuer :

— Je suis désolé que vous deviez vivre ce calvaire, madame Granger. Votre déposition est prête, il ne vous reste plus qu'à la signer, et une voiture vous attend pour vous ramener tous les deux chez vous. Je passerai demain matin à la première heure.

De retour à la maison de vacances, ils trouvèrent Joe et Amanda en pleine partie de Memory. Joe se précipita vers Maggie, qui le serra fort contre elle, appréciant le contact chaud de son petit corps dense.

— Maman, elle est où, Livvy ?

— Ils ne l'ont pas encore retrouvée, chéri. Viens, on va se coucher. Peut-être que quand tu te réveilleras…

Elle ne put continuer. Comment pouvait-elle encourager chez Joe un espoir impossible ? Lui laisser espérer quelque chose dont elle-même savait que ça ne se produirait pas ? Mais il termina la phrase à sa place :

— Peut-être que Livvy sera à la maison !

Assommée par un autre cachet, Maggie se mit au lit tout de suite après Joe, laissant Colin assis dehors à écouter l'hélicoptère qui vrombissait toujours au-dessus d'eux.

Et ce fut également le premier bruit que Maggie entendit au réveil.

Pendant une fraction de seconde à cet instant-là, son univers fut semblable à d'habitude. Puis les événements de la veille lui revinrent, lui arrachant un gémissement sonore.

Colin, allongé tout habillé au-dessus de la couette, lui tournait le dos. Maggie sentait bien qu'il était éveillé.

— Col ?

Lorsqu'elle toucha son épaule, il se leva et tituba vers la porte sans même un regard pour elle.

— Ils ne l'ont pas trouvée, dit-il d'une voix atone. S'ils ne la trouvent pas aujourd'hui…

Maggie l'entendit ensuite dans la cuisine, qui remuait bruyamment tasses et vaisselle. La radio crépita un moment, puis fut brutalement réduite au silence. Maggie entendit Colin qui s'adressait à Joe, puis la porte d'entrée claqua. Elle se roula en boule. Colin s'était détourné d'elle et elle savait pourquoi. Il la jugeait responsable.

Il n'avait pas tort. Ce drame était entièrement sa faute, celle de personne d'autre. Elle avait pris la mouche à cause de la franchise d'une toute petite fille, cela avait eu des conséquences sur son comportement, et maintenant Olivia avait disparu.

— Maman ? Tu es réveillée ?

La voix de son fils dans la cuisine tira Maggie du lit. Joe avait besoin qu'elle se montre forte. Elle ne pouvait pas le laisser tomber lui aussi. Il fallait qu'elle soit une mère pour lui, au moins.

Il était installé à table, en train de se servir en yaourt, son petit visage d'ordinaire si gai aujourd'hui chagrin.

— Maman.

D'un clignement de paupières, Maggie fit disparaître les larmes qui venaient de lui monter aux yeux. Il avait l'air tellement inquiet.

— Maman, quand est-ce qu'ils vont retrouver Livvy ?

Maggie s'assit à côté de lui, cherchant ses mots. Colin était entré dans la pièce à temps pour entendre la question de Joe.

— Ça peut prendre du temps, intervint-il. Si Livvy est vraiment, vraiment perdue, il faudra peut-être plusieurs jours avant qu'on la retrouve. Je crois que le mieux serait qu'on t'emmène chez papy et mamie, Joe. Tu pourrais rester chez eux jusqu'à ce que… Enfin, en attendant.

Maggie frissonna. C'était une bonne idée, mais depuis quand ne discutaient-ils plus avant de prendre ce genre de décisions ? Les parents de Colin vivaient à Looe, sur la côte sud. Ce n'était pas tout à fait la porte à côté, mais sa mère à elle était en vacances en Toscane. Et quoi qu'il arrive aujourd'hui, mieux valait que Joe ne soit pas présent.

— On va attendre que Howard arrive, et puis nous partirons, annonça Colin. Tu devrais préparer tes affaires.

Sans un mot, Joe s'en alla récupérer ses jouets dans le séjour.

Maggie dévisagea Colin. Il était en colère, elle le voyait à la pulsation qui battait à ses tempes, près de ses cheveux, et à sa mâchoire serrée.

Soudain, il se tourna vers elle et elle eut un mouvement de recul devant l'expression qu'elle lisait sur son visage.

— N'allume pas la radio avant qu'on soit partis, siffla-t-il d'une voix basse, furieuse. On parle d'elle aux infos. Et il y a un flic à la porte censé s'assurer que la horde de journalistes ne franchira pas le ruban qu'ils ont placé au début de Cliff Road. Ils veulent tous des photos bien horribles pour leurs sites d'infos. « Les parents de la petite noyée en deuil ». Bordel de merde.

Pendant un bref instant, Maggie ferma les yeux. Puis elle se leva et avança doucement vers Colin, mais il l'esquiva et se dirigea vers la sortie à l'arrière.

— Tu aurais dû la surveiller, lança-t-il méchamment avant de claquer la porte derrière lui.

Il n'y avait rien à dire. Seule dans la chambre de Joe, Maggie ouvrit tous les tiroirs, incapable de contrôler le flot de ses larmes. Les affaires de leur fils ne remplissaient qu'à moitié le sac en toile bleue. La semaine passée, elle y avait ajouté celles de Livvy. Comme ils étaient heureux ! Olivia particulièrement. Faire les valises était un jeu merveilleux, depuis qu'elle était en âge de se souvenir du cottage. Des tee-shirts roses et Vieux Nounours. Elle se réjouissait de faire des châteaux de sable, de manger des glaces tous les jours. Et, la minute suivante, elle faisait un caprice parce que le chat ne serait pas du voyage. Livvy tout craché.

Howard arriva à 8 h 30.

— Toujours rien, déclara-t-il avant de jeter un bref coup d'œil en direction de Joe.

— Joe, tu peux aller jouer dehors un moment pendant qu'on discute avec M. Moir, dit Maggie, qui sentait sa voix commencer à trembler.

Son fils lui répondit d'un regard peiné et sortit.

— Je l'emmène chez mes parents, à Looe, l'informa Colin.

Maggie joignit les mains sous son menton. Howard hocha la tête, et s'adressa à eux en les fixant tour à tour :

— Il faut que je vous dise que, même si nous estimons, malheureusement, que le plus probable est qu'Olivia ait été emportée par la mer, nos recherches intensives vont se poursuivre sur terre. La radio et la télévision parlent de l'affaire, nous attendons une éventuelle réaction. Quelqu'un pourrait l'avoir vue.

Il marqua un temps d'arrêt. Maggie le fixa. Son ton trahissait son pessimisme. Il ne pensait pas retrouver leur fille en vie, elle le sentait bien. Pourtant, la photo de Livvy était diffusée à la télévision et aurait bientôt envahi internet.

— Je comprends, répondit Colin, et Maggie entendit dans sa voix un accent nouveau, une lassitude.

Donc Colin n'y croyait plus, lui non plus. Il ne pensait pas qu'ils retrouveraient Olivia saine et sauve. Et, comme il l'avait si bien dit, elle avait disparu parce qu'elle, Maggie, « aurait dû la surveiller » et ne l'avait pas fait.

Howard grimaça.

— Je suis désolé de ne pas pouvoir faire davantage. Vous avez sûrement vu les journalistes au bas de la rue. J'espère qu'ils vous laisseront tranquilles, j'irai leur parler à mon retour.

Maggie sentit ses yeux sur elle. Il voulait l'aider, mais ne savait pas comment. Il pensait vraiment que Livvy était morte, et c'était probablement ce qu'il confierait à la presse. Bien sûr, le décès d'un enfant n'avait qu'un intérêt limité pour ces gens des médias, ils auraient préféré une affaire beaucoup plus sensationnelle. Mais au moins les recherches se poursuivaient, parce qu'il fallait qu'ils trouvent Livvy. La vie ne valait pas grand-chose sans elle.

Colin ouvrit la porte pour appeler Joe.

— Je veux être immédiatement informé s'il y a la moindre nouvelle, dit-il à Howard.

Joe se précipita dans les bras de Maggie, qui l'emmena jusqu'à la voiture.

— Je t'appelle plus tard, et je viendrai te voir dès que je peux. Je t'aime, Joe.

— Livvy et toi vous viendrez aussi chez mamie ? demanda Joe.

— On verra, répondit-elle avec une grimace. Bisou, mon chéri.

Elle s'écarta pour laisser Colin déposer son sac sur le siège, puis il se tourna vers elle. La colère, le chagrin, la douleur mêlés de dégoût se lisaient sur son visage, et tout était dirigé contre elle. Il monta en voiture, démarra. Pendant un instant, Maggie crut qu'il allait partir sans lui adresser un mot. Puis il baissa sa vitre.

— Je reviens. Sûrement. Appelle-moi si tu as des nouvelles.

Il passa la marche arrière et s'engagea dans Cliff Road.

Maggie réussit à dire au revoir à Joe de la main au moment où la voiture s'éloignait sur la route, puis celle-ci disparut après le virage qui concluait la rangée de maisons de vacances. Ses deux enfants étaient partis. Et d'ici dix secondes, des dizaines d'appareils photo mitrailleraient leur voiture, pour tenter de décrocher un bon cliché de Joe. Elle cacha son visage dans ses mains, de nouveau tremblantes.

— Tenez bon. Tout espoir n'est pas encore perdu, dit Howard en lui tapotant l'épaule.

Maggie lui fut si reconnaissante pour cette phrase qu'elle s'en sentit ridicule. Enfin quelqu'un qui disait quelque chose de presque positif.

— Je garde espoir, un tout petit peu. Mais… ma petite fille. Une chose pareille, c'est tellement insoutenable.

— Je sais. Je passerai en début d'après-midi, ou avant si on la retrouve, bien sûr. Essayez… de rester calme.

Elle apprécia qu'il n'ait pas dit « Essayez de ne pas vous inquiéter » et suivit des yeux son véhicule qui descendait la rue, la laissant très seule.

Que faire, maintenant ? Appeler sa mère en Toscane, d'abord, et gâcher ses vacances. Ainsi que Sue et Jess, ses amies. Si seulement elles étaient là pour la soutenir.

Jamais Maggie ne s'était sentie aussi seule. Elle attendit, fit de son mieux pour ne pas craquer, puis se remit à pleurer. Soudain, la voiture de Howard remonta l'allée à vive allure en direction du cottage et elle se précipita vers la porte d'entrée. Il baissa sa vitre.

— Maggie, commença-t-il d'une voix parfaitement neutre. Il faut que vous veniez voir des images de surveillance. Une caméra à Exeter a filmé une fillette qui ressemblait beaucoup à Olivia, hier soir à 22 heures.

8

Ils l'emmenèrent dans une autre partie du commissariat, cette fois. La pièce bourdonnait d'activité, remplie d'ordinateurs, de gens qui soit travaillaient à leur poste, soit lisaient par-dessus l'épaule de leurs collègues. Tous parlaient à voix basse, mais l'urgence était perceptible dans leur ton. Étaient-ils tous à la recherche d'Olivia ? Maggie serra son sac contre elle et se força à inspirer calmement. Ce nouvel espoir soudain était encore plus difficile à gérer que l'incertitude : elle sentait son cœur tambouriner dans sa poitrine. Elle éprouvait une forme de réconfort dans cette agitation, mais régulièrement, toutes les cinq ou dix minutes, la réalité de ce qui arrivait à sa famille minait tout vestige d'espoir encore présent en elle.

Howard l'accompagna jusqu'à une table et la fit asseoir devant un écran éteint. Elle sentait les regards dans son dos, mais quoi que ces gens aient à l'esprit, jamais ils ne pourraient la juger aussi sévèrement qu'elle le faisait elle-même.

— Vous avez appelé Colin ? demanda-t-elle.

— Amanda s'en chargeait au moment où je suis passé vous chercher, confirma Howard.

Il fit rouler son fauteuil jusqu'à elle et, d'un mouvement de souris, tira l'écran de sa veille.

— Bien. Alors, comme je vous l'ai dit, l'image n'est pas vraiment claire. J'ai observé toutes les photos que Colin a prises pendant ces vacances et je suis incapable de savoir s'il s'agit d'Olivia. Et, Maggie...

Elle lut dans ses yeux à quel point il voulait retrouver son enfant.

— Vous devriez essayer de vous calmer.

Elle le regarda sans répondre et il poursuivit :

— Voyez si vous remarquez le moindre détail qui vous permettrait d'identifier cette petite fille comme étant Olivia – sa démarche, peut-être, ou son port de tête. Observez sa posture, les proportions de son corps, la longueur de ses cheveux. Ignorez ses vêtements. Et regardez la femme aussi, il est possible que vous l'ayez déjà aperçue quelque part.

D'un double clic, il fit apparaître une image en noir et blanc sur le moniteur. Maggie distingua un bâtiment en brique, des vitrines, des portes, des voitures garées en épi le long du trottoir. Howard avait dit qu'il s'agissait de la gare centrale d'Exeter. Un homme avec un labrador noir sortit du champ.

— Les voilà, prévint Howard.

Maggie se pencha en avant.

Une femme avançait en compagnie d'une fillette, avec des mouvements saccadés. La femme tenait la main droite de l'enfant et elles étaient manifestement pressées car la petite courait presque pour accorder son pas aux grandes foulées de l'adulte. L'enfant portait un short, un pull large, des cheveux longs. Aucun des visages ne se tourna vers la caméra. La femme était vêtue d'une jupe qui lui arrivait à mi-mollet et d'un cardigan de couleur plus claire. Toutes deux longèrent le bâtiment au pas de course puis s'engouffrèrent par une porte.

Maggie posa sur Howard des yeux pleins de désarroi. Elle avait pensé pouvoir dire immédiatement s'il s'agissait ou non d'Olivia, mais elle en était incapable.

— Elles sont entrées dans la gare, expliqua Howard. Malheureusement, deux caméras étaient hors service hier soir et elles n'apparaissent sur aucune autre. Des enquêteurs sont sur les lieux en ce moment même, et notre expert en vidéosurveillance ne va pas tarder. Il devrait pouvoir améliorer la résolution, mais j'ai pensé qu'il valait mieux vous faire venir tout de suite. Regardez à nouveau la bande, Maggie.

Il revint en arrière et repassa la séquence. Au troisième visionnage, Maggie n'était toujours pas plus avancée. L'expert arriva et prit la place de Howard à côté d'elle. Il agrandit quelques clichés, sans parvenir à en affiner la qualité. Plus Maggie examinait les images indistinctes sur l'écran, plus la frustration montait. Si seulement le visage de l'enfant apparaissait clairement. Les cheveux correspondaient. La taille aussi. Il n'y avait rien dans la manière de se déplacer de cette fillette qui soit différent d'un autre enfant trottant derrière un adulte. Mais rien de particulier non plus qui permette d'affirmer qu'il s'agissait d'Olivia. Les images n'étaient tout simplement pas assez bonnes.

— Colin vient ici pour les voir ou bien vous les envoyez à Looe ? demanda-t-elle.

Elle savait qu'elle aurait dû appeler son mari, elle aussi, mais si horrible que cela pût paraître, elle le redoutait. Il lui en voulait déjà, et elle serait forcée d'avouer un nouvel échec, son incapacité à reconnaître sa fille sur ces images.

— Je crois qu'il est en route, l'informa l'homme à côté d'elle. Regardez les jambes de la petite, peut-être qu'il y a des bleus ou quelque chose qui permettrait une identification par élimination. Observez surtout les genoux, c'est une partie du corps très spécifique, figurez-vous.

Il agrandit une nouvelle image et Maggie se rapprocha.

— Les premiers rapports en provenance d'Exeter sont tous négatifs, annonça Howard en s'appuyant sur le dossier de la chaise de Maggie. Personne ne se souvient d'elles au guichet ou au kiosque. Nous isolons des images d'autres caméras de la ville, au cas où nous les repérerions ailleurs.

— Howie, jette un coup d'œil là-dessus, demanda l'expert.

Il zooma sur la jambe gauche de l'enfant. En haut de la cuisse, le bras de la petite fille était visible, la manche longue pendait par-dessus son poignet.

— Là.

Il figea l'image, agrandit la main. Maggie se concentra. Maintenant qu'on le lui mettait sous le nez, elle voyait bien un détail inhabituel à cet endroit, une grosseur en dessous du poignet de ce pull-over trop long. Les doigts étaient repliés dans une position peu naturelle.

— Merde. C'est un plâtre, lâcha Howard. Elle a le bras cassé.

Il cria à la cantonade :

— Sam, Amanda, appelez immédiatement les hôpitaux ! En commençant par Newquay, Exeter et tous ceux entre les deux. Nous recherchons une fillette plâtrée hier ou à un autre moment et qui aurait toujours son plâtre.

Assommée par ce nouveau développement, Maggie suivit Howard jusqu'à la pièce équipée de fauteuils confortables. Il alla chercher du thé tandis qu'elle cachait son visage dans ses mains. Cette attente, cet espoir étaient insupportables, pourtant quelque chose lui soufflait qu'il n'y avait pas d'espoir, que cette petite fille n'était pas Olivia et qu'ils allaient se retrouver sans la moindre idée de ce qui s'était passé…

Elle resta assise là, à boire son thé et à réduire en miettes son biscuit. Une demi-heure plus tard, Howard reparut. Elle comprit immédiatement que les nouvelles n'étaient pas bonnes.

— Une fillette de quatre ans a été soignée pour un bras cassé au Royal Cornwall Hospital de Truro le 12, dit-il en s'asseyant face à elle. Nous avons parlé au médecin qui s'est occupé d'elle et il se souvient qu'elle avait de longs cheveux bruns. Amanda essaie de joindre la famille en ce moment, nous serons bientôt fixés.

Maggie hocha la tête, soulagée de voir Howard ressortir. Ce n'était pas Livvy, elle le sentait.

Il revint quelques minutes plus tard.

— Maggie, Colin est ici. Il était contrarié que nous ayons échoué à l'identifier, alors il est en train de regarder le film à son tour.

— Vous voulez dire qu'il était fâché contre moi parce que je n'ai pas réussi à la reconnaître, traduisit-elle, étonnée de l'amertume qu'elle percevait dans sa voix.

— Il souffre, lui aussi. Je vous l'amène dès qu'il a terminé.

Elle entendit Colin avant de le voir, il pestait contre la piètre qualité de la vidéosurveillance. Elle se recroquevilla sur sa chaise. Il n'essayait même plus de cacher sa colère.

Il entra dans la pièce, le visage blême.

— Maggie, articula-t-il seulement, en croisant à peine son regard.

Une boule se forma dans sa gorge. Avant qu'elle puisse dire quoi que ce soit, Howard apparut sur le seuil.

— La fillette s'appelle Meredith O'Brian. La famille rentrait à la maison après une excursion à la mer, Meredith a eu besoin d'aller aux toilettes et la gare d'Exeter était l'endroit le plus proche. Je suis désolé.

L'infime espoir de Maggie s'évapora brusquement, et la détresse s'abattit à nouveau sur elle, sans pitié. Olivia restait portée disparue. Supposée noyée.

Colin se leva.

— Nous allons vous laisser faire votre travail. Viens, Maggie.

Au cottage, ils constatèrent que l'hélicoptère n'était plus là. Howard les avait avertis qu'il n'effectuerait ses repérages qu'à marée basse aujourd'hui, et le savoir dorénavant chargé de chercher un enfant mort parut totalement irréel à Maggie. La souffrance de la veille s'était évanouie, ainsi que le bref espoir du matin, remplacé par une lourdeur nouvelle qui rendait le moindre mouvement difficile, au point qu'elle ne comprenait même pas comment elle réussissait à tenir debout. Elle évoluait désormais en eaux inconnues. Quelle que soit l'issue, sa vie ne serait plus jamais la même. À chaque seconde qui passait, la probabilité déjà minuscule de retrouver Olivia saine et sauve diminuait.

Colin entra dans la chambre, récupéra la valise rangée sous le lit, tira des vêtements de l'armoire, entassa en vrac tee-shirts et jeans. Son visage semblait impassible, mais Maggie voyait, à la raideur de sa mâchoire, qu'il avait atteint la limite de son endurance.

— Col, nous ne pouvons pas partir maintenant, déclarat-elle depuis le seuil. Nous devons rester ici au cas où...

Il la fixa, les lèvres serrées. Il était furieux, elle le sentait bien, mais ce fut d'une voix calme qu'il répondit. Un calme pas apaisant, cependant, plutôt maîtrisé, comme s'il craignait d'en dire trop.

— Maggie, je suis tout à fait incapable de te regarder et de penser à ce qui s'est passé. Il faut que je parte. Je vais à Looe. J'ai promis à Joe que je serais de retour avant qu'il soit couché. Reste ici si tu veux, ou bien rentre à Carlton Bridge. Tu sais bien qu'ils ne vont pas la retrouver vivante, maintenant.

— Non, dit-elle en tendant le bras vers lui, mais il l'écarta du passage pour aller récupérer ses affaires dans la salle de bains. Colin. Je t'en supplie. Nous devons traverser ça ensemble. Joe a besoin que nous soyons...

— Livvy avait besoin de nous, elle aussi.

L'entendre parler au passé lui fit encore plus mal qu'apprendre le prénom de la fillette si longuement observée aujourd'hui. Elle le regarda terminer ses valises puis le suivit jusqu'à la voiture. Cette fois, il ne reviendrait pas.

— S'il te plaît, Colin, reste.

— Non, Maggie. Je ne peux pas...

Il se précipita derrière le volant, enclencha violemment le contact.

Cette fois, elle ne fit aucun signe de la main lorsque la voiture s'éloigna en cahotant dans l'allée.

9

Fin août

Maggie se tenait à la fenêtre de la cuisine. De là, elle ne pouvait pas voir l'océan, mais elle entendait les vagues s'écraser sur la plage devant le cottage. La marée se retirait. Il pleuvait doucement. Plutôt de la bruine. Une pluie de septembre. En tout cas, c'en serait une dès demain. Il semblait qu'une éternité s'était écoulée depuis le 15 août.

Maggie laissa tomber un sachet de thé dans la tasse décorée d'un clown qu'Olivia avait remportée à la kermesse l'été précédent. La tasse de Livvy, celle des chocolats chauds qui accompagnaient l'histoire du soir. Maggie y versa de l'eau bouillante, la serra entre ses mains. La chaleur lui fit du bien, si tant est que ce fût possible. Elle se traîna jusqu'au salon, où elle se repassa une fois encore toute la scène sur la plage, comme un film sans fin diffusé en boucle, sans qu'elle puisse l'arrêter. Elle sentait les algues, elle entendait le ressac au loin, et les cris des mouettes qui les survolaient. Elle fixa l'océan depuis son salon. La mer, froide et grise.

Attendre Livvy, c'était la seule chose qu'elle pouvait faire maintenant. Des larmes chaudes tracèrent des sillons sur ses joues, elle serra contre son cœur sa tasse brûlante, même si, bien sûr, ce n'était pas l'unique objet à lui rappeler qu'elle avait un jour eu une fille. Les barrettes bleues d'Olivia étaient encore posées sur l'appui de fenêtre, et l'album qu'elle feuilletait le matin de sa disparition était resté sur le fauteuil dans lequel personne ne s'était assis depuis deux semaines. Maggie s'éloigna de la grisaille du dehors pour déambuler dans le cottage.

Le ballon de plage de Livvy gisait, dégonflé, dans un coin près de la bibliothèque. Ils l'avaient oublié, le 15. Et ses tennis se trouvaient sous le canapé, où elle les avait laissées la veille. Le 15, évidemment, le temps était aux sandales de plage.

Le pire, c'était la salle de bains.

Le dentifrice rayé à la menthe de Livvy. La lotion dont l'enduisait Maggie tous les soirs, le gel douche à la fraise. Les odeurs d'une Olivia disparue.

Chaque nuit, Maggie passait des heures éveillée, à se débattre avec ces cinq minutes sur la plage durant lesquelles Olivia s'était évaporée. Elle n'avait pas vu où était partie sa fille, Colin et Joe non plus. Howard et ses collègues avaient reconstitué toute la scène, ils étaient satisfaits de leurs conclusions, mais Maggie savait qu'un jour elle allait devoir y descendre pour établir par elle-même ce que Colin pouvait ou ne pouvait pas voir. Il fallait qu'elle s'en assure en personne pour se convaincre que Livvy s'était noyée. Col était tellement catégorique lorsqu'il affirmait qu'il aurait forcément vu Livvy s'avancer dans l'eau... Pour sa part, Maggie n'en était pas persuadée, et Howard non plus. Si Colin et Joe ne l'avaient pas remarquée, c'était aussi parce qu'ils ne la cherchaient pas du regard.

En tremblant, Maggie enfila une veste. La pluie avait presque cessé ; elle n'avait plus d'excuse. Durant les deux semaines écoulées depuis la disparition d'Olivia, elle n'avait pas remis les pieds sur la plage.

Il ne restait plus que deux possibilités. Soit Livvy s'était noyée, soit elle avait été enlevée. Si elle s'était simplement éloignée, on l'aurait déjà retrouvée.

Les mains enfoncées dans ses poches, Maggie avança vers les mares d'eau de mer. Quelle portion de plage était visible depuis l'endroit où se tenaient Col et Joe ? Ils se déplaçaient sans cesse, s'accroupissaient, se redressaient, taquinaient les méduses en bavardant.

Maggie demeura un instant à observer une flopée de petits poissons qui frétillaient parmi les algues et les pierres, sous la surface troublée de temps à autre par une goutte. Joe se serait empressé de les glisser dans des bocaux. Penser à son fils lui fit monter les larmes aux yeux. Elle s'en débarrassa d'un clignement de paupières et se mit à scruter la plage, et son cercle de rochers.

Elle savait que depuis l'intérieur du cercle elle pouvait voir environ un tiers de la côte. Que pouvait distinguer Colin ? Elle allait s'en assurer tout de suite et l'appellerait le soir même.

Leurs relations commençaient à se détendre, tout doucement. Il lui avait téléphoné deux fois et, même s'ils s'étaient parlé comme des inconnus, c'était déjà ça. Un début, peut-être.

Elle alla s'accroupir au milieu des mares, face au cercle de rochers, mais sans quitter des yeux la mare la plus proche. De là, il était impossible de ne pas remarquer une petite fille qui aurait couru dans cette direction. De même, si elle se retournait vers la mer, elle aurait pu voir Livvy s'enfoncer dans l'eau. Même sans y prêter vraiment attention, elle aurait surpris un mouvement. Dans l'autre direction, en revanche, dos au cercle de rochers…

Maggie resta un moment dans cette position, puis elle se releva lentement, en se massant les cuisses. Aucune des vagues qui se précipitaient sur la plage n'apparaissait dans son champ de vision à cet instant précis. Si Colin et Joe s'étaient tenus ainsi, fascinés par la vie marine qui s'agitait devant leurs yeux, ils auraient fort bien pu ne pas voir Olivia approcher de l'eau. Depuis le départ, Colin avait catégoriquement refusé ne fût-ce que d'envisager qu'Olivia ait pu s'avancer dans l'eau sans qu'il l'ait remarqué, mais il s'était trompé et elle venait de le prouver.

Elle revint en arrière sur le sable. Elle avait toujours su que la mer était l'option la plus probable. Raison pour laquelle elle avait évité si résolument jusque-là de se rendre sur la plage. Ça n'avait pas été aussi douloureux qu'elle l'avait imaginé, même si elle savait que les cachets prescrits par le médecin atténuaient largement ses souffrances.

Parvenue à mi-chemin sur la falaise, elle se retourna pour embrasser la plage du regard. Ce côté était désert. Au-delà des mares, deux promeneurs assis sur les marches d'une cabine lançaient des bâtons à leur chien.

Elle sursauta en sentant son portable vibrer. C'était Howard.

— Maggie, je suis devant chez vous.

Elle se hâta de gravir le reste du chemin. Howard ou Amanda passaient la plupart du temps lui faire un point sur l'échec des recherches. Elle ignorait si c'était la procédure de routine ou s'ils se sentaient particulièrement désolés pour elle, cette pauvre Maggie dont la fille s'était noyée, abandonnée par son mari et son fils.

De temps à autre, ils avaient du nouveau. Olivia avait été « repérée » plusieurs fois, mais toutes ces pistes s'étaient révélées négatives. La police avait fait la tournée des hôtels, stations-service, boutiques, hôpitaux, restaurants des environs, mais Livvy n'avait été vue nulle part. Elle s'était totalement évanouie de la surface de la Terre. Les reportages disaient « disparue, présumée noyée ». Mais il n'y avait toujours aucune preuve et Dieu sait qu'elle, sa mère, avait besoin de confirmations tangibles.

Il était assis à côté de la porte, un sac plastique vert dans une main. Il y avait eu des tas de sachets comme celui-ci : les gardes-côtes avaient récupéré presque tout ce que Maggie avait laissé sur la plage ce jour-là. Sauf, évidemment, l'irremplaçable.

— Rien, dit Howard en la suivant à l'intérieur.

C'était une sorte de code qu'ils avaient élaboré. « Rien » signifiait « nous n'avons pas trouvé de corps ». Accablée, Maggie lui désigna le canapé et prit place dans l'unique fauteuil face à lui, sans le quitter des yeux. Il semblait différent aujourd'hui, la résignation personnifiée.

— Maggie. Nous avons trouvé ceci. Pointure 28.

Il ouvrit son sac plastique et en tira une sandale en plastique bleu, identique à celles que portait Livvy, sinon que celle-ci était délavée et abîmée. Maggie se mordit la lèvre, étonnée de ne pas craquer. Après tout, peut-être y avait-il des limites aux effondrements en série, peut-être ne craquait-on pas éternellement.

— Je peux la prendre ?

Il la lui tendit.

— Elle a été trouvée hier à Warders Bay.

Maggie la tint à deux mains. Elle était plus dure, plus raide que celles de Livvy, dans son souvenir, mais ce pouvait être l'effet de son séjour dans l'eau de mer. Et bien entendu, il n'y avait rien, rien du tout qui permette de savoir si cette sandale en particulier avait un jour appartenu à Olivia.

— C'est la même que la sienne, mais…

Howard la replaça dans son sachet.

— Je sais. D'accord.

Il fixa le sol et soudain, elle comprit ce qu'il s'apprêtait à lui annoncer. L'hélicoptère avait cessé de patrouiller depuis plusieurs jours déjà. Les gardes-côtes, eux, continuaient, ainsi que les équipes terrestres déployées le long de la falaise et en ville. Mais à part le contenu du sac de plage d'Olivia et maintenant cette sandale bleue anonyme, rien n'avait jamais été découvert. Elle l'observa, sentant grandir son appréhension.

— Maggie, je suis vraiment, vraiment désolé. Vous savez que nous avons passé au peigne fin tous les environs, et à plusieurs reprises. Nous n'avons trouvé aucune preuve qu'Olivia soit revenue jusqu'ici. Nous allons devoir arrêter les recherches actives. Le dossier reste ouvert, nous enquêterons sur tout détail susceptible de nous fournir une piste, mais vous êtes consciente que le plus probable est que Livvy a été emportée par la mer. Et qu'elle a disparu. Mais si c'est bien ce qui s'est produit, elle est désormais en paix, Maggie.

Elle le dévisagea. D'une certaine manière, elle s'y attendait, c'était logique. Cela n'en restait pas moins brutal. Ils étaient tellement persuadés que Livvy était morte que plus personne ne passerait de temps à la chercher, voilà ce qu'il lui annonçait.

— Nous n'avons rien trouvé nulle part, rappela-t-il d'une voix lourde. Nos équipes ont montré sa photo à des kilomètres à la ronde, personne ne l'a vue. Il y a des centaines d'affiches un peu partout, nous avons reçu des dizaines de coups de fil, mais rien. Et toutes les personnes inscrites au registre des délinquants sexuels susceptibles d'avoir croisé sa route ont été soumises à une enquête. Je suis désolé, croyez-moi.

Pendant un instant, Maggie cessa de respirer. Elle fut incapable de dire quoi que ce soit, incapable même de pleurer. Personne ne pouvait plus rien faire pour trouver Olivia.

Elle hocha la tête et Howard se leva.

— Amanda ou moi passerons dans la soirée. Maggie... Vous ne devriez pas rester seule.

— Ma mère revient demain.

— Tant mieux, dit-il, le soulagement se peignant aussitôt sur son visage. C'est bien. Vous devriez peut-être aller vivre chez elle un moment.

Sa mère avait passé trois jours au bungalow la semaine précédente, mais cela avait été difficile pour toutes les deux. Sa mère l'aimait, mais elle aimait aussi Livvy et chaque mot qu'elle prononçait était teinté de reproche.

— Je veux retrouver mon enfant, dit encore Maggie. Je resterai ici à l'attendre.

— Ça pourrait prendre des semaines. Ou ne jamais se produire, concéda-t-il, impuissant. Lorsque les gens sont perdus en mer... on ne les retrouve pas toujours.

Maggie savait qu'il lui était impossible de quitter cet endroit sans Olivia. Elle vieillirait ici s'il le fallait. Car si Howard avait raison, alors Livvy se trouvait à seulement quelques mètres d'elle, là-dehors. Dans la mer.

— Je l'attends, réaffirma-t-elle.

— Inutile de me raccompagner, je me débrouille.

Maggie demeura enfoncée dans son fauteuil. Il n'y avait rien d'autre à faire pour l'instant.

10

Mi-septembre

Phillip poussait le fauteuil roulant dans le parc de l'hôpital, dont les hauts palmiers offraient une ombre bienvenue aux patients suffisamment en forme pour s'aventurer au-dehors. L'automne approchait mais il faisait encore chaud. Phillip se réjouissait que sa grand-mère ait trouvé la force de descendre jusque-là, il adorait voir la couleur revenir sur ses joues. La radiothérapie l'avait épuisée mais le traitement était terminé maintenant et elle avait passé un scanner le matin même.

— Et si on allait s'asseoir un moment près du kiosque à musique ? Nous pourrions manger une glace, suggéra-t-il, content de la voir sourire puis acquiescer.

Si la radiothérapie lui offrait quelques mois supplémentaires « avec une bonne qualité de vie », il ramènerait Jennifer. De longues vacances loin de chez eux et de tous les souvenirs malheureux leur feraient le plus grand bien.

Il gara le fauteuil roulant sous un arbre et alla chercher les cornets de sorbet à la fraise dont ils raffolaient. Ils les dégustèrent dans un silence agréable. Phillip observait sa grand-mère du coin de l'œil. Elle affichait une expression lointaine, rêveuse, inhabituelle et quelque peu déstabilisante de la part de cette femme bavarde. C'était un peu comme si elle lui échappait déjà. Elle allait mieux depuis la fin de la radiothérapie et ses effets secondaires, mais, d'une certaine manière, elle semblait différente. Ou peut-être attendait-il trop et trop vite. Peut-être avait-elle simplement besoin d'un peu de calme, de tranquillité et de temps pour revenir à la normale. Autant de conditions impossibles à réunir à l'hôpital.

Ses pensées le ramenèrent à Jennifer. Comment la persuader de le rejoindre en Californie ? Elle avait toujours détesté les vols long-courriers, son aversion frisait presque la phobie. Il ne voulait surtout pas la stresser, mais il fallait qu'elle vienne. Elle était seule depuis début juillet, et maintenant qu'elle avait emménagé à Polpayne, il n'y avait plus personne pour veiller sur elle au quotidien.

Au moins, la nouvelle maison représentait pour Jennifer un but constructif, mais il était assez compliqué de déterminer exactement ce qu'il se passait. Il était tout à fait étrange qu'elle n'ait pas attendu le retour de Phillip pour s'attaquer à un projet de cette envergure. Comment s'en sortait-elle ? Elle n'avait plus adressé la parole à sa mère, Bea, depuis des mois. Aucun renseignement à chercher de ce côté-là. Ils n'avaient pas non plus d'amis dans les environs de Polpayne, personne pour faire un saut histoire de voir comment allait Jennifer. Elle devait se sentir sacrément isolée. Phillip prit soudainement une décision : si les résultats du scanner de sa grand-mère étaient bons, il partirait la chercher dès ce week-end.

Tout allait bien se passer. Jennifer avait l'air si affairée quand ils se parlaient au téléphone, elle organisait la maison, prenait ses marques dans le village… Elle bavardait, riait, lui racontait des anecdotes à propos de la nouvelle porte d'entrée, du jardin. Toutes choses que, sûrement, elle ne ferait pas si elle se sentait mal.

Des larmes affluèrent d'un coup aux yeux de Phillip lorsqu'il se remémora son terrible silence, au début de sa « période noire ». Il les balaya d'un cillement de paupières avant que sa grand-mère ne les aperçoive. Après tout ce temps, il demeurait incapable d'affronter l'effroyable épreuve qu'ils avaient traversée.

Ils étaient alors en Turquie, dans un magnifique complexe hôtelier près de Side. C'était leur premier séjour à l'étranger depuis quelques années, depuis la naissance de Hailey, en fait. C'était Jennifer qui avait trouvé l'endroit et, comme d'habitude, elle avait eu du flair. La plage privée, en pente douce, était parfaite, et l'hôtel lui-même extraordinaire. Toutes les conditions étaient réunies pour de merveilleuses vacances. Même le beau temps était presque garanti.

D'ailleurs, les neuf premiers jours s'étaient déroulés magnifiquement. Tous trois s'accordaient des grasses matinées, enchaînaient sur d'indolents petits déjeuners. Après cela, Jennifer partait suivre la session de sport proposée par l'hôtel pendant que Phillip et Hailey profitaient de la piscine. Il avait adoré ces moments en tête à tête avec sa fille. Ils se retrouvaient ensuite tous les trois pour déjeuner d'un sandwich dans le parc, et l'après-midi était consacré à des activités différentes chaque jour.

Ils avaient visité Side et ses ruelles pittoresques, observé les tortues depuis un bateau, pour le plus grand bonheur de Hailey. Ils avaient même poussé jusqu'à Antalya pour se promener dans le bazar. Mais le plus souvent, ils s'étaient contentés de passer l'après-midi sur la plage, car c'était ce que préférait Hailey.

Il y avait, entre le parc de l'hôtel et la plage, une aire de jeux pour les enfants et c'était toujours par là que Hailey commençait, pendant que Jennifer et lui se baignaient. Ensuite, père et fille faisaient un petit tour de bouée tractée. Quelle joie de regarder sa petite fille s'amuser, de rire avec elle, construire des châteaux de sable, chercher des coquillages. Phillip sentait qu'il vivait là les meilleurs moments de sa vie.

Et puis, le dixième jour était arrivé.

— Phillip chéri, est-ce que tu aurais des mouchoirs ?

Terrassé par les souvenirs et le chagrin, Phillip jeta son cornet de glace dans une poubelle proche sans l'avoir terminé et tendit une serviette à sa grand-mère.

— Tiens. C'était bon ?

Elle s'essuya la bouche et Phillip remarqua que ses doigts tremblaient. Elle était fatiguée, il était temps de regagner son étage et de la laisser se reposer. Il poussa le fauteuil jusqu'au service d'oncologie, inspirant profondément pour forcer son esprit à refouler ses souvenirs. Il devait consacrer ce moment à sa grand-mère, pas à Jennifer, ni à Hailey. Il ferait bien de garder ça en tête.

— Merci, Phillip, mon chéri. C'était tellement agréable d'être dehors, d'entendre l'océan, de sentir le vent, dit-elle alors qu'ils approchaient du bâtiment.

— On le refera bientôt, promit Phillip avec un optimisme inébranlable.

À l'intérieur, l'odeur d'antiseptique le submergea. Sa grand-mère resta silencieuse dans l'ascenseur et lui ne trouva rien à dire non plus. Elle s'inquiétait peut-être des résultats de ses examens, qu'ils recevraient bientôt. Mais elle souffrait moins, maintenant, ce qui devait sûrement signifier que les tumeurs avaient régressé.

Brusquement, en arrivant à l'étage, il n'en fut plus aussi certain. Le Dr Powell se tenait devant le poste des infirmières, agrippé à un de ces écrans portatifs sur lesquels on montre les scanners. Il croisa le regard de Phillip, avec une expression qui n'annonçait rien de bon.

11

Maggie était assise sur son rocher, en haut du chemin sur la falaise. Là, avec le vent qui sifflait dans ses oreilles, elle aurait pu se croire au bord du monde. En se concentrant assez, elle pouvait même imaginer que le monde n'existait pas, qu'il n'y avait rien derrière elle, juste un océan infini devant et les cieux au-dessus – et quelque part, parmi cette immensité, Olivia. Ce promontoire était devenu le seul endroit où elle se sentait encore en lien avec sa fille. Elle s'y installait donc pour la journée entière quand le temps était beau, et quelquefois même quand il ne l'était pas. Livvy avait disparu, l'été se mourait, et dans l'air flottaient des parfums d'automne.

Aujourd'hui, tout était gris. Au-dessus de la mer grise et houleuse, d'épais nuages anthracite filaient sur fond de ciel perle. Les vagues sombres et écumantes venaient s'écraser violemment sur le sable puis repartaient vers le large. La marée descendait et Maggie pouvait distinguer le cercle de rochers et le sable où le dernier château d'Olivia s'était élevé, brièvement. Au loin, les cabines formaient les seules taches de couleur, bleues, vertes ou jaunes sur le ciel bouché.

La pierre était glacée, mais Maggie savait qu'elle resterait à cette place jusqu'à ce qu'elle ait à peine la force d'en bouger. Assise là, elle embrassait toute la baie, de la grotte Borrowers sur la droite jusqu'à la zone des mares de Joe et Colin à gauche, fraîchement remplies d'eau bien froide maintenant que la mer reculait. Le sable humide paraissait austère et peu engageant, aucun enfant n'était venu jouer aujourd'hui.

Si seulement la mer voulait bien lui rendre Olivia. Faute de cela, il subsisterait toujours, tapi dans le cerveau de Maggie, un insupportable espoir qu'elle n'osait mettre en mots parce que personne ne le partageait. Elle-même n'y croyait pas beaucoup plus que les autres, d'ailleurs, mais elle aurait tant voulu savoir ce qui s'était passé ce jour-là. Le 15 août.

Elle entendit des pas derrière elle et découvrit Mary Barnes, un panier sous le bras. Son mari sortait leur Nissan. Ce couple âgé possédait la maison située à deux numéros de celle de Maggie, ils connaissaient Livvy depuis sa naissance.

— Nous partons en courses, annonça Mary à Maggie, qui fit un effort pour se concentrer sur ses mots. Tu viens avec nous, Maggie ? Ou alors tu as besoin que je te rapporte quelque chose ?

Maggie frissonna. Elle détestait se rendre en ville. Les affiches avec la photo d'Olivia étaient encore placardées un peu partout, désormais déchirées, dégradées par la pluie et le vent.

Et ces regards qui la suivaient avec insistance, ces visages pleins de pitié, d'horreur et de « Dieu merci, mes enfants à moi vont bien ». Ces yeux ne croisaient jamais vraiment les siens, elle ne l'aurait pas souhaité de toute façon. Tout ce qu'elle voulait, c'était qu'on la laisse tranquille, et attendre Olivia.

Mais il fallait bien se nourrir, et Mary et Charlie avaient tous les deux plus de quatre-vingts ans. Il n'était pas juste de les laisser trimbaler ses sacs de commissions.

— Pourrais-tu me rapporter du pain et des œufs, s'il te plaît ? répondit Maggie, se résolvant à un compromis coupable. Ce serait très gentil.

— C'est bien normal, dit Mary, la voix chargée d'inquiétude. Pourquoi tu ne rentrerais pas te réchauffer ? Tu es assise ici depuis bien trop longtemps.

— Je rentre, déclara Maggie en se levant.

Va-t'en, avait-elle envie de hurler. Laisse-moi tranquille. J'attends ma fille.

— C'est bien. À tout à l'heure, conclut la vieille dame en tapotant anxieusement l'épaule de Maggie.

Celle-ci se força à lui sourire. Pauvre Mary, pauvre Charlie. Elle avait gâché leurs vacances, et qui pouvait jurer qu'ils pourraient encore profiter d'un autre été ?

— Nous serons de retour d'ici une heure, je nous préparerai une bonne tasse de thé. Je te fais signe quand on rentre.

Maggie leur fit au revoir de la main bien gentiment. Ils n'avaient pas mérité ça, mais que pouvait-elle faire ? Elle n'arrivait même pas à s'occuper des choses les plus triviales de la vie, comme les courses. Rester assise là face à la mer lui semblait toujours plus important. Elle était la dernière de la famille présente, c'était donc à elle d'attendre Olivia.

À l'arrêt des recherches, Colin était reparti à Carlton Bridge avec Joe et ses parents. Il l'appelait souvent ou lui envoyait des textos, maintenant. La froideur entre eux avait disparu, ils essayaient tous les deux de reconstruire une relation. Il lui rendait visite, mais rien ne pouvait persuader Maggie d'abandonner sa vigie. C'était devenu une sorte de pacte – si elle veillait assez longtemps, la mer lui rendrait Olivia. Et après, quoi ?

Après, elle pourrait rentrer à la maison, enterrer sa fille, redevenir une mère pour son petit garçon et ne jamais, plus jamais s'approcher de Cove Cottage ou de la région.

Bras croisés pour lutter contre le froid, Maggie se rassit et fixa l'océan. Après des semaines de veille, elle connaissait intimement les marées. Elle savait exactement comment la mer progressait en direction de la grotte Borrowers, et par-dessus les mares, dans la grotte Smuggler puis de plus en plus haut sur la plage, avant de repartir en arrière, laissant derrière elle le sable tout propre et mouillé.

Le vent soufflait plus fort que d'habitude en haut de la falaise aujourd'hui, Maggie resserra l'étreinte de ses bras. Les Barnes ne resteraient pas absents longtemps, et Mary allait se faire du souci si elle la trouvait encore dehors en rentrant. Elle se dépêcherait de lui faire chauffer une soupe, façon mère poule. C'était une bonne et gentille voisine, qui l'avait bien plus aidée que sa mère, bloquée, prise au piège de son propre chagrin. Sans compter que celle-ci avait également perdu son mari moins d'un an auparavant.

Maggie se redressa et promena un long regard dur sur la baie. Un jour, ici ou dans une autre crique, il y aurait quelque chose, elle le savait. Un jour, un petit corps… Le cri monta en elle, ce cri qui la laissait faible et tremblante, mais qu'elle ne parvenait pas à retenir.

— O-li-vi-a !

Le vent emporta le prénom éclos sur ses lèvres.

— Liv-vy !

L'écho résonnait encore dans la baie quand, soudain, quelque chose attira le regard de Maggie. Quelque chose au bord de l'eau, juste à l'entrée de la grotte Smuggler. Quelque chose de rose.

Elle s'élança aussitôt, dévala le chemin de la falaise, déra-pant sur les cailloux, se rattrapant aux rochers pour ne pas tomber, se tordant la cheville au premier virage, mais poursuivant sa course malgré la douleur. Elle filait vers le bas, le sable, ce sable glissant, vers l'autre bout de la plage, car il y avait bien quelque chose. L'eau glacée lui montait jusqu'aux genoux maintenant. Mais où était donc passé ce truc rose ?

Dans la grotte peut-être. Maggie s'aventura dans les ténèbres, cherchant frénétiquement. Elle ne distinguait rien, dans cette obscurité. Et que cherchait-elle, d'ailleurs ? À quoi ressemblait une petite fille en tee-shirt rose et blanc après tant de semaines dans la mer ? L'image était horrifiante. Incapable de se retenir, Maggie vomit. Les vagues emportèrent ses régurgitations vers les parois, puis les rapportèrent vers elle. Il faisait sombre et froid, et Olivia n'était pas là. Maggie regagna péniblement l'entrée. Elle trempait dans l'eau glacée jusqu'aux cuisses, ne sentait presque plus ses pieds. Ce truc rose, où était-il ? Elle l'avait pourtant aperçu…

Il était là. À quelques mètres de la plage, juste sous la surface. Maggie se laissa tomber à genoux, sans se préoccuper des vagues qui s'abattaient sur son dos, trempant ses cheveux et lui piquant le nez. Des sanglots secs la secouaient et elle resta là, à genoux, à serrer contre sa poitrine une bouée d'enfant déchirée.

Brusquement, des mains solides la soulevèrent pour la remettre sur pied.

— Allez, Maggie, venez. On rentre.

Elle lâcha sa trouvaille et laissa Howard l'entraîner hors de l'eau.

— Vous venez avec moi, ça suffit. Mary Barnes vous a vue courir jusqu'ici et elle nous a appelés. Allez, Maggie. Je vous ramène au chaud.

Elle se sentait totalement anesthésiée. Ce n'était pas Livvy qu'elle avait vue. Pas du tout. Simplement un morceau de plastique déchiré dont quelqu'un s'était débarrassé.

Amanda Donnelly attendait sur la plage avec une couverture, que Maggie avait déjà remarquée dans la voiture de Howard. Le visage de la policière était strié de larmes.

Howard et elle déposèrent la couverture sur les épaules de Maggie et la poussèrent sur le chemin.

— On remonte, Maggie. Tout va bien.

Mary et Charlie attendaient en haut de la falaise, ils firent entrer tout le monde chez eux. Maggie était incapable d'articuler un mot.

— Il lui faut des vêtements secs, décréta Mary avec fermeté.

Maggie vit un de ses jeans et un pull en train de chauffer près de la cheminée électrique. Bien sûr, elle n'avait pas fermé la porte de chez elle. Quelle idiote elle faisait, elle le savait, et elle était si fatiguée…

À l'arrivée du médecin, Maggie était assise, enveloppée dans sa couverture avec une bouillotte, en train d'avaler la soupe de lentilles que lui administrait Mary à la cuillère. Elle avait l'impression d'être au théâtre et d'assister à une représentation privée. Tous les autres jouaient une histoire, se donnaient la réplique, gesticulaient, mais rien de tout ça n'était réel.

— Heureusement que j'avais oublié mon porte-monnaie et que nous sommes revenus le chercher, raconta Mary. Merci d'être venu aussi vite, capitaine.

— Nous venions de boucler une affaire, répondit Howard. Ça va aller, Maggie.

Son regard était triste, mais elle apprécia que quelqu'un s'adresse directement à elle.

Le médecin lui donna deux cachets. D'ici une demi-heure, la douleur aurait diminué. Maggie inspira un grand coup. Elle ne s'était jamais comportée ainsi. Comme une folle. Elle ne savait pas ce qui lui avait pris, elle aurait pu se noyer. Livvy et elle auraient disparu, l'une comme l'autre. Or elle avait un petit garçon qui avait besoin de sa maman ; elle aurait dû être auprès de lui, et pas assise dans un cottage vide à attendre, attendre encore et encore. Elle inspira une fois de plus, se carra dans son fauteuil. La sensation de paix provoquée par le médicament pénétrait peu à peu dans ses os.

— Je suis désolée, dit-elle à Howard, debout devant le foyer électrique, son pantalon fumant. J'ai cru que c'était Olivia.

— Je sais. Maggie, j'ai appelé Colin et il va venir vous chercher. Rentrez chez vous. Je guetterai pour vous, je vous le promets.

Colin arriva dans l'après-midi. Il la serra fort contre lui. Il avait maigri, tout comme elle. Mais il était plus calme, beaucoup plus calme qu'elle. Même s'il souffrait, il avait accepté le fait qu'Olivia n'était plus là.

— Col, je... Je la sens. Je la sens encore présente en moi.

Assise sur le lit, elle le regardait préparer sa valise. Il la rejoignit et elle s'abandonna contre son épaule avec gratitude. Malgré ce qu'ils venaient de traverser, le fossé entre eux était en train de se combler. Elle savait que leur relation ne serait plus jamais la même, mais ils étaient toujours ensemble et pour le moment, cela suffisait. Elle avait compris qu'il ne lui en voulait plus, mais cela ne l'empêchait pas de s'accuser elle-même. Elle avait bel et bien tué sa fille.

— Maggie, garde-la en toi justement. Je sais que c'est dur, mais pour Joe, nous devons reprendre le cours de notre vie.

Il avait raison, songea-t-elle. C'était le seul moyen de continuer à avancer. Elle allait rejoindre Carlton Bridge et Joe, suivre son traitement et attendre que la douleur s'apaise. Et en elle, Livvy demeurerait à jamais telle qu'elle était.

— J'ai discuté avec mes parents, annonça Colin tout en transférant le maigre contenu du réfrigérateur dans un carton. Nous avons pensé que ce serait bien de vendre le cottage. Ce n'est pas la meilleure période de l'année, bien sûr, mais dès le printemps nous le mettrons sur le marché. Nous pourrions acheter une autre maison de vacances ailleurs...

— Ne dis pas ça, l'interrompit Maggie. Je ne peux pas l'envisager...

Avec des gestes lents, elle s'appliqua à récupérer les vêtements de Livvy dans l'armoire pour les ranger dans un autre carton. Elle termina par les jouets, d'abord les poupées puis les puzzles censés occuper les jours de pluie. Et Vieux Nounours. Le cadeau que Livvy avait elle-même choisi pour son troisième anniversaire.

Maggie se surprit à sourire à ce souvenir. Quel magnifique, quel splendide anniversaire ç'avait été. Ils avaient préparé un gâteau, bien sûr, et Olivia avait choisi le thème de la mer. Ils avaient donc façonné des vagues et même des petits bateaux en pâte d'amande vert et bleu. Olivia adorait ça. Les grands-parents étaient tous venus pour le week-end et il avait fallu se serrer dans le cottage, mais tout le monde s'était beaucoup amusé. La petite fête avait eu lieu sur la plage, tout un goûter durant lequel Olivia n'avait pas un instant lâché son Vieux Nounours. C'était la dernière fois que la famille avait été réunie ainsi.

Colin ferma le carton.

— On le mettra au grenier avec le reste de ses affaires, dit-il.

Et Maggie prit alors conscience qu'Olivia n'avait plus sa chambre à Carlton Bridge.

Lorsqu'il ne resta plus rien à emballer, elle aida Colin à tout porter jusqu'à la voiture. Howard était venu les saluer. Amanda et lui s'étaient montrés si attentionnés que Maggie était persuadée qu'en d'autres circonstances ils auraient pu être amis. Mais leur gentillesse n'avait pas suffi à faire réapparaître Olivia et Maggie ne pourrait jamais repenser à Howard sans l'associer à la douleur de la disparition de son enfant.

Elle contempla le cottage, lieu de tant de souvenirs, heureux puis insoutenables. C'était la dernière fois qu'elle voyait cette maison, la dernière fois aussi, peut-être, qu'elle voyait Newquay, à moins que, par miracle, la mer ne leur rende Olivia et qu'ils reviennent chercher son corps. Alors, elle ferait véritablement ses adieux.

Tandis qu'elle remerciait Howard, celui-ci l'attrapa par les épaules.

— Je surveillerai tous les jours, Maggie. Je vous le promets.

Elle monta en voiture et ils s'en allèrent. Maggie ne regarda pas en arrière.

DEUXIÈME PARTIE

L'attente

1

Le 16 août

Un bref gémissement crépita dans le babyphone. Jennifer attrapa le récepteur, coupa le son de son film du soir et tendit l'oreille en retenant son souffle. Il ne manquerait plus que Hailey se réveille encore. Cette fichue gamine avait piaillé toutes les heures la nuit précédente – si elle continuait comme ça, elles ne survivraient ni l'une ni l'autre. Jennifer n'avait pas réussi à profiter de la sieste de Hailey pour se reposer. Il y avait tant à faire… sans compter que les bébés s'étaient servis de sa vessie comme d'un trampoline. Elle était épuisée.

Le seul fait de penser aux bébés sembla les réveiller. Un mouvement soudain provoqua de minuscules tremblements dans la tasse de thé posée en équilibre sur son ventre. Toute fatigue oubliée, Jennifer massa son ventre rond, se félicitant dès qu'un coup venu de l'intérieur lui répondit.

C'était inimaginable. Encore maintenant, elle avait du mal à y croire, surtout après tout ce qui lui était arrivé. Elle était à nouveau enceinte. De jumeaux. D'ici la fin novembre, elle donnerait naissance à deux beaux bébés qu'elle pourrait aimer, chérir et habiller de jolis vêtements tout neufs. Phillip n'en reviendrait pas. Lorsqu'il était parti, elle était déjà enceinte de quatre mois et demi, mais elle avait gardé la nouvelle pour elle. Il en aurait fait toute une histoire sinon, et il était inutile qu'il s'inquiète : ils allaient très bien.

Le fait d'attendre des jumeaux semblait tout arranger. Deux fois plus de chance, deux fois plus d'amour. Jennifer éclata de rire. Et leur Hailey chérie qui était là aussi... C'était encore plus merveilleux.

Le récepteur redevint parfaitement silencieux et Jennifer se laissa de nouveau aller sur son canapé. Bien sûr, Hailey devait trouver bizarre qu'elles soient installées dans cette ancienne ferme dont Thea avait fait sa résidence secondaire. À cet âge, les enfants tenaient beaucoup à leurs habitudes, et surtout au rituel du coucher. Mais c'était mieux que rentrer à la maison à Truro. Ici au moins, à Long Farm Cottage, elles étaient à des kilomètres de tout et au calme. Jennifer était bien contente de posséder une clé de cet endroit, ainsi elle avait pu y amener Hailey directement hier matin en l'absence de Thea, partie au Canada. Elles vivraient dans une parfaite solitude.

Jennifer sourit gaiement. Quelle joie d'avoir des amis sur lesquels on pouvait compter ! Elle avait appelé Thea un peu plus tôt dans la soirée, soit le milieu de l'après-midi à Toronto, et celle-ci l'avait crue tout de suite lorsqu'elle lui avait annoncé qu'elle partait rejoindre Phillip aux États-Unis et qu'elle souhaitait faire une étape chez elle sur le chemin de l'aéroport. Ce serait juste pour une nuit, bien sûr. Phillip et Thea ne se connaissaient pas suffisamment pour comparer leurs informations sur l'emploi du temps de Jennifer, elle pouvait donc rester dans cette maison aussi longtemps que nécessaire.

Le récepteur crépita de nouveau. Elle allait avoir besoin d'une nouvelle pilule miraculeuse, car il était hors de question de subir une autre nuit comme la précédente. Hier, cela avait fonctionné à merveille, la petite avait dormi tout l'après-midi pendant que Jennifer allait chercher le nécessaire chez elle. Il suffisait de lui redonner la même dose pour garantir leur sommeil à toutes les deux.

Jennifer fixa la pile de cachets bleus. Quelle invention géniale ! Ils l'avaient aidée à surmonter sa période noire, mais bien évidemment, elle avait cessé de les prendre dès qu'elle s'était aperçue de sa grossesse. Maintenant, ils aideraient Hailey à... Le fait est qu'elle ignorait ce qui n'allait pas avec cette petite.

Il n'y avait pas seulement ce sommeil agité, elle pleurait aussi beaucoup. Avait-elle de la fièvre ? Jennifer entendait la voix de sa mère : « C'est l'heure du médicament magique. » À l'époque, il s'agissait simplement d'un cachet d'aspirine adaptée aux enfants que sa mère réduisait en poudre. Les pilules bleues étaient bien éloignées de l'aspirine de son enfance, et elles étaient si petites qu'on n'avait même pas besoin de les écraser pour les avaler facilement.

Jennifer récupéra soigneusement le demi-cachet mis de côté la veille et l'emporta à l'étage avec un verre d'eau. Une moitié devait sûrement suffire pour un jeune enfant. Elle avait lu la notice, mais les dosages étaient si variés qu'ils prêtaient à confusion. Hailey était calmée, couchée sur le côté, un bras qui pendait hors du lit. Jennifer resta un moment à observer la fillette endormie.

Un vrai miracle. Pendant un instant, elle éprouva l'exacte sensation qu'elle avait eue lorsque la sage-femme avait déposé Hailey bébé dans ses bras. Elle s'accroupit à son chevet et enfonça le médicament jusque derrière la langue de l'enfant assoupie, puis lui fit avaler une gorgée d'eau. Hailey ouvrit les yeux, s'étrangla, et Jennifer lui adressa un sourire d'encouragement.

— C'est l'heure de ton médicament, Hailey chérie. Avale-le, tu dormiras bien.

La petite fille referma les paupières.

Jennifer s'assit au bord du lit et se mit à caresser son petit visage tout bronzé. C'était ce qu'elle avait fait durant toute la nuit précédente ou presque ; pour une raison ou une autre, Hailey s'était agitée, elle avait pleurniché, et Jennifer n'avait pas osé lui donner une autre dose de médicament si peu de temps après la première.

Le demi-comprimé fit son effet et très vite Hailey sombra dans un profond sommeil. Jennifer essuya le petit filet de salive qui coulait sur son menton. Les médicaments étaient bien utiles, mais les médecins lui en avaient vraiment trop prescrit durant sa période noire. Ils avaient embrouillé son esprit et elle avait désormais du mal à se remémorer tout ce qui s'était passé. Il était arrivé quelque chose à Hailey, mais ce ne devait pas être très grave puisqu'elle était là, endormie. Quelque chose avait changé, mais Jennifer était incapable de se rappeler quoi et cette seule idée la déstabilisait.

Elle se leva et remonta la couette sous le menton de Hailey. Dieu merci, il restait tout un tas de petits cachets.

En bas, elle se refit du thé et ralluma la télévision. Les bébés recommencèrent à donner des coups de pied dès qu'elle s'installa, la faisant sourire béatement. La vie serait si belle, désormais. D'ici quelques semaines, leur nouvelle maison de Polpayne serait prête, et elles s'y installeraient toutes les deux en attendant le retour de Phillip... Ils seraient enfin tous réunis.

Jennifer entendit son téléphone vibrer dans son sac à main et hésita. C'était encore Phillip ; il appelait souvent à cette heure. Elle n'avait vraiment pas l'énergie de discuter avec lui ce soir. Très vite, elle rejeta l'appel et coupa son portable. Elle le rappellerait demain et prétendrait qu'elle était au théâtre. Il lui fallait absolument une bonne nuit de sommeil avant de lui parler, sans quoi elle risquait de gâcher la surprise.

Les informations télévisées commençaient. Jennifer suivit d'un œil le mélange habituel de politique, d'attentats suicides et d'agressions à l'arme blanche dans les rues de Londres qui défilait sous ses yeux. Le quatrième reportage la tira brusquement de sa torpeur. Elle fixa avec horreur le portrait d'une fillette qui emplissait l'écran. Venait ensuite une vue de plage déserte, en contrebas de hautes et menaçantes falaises. Le ton du présentateur était grave.

« Toujours aucune trace de la fillette âgée de trois ans disparue sur une plage de Newquay hier matin. Les enquêteurs privilégient de plus en plus l'hypothèse de la noyade. La police… »

Jennifer regagna l'étage à toutes jambes et se laissa tomber à genoux à côté du lit. Dieu merci, Dieu merci, son bébé était bien là, elle respirait magnifiquement, paisiblement. Elle couvrit le visage de la fillette de baisers puis s'écarta, encore tremblante, son cœur battant frénétiquement.

C'était comme si un lointain souvenir tentait de remonter à la surface, mais demeurait tout juste hors de portée. Que s'était-il passé ? Cela avait-il un rapport avec la plage ? Hailey se serait-elle perdue ? Oui, c'était ça, bien sûr, mais elle était dans son lit maintenant. Tout allait bien.

Jennifer continua de veiller sur la petite fille quelques minutes, puis elle passa de l'autre côté du lit et se glissa sous la couette. Le meilleur moyen de s'assurer que Hailey était en sécurité était encore de rester ici avec elle.

2

Mi-août

Long Farm Cottage était une bâtisse vieille de plusieurs siècles. Ses murs gris souris soutenaient un toit d'ardoise plus foncé encore et l'ensemble paraissait tout petit à côté des gigantesques chênes dont les racines venaient déstabiliser un vieux sol de pierre déjà bancal. Les murs blanchis à la chaux mesuraient au moins trente centimètres d'épaisseur et des poutres massives barraient les plafonds bas. Thea n'avait pas remplacé le gros fourneau en fonte et cela donnait à la cuisine un côté pittoresque et vieillot. Il planait ici une atmosphère d'éternité tranquille. Et quel silence...

Jennifer regarda par la fenêtre. Elle comprenait ce qui plaisait tant à Thea ici. On était tout juste à l'orée du bois de Long Farm, soit des kilomètres d'arbres qui descendaient jusqu'à l'océan ; aussi loin que portaient les yeux, il n'y avait que chênes et sycomores. Ce n'était pas tout à fait la pleine cambrousse, parce que, en regardant vers le bas, depuis l'allée, on pouvait apercevoir au loin les premières rues de Trevaren. Mais rares étaient ceux, en dehors des habitants de la maison et des lointains voisins, qui s'aventuraient par ici. C'était donc le lieu idéal pour Hailey et elle. Elles étaient arrivées depuis quatre jours maintenant, et Jennifer commençait à s'habituer à la vie à la campagne en compagnie de sa fille.

C'était l'essentiel. Être ensemble. Pour ce qui était de son comportement étrange, cela s'arrangerait sûrement. Que ce soit dû à un problème nerveux ou bien encore à la somnolence provoquée par les comprimés, Hailey n'avait pour l'instant jamais répondu correctement aux questions de Jennifer. C'était exaspérant.

Jennifer inspira un grand coup. Parfois, elle ne savait pas ce qui lui arrivait, sans parler de Hailey, et le sentiment d'impuissance la terrorisait. Il fallait davantage d'ordre dans sa vie, c'était sûrement ça. Le médecin de la fameuse clinique avait insisté là-dessus, l'importance de la routine. Eh bien, lorsqu'elle emménagerait à Polpayne, elle s'arrangerait pour que ses journées soient aussi organisées que possible, et tout irait bien. Jennifer serra les bras autour d'elle. Elle s'en sortirait. Elle était mère.

Cela dit, les enfants aussi avaient leurs propres problèmes : l'attitude de Hailey le prouvait un peu plus chaque jour. Il était incroyablement difficile de lui faire avaler quoi que ce soit, et même si elle le regrettait, elle devait bien droguer la petite pendant la journée aussi. Elle ne pouvait pas passer tout son temps ici à jouer les baby-sitters. Il y avait des entretiens avec les ouvriers sur le chantier de Polpayne, des courses à faire au supermarché, comme hier. Jennifer avait rapporté du minestrone auquel Hailey n'avait pas touché alors que c'était pourtant son potage préféré. Ces derniers jours, de toute façon, elle n'avait mangé que du yaourt, et encore était-ce parce que Jennifer le lui administrait à la cuillère pendant qu'elle était à moitié endormie.

Elles ne pouvaient pas continuer ainsi. Il n'y avait aucune raison pour que Hailey se montre aussi boudeuse et peu coopérative. Une petite explication franche ferait peut-être du bien. Il était temps de reprendre une vie normale. Jennifer monta à l'étage en tenant son ventre.

Les yeux de l'enfant étaient mi-clos, Jennifer se pencha sur son lit.

— Hailey ? C'est l'heure de la douche.

Elle tirait sur le bras de la fillette en lui parlant et, à son grand soulagement, celle-ci se laissa entraîner jusqu'à la salle de bains. Jennifer poussa sous l'eau le petit corps sans résistance et le savonna vigoureusement. Doux Jésus, elle n'avait jamais remarqué ce grain de beauté sur son épaule. Depuis quand était-il là ? Elle rinça les dernières traces de mousse sur les cheveux de Hailey et coupa l'eau.

Souriante et gaie, elle l'enveloppa dans une des serviettes de bain de Thea et la serra fort. Elle avait ses trois enfants tout près d'elle et, enfin, Hailey avait retrouvé son odeur, celle de sa petite fille.

Quant à ces cheveux, ils étaient bien trop longs maintenant. Hailey était tellement plus jolie quand ils lui arrivaient aux épaules, et puis c'était moins d'entretien. Allez, va pour une coupe aux épaules. Jennifer installa la fillette sur un tabouret dans la salle de bains, la peigna et empoigna ses ciseaux.

La petite fille, jusque-là affalée sur son siège, une expression morne sur le visage, se redressa en sursaut au premier coup de ciseaux, les yeux écarquillés.

Jennifer prit une grande inspiration et appuya la pointe acérée sur l'épaule de Hailey.

— Je risque de t'entailler l'oreille si tu me refais ça, remarqua-t-elle. Tiens le sac plastique.

Ses cheveux étaient souples et faciles à couper. L'une après l'autre, les mèches tombaient dans le sachet. Jennifer les examina en fronçant les sourcils. Leur couleur lui semblait très brune, presque sale. Il faudrait y remédier. Lorsqu'elles iraient vivre à Polpayne, Hailey devrait être aussi jolie qu'elle l'avait toujours été. Jennifer ferma le sachet, le jeta à la poubelle.

— Super. Maintenant, petit déjeuner, décréta-t-elle en dirigeant la fillette vers la cuisine. Installe-toi, maman va s'asseoir juste à côté de toi. Regarde, des toasts et du miel. Tu aimes ça, n'est-ce pas, Hailey ?

La petite fille la fixa tristement et commença à manger. Elle avala un toast et un verre de lait. Une bonne chose de faite. Jennifer se détendit.

Pourtant... Pourquoi ses cheveux avaient-ils foncé ? Avant la période noire, ils étaient d'un châtain magnifique, avec des reflets dorés, et aujourd'hui, ils avaient viré au marron foncé, couleur boue, sans aucune mèche plus claire. Peut-être fallait-il changer de shampoing ?

Jennifer décida de passer à la pharmacie.

Elle devait aussi faire un saut à Polpayne, pour voir la cuisine proposée par le responsable de la société de décoration qui rénovait la maison. Fallait-il emmener Hailey et lui faire visiter leur future maison ? Ce serait sympa, non ? Cela lui plairait sûrement. D'un autre côté, la petite était devenue si taciturne qu'on aurait presque dit qu'elle avait oublié comment parler. Quelle honte ce serait si quelqu'un lui adressait la parole et qu'elle ne réponde pas, ou à côté de la plaque. Mieux valait peut-être s'entraîner un peu avant de la ramener parmi les autres.

Jennifer alla chercher les comprimés.

3

Fin août

Jennifer dévisageait la fillette assise à la table, penchée sur son cahier de coloriages. Le résultat n'était pas brillant et Jennifer l'observait sans comprendre : il lui semblait pourtant bien que Hailey était plus douée que ça en coloriage. Du côté de la coiffure, au moins, la situation s'arrangeait un peu. Le spray acheté à la pharmacie commençait à faire effet. Ces mèches plus claires ressemblaient exactement à celles que Hailey avait toujours eues. Baignées de soleil. Elle utilisait du jus de citron aussi, un jour sur deux. Cela desséchait les cheveux, mais sentait bien meilleur que le spray.

Jennifer joignit ses mains sous son menton. Le minuscule doute qui l'avait rongée au départ avait presque disparu. Cette petite fille perdue s'était noyée, on l'avait dit aux informations à la télévision hier. Les recherches étaient terminées. C'était bien son Hailey qui se trouvait là, mais le simple fait d'en avoir douté la troublait. Était-elle en train de devenir folle ? Elle se sentait différente, c'était certain, ici avec sa fille, mais cela ne ressemblait pas à de la folie. Sa période noire l'avait terrifiée. Était-elle retombée malade ?

Une nouvelle idée se faufila dans l'esprit de Jennifer, aussi chaude et lumineuse qu'un rayon de soleil. Bien sûr, quelle idiote elle faisait de n'avoir pas compris plus tôt ! Elle allait *mieux* maintenant qu'elle vivait ici avec Hailey. Elle avait retrouvé son état normal, à tel point que Phillip s'autorisait à rester aux États-Unis avec sa grand-mère. Et puis sa grossesse ne pouvait qu'être une preuve supplémentaire qu'elle était en pleine possession de ses moyens. Elle sourit, soulagée.

Hailey leva ses yeux sombres vers elle. Doux Jésus. Les iris de cette enfant avaient-ils toujours été si foncés ?

Jennifer déglutit péniblement. Des idées lui traversaient la tête qu'elle ne pouvait mettre en mots. C'était bel et bien sa fille, mais de toute évidence elle ne parviendrait pas à trouver de confirmation en elle. Peut-être existait-il une autre manière de le vérifier. Par exemple, emmener Hailey chez le médecin. Il leur fallait un certificat médical pour l'entrée à l'école et le médecin, lui, saurait s'il s'agissait de Hailey. D'ailleurs, il n'y avait pas à en douter. Elle se sentait ridicule, maintenant. Seulement voilà, après sa période noire, les médicaments et... Elle avait besoin d'être rassurée, c'est tout.

Jennifer se pencha en avant, elle sentait les bébés qui s'agitaient dans son ventre.

— Qui suis-je, Hailey ?

La fillette la fixa et sourit très vite, exactement comme lorsqu'elles s'étaient entraînées.

— Hailey, qu'est-ce qu'on a dit sur le fait de répondre tout de suite quand on t'adresse la parole ? On recommence, s'il te plaît. Qui je suis, Hailey ?

— Tu es ma mère ?

La joie envahit Jennifer, qui déposa un baiser sur la tête de la petite fille.

— Très bien. Mais dis « maman », Hailey, c'est tellement plus mignon. Encore une fois. Qui je suis ?

— Ma maman.

La fillette baissa la tête et choisit un feutre rouge.

— Super. Allez, je voudrais que tu ranges tes affaires. Nous allons manger et cet après-midi nous irons nous promener en voiture. Ce sera sympa, tu ne crois pas ? Nous irons à Polpayne voir la maison, puis chez le médecin, et si tu es sage, je te montrerai aussi ta nouvelle école. Tu commences dans deux semaines.

La petite se leva immédiatement et s'appliqua à replacer les feutres dans leur boîte. Jennifer hocha la tête, satisfaite. Hailey avait fait de gros progrès ces derniers jours, il fallait en convenir. Elle savait très bien répondre aux questions avec un joyeux sourire maintenant, et elle connaissait son nom, sa date de naissance, ainsi que ses plats et ses activités préférés. Elles avaient mis en place une petite routine bien agréable. Petit déjeuner, puis devoirs, déjeuner, et un cachet magique pour Hailey qui s'endormait aussi sec, le temps pour Jennifer de vaquer à ses occupations. Pour terminer, dîner, encore des devoirs ou bien un petit jeu, un autre cachet magique et au lit.

Jennifer déposa une part de quiche devant Hailey et la regarda manger en souriant. Elle se débrouillait de mieux en mieux avec ses couverts. Oui, elle était vraiment très contente d'elle. Le médecin le serait aussi, à n'en pas douter.

Quelle belle maison elle avait créée ! songea Jennifer en admirant le séjour tout en bleu et blanc. Les architectes d'intérieur avaient merveilleusement travaillé, et leurs meubles étaient arrivés de Truro la veille : tout était prêt. Ce serait un havre de paix. Une vraie maison de famille.

— Nous allons emménager dès demain, annonça-t-elle.

Hailey opina joyeusement, comme d'habitude.

Jennifer ne put réprimer un sourire triomphant. Elles allaient devoir la remplir, cette nouvelle armoire, et elle comptait offrir à Hailey des tas de jolis vêtements tout neufs. Elle avait déjà acheté quelques basiques, bien sûr, mais maintenant que Hailey pouvait l'accompagner pour les essayages, cela deviendrait beaucoup plus amusant. Il y avait un magasin pour enfants à Bodmin, où elles pourraient s'arrêter en rentrant chez Thea. Elles passeraient vraiment un super après-midi ensemble. Jennifer récupéra un prospectus sur la table basse et le tendit à Hailey.

— Regarde, c'est ta nouvelle école. Je te la montrerai tout à l'heure, quand on passera devant, mais pour l'instant, occupons-nous de ta santé. Et si tu es sage, on ira t'acheter une jolie robe, ou même deux ou trois. Et si tu n'es pas sage, tu sais ce qui t'attend.

Hailey blêmit, puis leva la tête, sourire aux lèvres. Jennifer leva les sourcils, dans l'expectative.

— Merci, maman.

Ça irait. Hailey savait comment se comporter avec des inconnus. Pour sa première sortie en public, elle se montrait très coopérative. C'était bien Hailey.

Le centre médical était calme. Jennifer guida Hailey jusqu'à l'accueil, où une femme d'une quarantaine d'années était installée devant un ordinateur.

— Bonjour. Nous avons emménagé dans la région il y a peu. Je viens m'inscrire et prendre un rendez-vous pour ma fille, qui a besoin d'un certificat médical pour la rentrée.

— Pas de problème, assura la secrétaire en tendant un formulaire à Jennifer. Si vous voulez bien me remplir ça. Bonjour, ma puce. Tu vas dans quelle école ?

La réponse fut immédiate, et annoncée avec un beau sourire :

— L'école primaire de Polpayne Castle.

— Super. Il paraît qu'ils ont un gymnase tout neuf. Bien, madame... Marshall...

Jennifer retint son souffle en regardant la femme parcourir rapidement les renseignements qu'elle venait de fournir.

— Tout me semble correct... Ah, vous avez raté celle-ci. Qui était le médecin de Hailey à votre ancien domicile ?

Jennifer sentit monter une bouffée de chaleur et de trouble. Comment s'appelait-il donc ?

— Bon sang, ça fait tellement longtemps qu'elle n'est pas allée chez le médecin. Je crois bien que nous n'en avions pas à Truro, et avant ça, nous étions à Torquay... Oui, à Torquay, c'était le Dr McKenna, je crois.

L'assistante les dévisagea.

— Bien. Je vais simplement l'appeler pour récupérer le dossier. Excusez-moi.

Elle s'isola dans une pièce voisine et ferma la porte. Jennifer sentit la sueur perler sur son front. Elle observa Hailey, qui se dandinait à côté d'elle.

— Tu as envie de faire pipi ? Les toilettes sont juste là, regarde. Dépêche-toi, s'il te plaît.

Que faisait donc la secrétaire ? Pourquoi était-elle partie comme ça ?

Elle se força à respirer calmement et patienta. Hailey réapparut avant la femme et se tint immobile à côté de Jennifer, qui commençait à se sentir mal. Elle se passa une main sur le ventre, les bébés donnaient des coups de pied.

— Bien, madame Marshall, j'ai appelé le cabinet du Dr McKenna et effectivement Hailey est toujours inscrite là-bas. Vous êtes certaine qu'elle n'a plus consulté de médecin depuis son dernier rendez-vous avec lui ? Si c'est le cas, elle a dû manquer quelques vaccins.

Jennifer se détendit. Elle ne s'était pas trompée.

— Nous avons pas mal voyagé, répondit-elle d'un ton hautain. J'ai pensé qu'on aurait amplement le temps avant qu'elle commence l'école.

La femme haussa les épaules et se concentra sur son ordinateur.

— Alors, quand voudriez-vous venir ?

Quittant le cabinet médical au bras de sa fille, Jennifer se sentit envahie par l'allégresse. Tout, absolument tout allait pour le mieux, désormais. Elle contempla le parking avec un sourire radieux. Le soleil se reflétait sur les voitures, même les merles brillaient. Pendant un moment, le monde lui parut éblouissant.

Alors qu'elles traversaient le parking, Hailey trébucha. Jennifer la rattrapa et la serra très fort contre elle. Elle n'avait besoin de rien d'autre. Sa petite fille et ses bébés. Quel dommage, vraiment, que Phillip ne soit pas avec elles en cette merveilleuse journée. Les yeux fermés pour se protéger du soleil, Jennifer se balança d'avant en arrière avec Hailey dans ses bras.

Lorsqu'elle rouvrit les paupières, le monde avait repris ses teintes normales et Hailey était toute pâle.

— Oh, ma pauvre chérie, tu as l'air d'avoir bien besoin d'une petite surprise. Viens, je te montre ta nouvelle école puis on ira faire quelques courses.

Cette sensation de joie intense perdura tout au long de la route qui longeait la côte, puis dans l'allée privée menant au bâtiment de l'école qu'elle tenait à montrer à Hailey. Une chance qu'ils aient eu une place, une famille venant de se désister. Une razzia au magasin Bambinos de Bodmin ajouta encore au bien-être de Jennifer. De retour à Long Farm, elle leur prépara des spaghettis pour le dîner. Hailey les dévora et ses petites joues d'ordinaire si pâles se teintèrent de rose. Quelle adorable enfant !

Jennifer se pencha par-dessus la table. Il fallait maintenant que Hailey redevienne elle-même. Les cachets la rendaient léthargique et, la rentrée scolaire approchant à grands pas, elles ne pourraient pas continuer comme ça.

— Alors, Hailey, je sais que tu as été malade. Tu as fait des allergies. Je crois. Oui. Mais tu vas mieux maintenant.

Tu n'as plus besoin de médicaments pour dormir la nuit. C'est clair ?

La fillette sourit aussitôt.

— Oui, maman.

Jennifer lui sourit en retour. Tout se déroulait à la perfection.

4

Mi-septembre

Katie McLure tira quinze chemises cartonnées du placard de la salle des maîtres et inspira un grand coup. Nouvelle rentrée, nouvelle classe. Après quatre années à enseigner aux CM1 et CM2, elle avait compris que l'ambition de sa vie était de se confronter aux plus jeunes. Ici, à l'école de Polpayne Castle, ses élèves auraient cinq ans. En dessous de cet âge, les enfants étaient accueillis à l'autre bout du village, la philosophie étant qu'à partir de cinq ans on était capable de rester assis à un bureau. Katie était tout à fait d'accord ; après tout, dans la plupart des pays européens, l'école n'était obligatoire qu'à partir de six ans. Ses dossiers sous le bras, elle traversa le couloir en direction de sa nouvelle classe.

Dans moins d'une heure, ses élèves seraient là. Quinze petits visages impatients. Et aujourd'hui, les mamans, toutes plus élégantes les unes que les autres, resteraient avec eux une bonne partie de la matinée. La mort dans l'âme, Katie posa les chemises sur son bureau et baissa les yeux vers sa propre tenue, songeant avec une certaine ironie que jamais personne n'aurait pu la qualifier d'« élégante ». Elle s'attendait à passer le plus clair de son temps à moucher des nez et essuyer des larmes, à genoux par terre – pas le genre d'activités praticables avec une jolie robe.

Le premier jour d'école était un moment mémorable dans la vie de tous. Pour l'heure, ses élèves se résumaient à une liste de noms. Graeme. Hailey. Julia. Norman. Des gosses de riches. Ce qu'elle n'avait jamais été.

Katie savait qu'à l'instant où elle mettrait le pied dans la classe et commencerait à faire son travail, elle oublierait son stress et sortirait indemne de tout ce que ses nouveaux élèves décideraient de lui faire subir, mais en cet instant précis elle avait un peu peur. Un tout petit peu. Elle qui attendait ce moment depuis si longtemps...

Elle jeta un coup d'œil satisfait autour d'elle puis entreprit d'organiser les chaises. Ici, à l'école primaire de Polpayne Castle, on bénéficiait vraiment de tous les avantages des écoles privées. La salle était splendide – une vaste pièce en forme de L avec des baies vitrées partout. Au milieu, c'était la partie « classe », avec quinze bureaux et leurs chaises dessinant trois arcs de cercle face au tableau blanc. La table « atelier », près de la porte, était idéale pour les travaux manuels : longue et basse, assez grande pour que tous puissent s'y installer. Dans l'angle était aménagé un vaste coin jeux avec des tas de coussins, des petites chaises et des jouets. C'était de loin la salle de classe la plus luxueuse qu'elle ait connue et elle ne doutait pas qu'elle l'apprécierait.

Une fois les chaises placées, elle se redressa. Un bon café bien fort, voilà ce dont elle avait besoin maintenant, et elle avait amplement le temps avant l'arrivée des élèves.

Jeanette McCallum, la directrice, se trouvait dans la salle des maîtres en compagnie d'un grand homme blond.

— Oh, Katie, venez que je vous présente Mark Gibson. Il va s'occuper des CM1 puisque Caroline nous quitte définitivement.

Katie serra la main du nouveau venu qui la dévorait du regard. Elle lui sourit brièvement. Après le désastre avec Stuart, elle se passerait fort bien d'un admirateur qui la reluquerait à chaque fois qu'elle entrerait dans l'école.

— Bienvenue, dit-elle. Vous allez voir, c'est vraiment un lieu où on a plaisir à travailler, n'est-ce pas, Jeanette ?

— Absolument, renchérit la directrice. Katie, vous avez sûrement constaté qu'une petite nouvelle s'est ajoutée à votre liste. Hailey Marshall. Sa mère l'a amenée la semaine dernière pour les inscriptions. J'ai vraiment l'impression que les élèves sont chaque année plus minuscules, je dois me faire vieille.

Katie rit. Elle se servit une tasse de café et commença à discuter de l'établissement avec Mark, avant que des collègues se joignent à eux, à son grand soulagement. Difficile de mener une conversation polie quand on avait un trac aussi violent. Elle laissa Mark entre les mains de Phillys, qui lui détaillait avec enthousiasme les équipements du gymnase flambant neuf. Pour l'instant, Katie n'avait envie de penser qu'à une chose : ses nouveaux élèves. Allaient-ils bien s'entendre ? Rencontrerait-elle des problèmes qu'elle ne réussirait pas à résoudre ? Et surtout, les enfants seraient-ils heureux en classe ? Elle le découvrirait bien vite.

5

— Petit déjeuner, Hailey ! Dépêche-toi, tu ne voudrais pas être en retard le jour de la rentrée ! cria Jennifer, au pied de l'escalier de sa nouvelle maison, avant de s'en retourner vers la cuisine.

Elle passa la main sur la surface brillante du plan de travail en souriant. Sa vie était exactement telle qu'elle la souhaitait. Une belle maison, une fille adorable, deux magnifiques bébés sur le point de naître, et Phillip qui serait bientôt de retour. Car il n'allait plus tarder maintenant.

Sa bonne humeur disparut lorsque son regard se posa sur la pendule et qu'elle dût encore appeler Hailey. Cette enfant était levée depuis 7 heures et elle bricolait encore à l'étage.

Soudain, un élancement sous sa cage thoracique lui coupa le souffle. Elle prenait un peu plus de poids chaque semaine, il lui était pénible de rester debout longtemps. Elle se massa le creux des reins, se força à se détendre. Elles étaient dans les temps.

Hailey entra dans la cuisine au moment où Jennifer versait de l'eau bouillante dans sa tasse. Quelques mèches de cheveux derrière les oreilles de la fillette étaient encore humides, et elle semblait complètement perdue dans son uniforme, jupe et chemisier bleu et blanc. Jennifer pinça les lèvres.

Malgré tous ses efforts, il y avait toujours un truc ou un autre qui n'allait pas avec Hailey. Chaque jour, Jennifer se mettait en rogne et ça n'était bon ni pour elle, ni pour les bébés. C'était tellement important que Hailey fasse bonne impression sur sa maîtresse aujourd'hui, et voilà qu'elle semblait avoir enfilé sa tenue à la va-vite. Sans compter que son apparence ne ferait qu'empirer au fur et à mesure de la journée. Tout le temps que Hailey allait être à l'école, Jennifer ne pourrait remettre en place ni son chemisier ni sa coiffure. Elle frissonna.

Elle entraîna la fillette dans la salle d'eau du rez-de-chaussée et s'attaqua à sa tignasse à grands coups de brosse, faisant taire ses couinements d'un petit claquement de langue réprobateur. Les cheveux avaient maintenant retrouvé leur longueur et leur couleur, grâce au spray. Récemment, Jennifer avait essayé d'y associer de la camomille, espérant atténuer l'odeur bien trop chimique du produit. Si elle avait réussi à rétablir la bonne nuance de châtain doré, la sécheresse des cheveux devenait inquiétante. Les doses généreuses d'après-shampoing n'y faisaient rien. Or aujourd'hui, particulièrement, il était essentiel que Hailey se présente sous son meilleur jour.

— Tu n'as qu'à porter le bandeau, décréta Jennifer en faisant glisser autour de sa tête le bandeau bleu qui faisait partie de l'uniforme.

Voilà qui ferait parfaitement l'affaire. Les cheveux étaient cachés et leur masse repoussée vers l'arrière, hors de vue de quiconque se tenait face à elle. Jennifer se félicita d'avoir choisi le bandeau le plus large, censé convenir aux filles plus âgées, qu'elle avait resserré. Le seul problème était que Hailey détestait cet accessoire ; elles l'avaient essayé le samedi et cette idiote avait tant tiré dessus qu'elle avait fini par ressembler à une rasta. Le genre d'attitude à ne pas reproduire aujourd'hui.

— Tu ne dois pas y toucher, c'est compris ? lui rappela Jennifer avec sérieux. Je le verrai, de toute façon, et tu seras sévèrement punie. Allez, viens manger.

— Oui, maman.

Jennifer leva les yeux au ciel. Hailey avait encore oublié de sourire.

— J'aurais préféré qu'il n'y ait pas d'uniforme, dit-elle en déposant un morceau de toast dans l'assiette de l'enfant. Tu es tellement plus jolie en robe. Allez, dépêche-toi. Nous partirons à la demie.

En silence, Hailey commença son petit déjeuner. Jennifer s'assit devant sa tasse de thé.

— Je peux avoir du jus de pomme, s'il te plaît ?

Jennifer ferma les yeux. Était-ce trop demander, d'avoir un instant de paix ?

— Bien sûr que non. Tu ne veux quand même pas aller aux toilettes toutes les dix minutes ton premier jour d'école ? Et je t'en prie, pense à y aller pendant la récréation. Tiens, bois plutôt un fond de lait.

Jennifer déposa devant Hailey un verre à peine rempli, replaça quelques cheveux égarés dans son élégant chignon. Il fallait qu'elle se détende, tout se passerait bien. Les mères étaient toujours nerveuses quand leurs enfants commençaient l'école. Elle regrettait d'avoir dû donner à Hailey un comprimé pour qu'elle s'endorme la veille au soir ; en général, ces cachets la rendaient somnolente le lendemain matin. Cela dit, pour le premier jour, la maîtresse se montrerait sûrement indulgente.

— Il est temps de se préparer, dit-elle en ôtant le morceau de pain de la main de Hailey et en l'entraînant loin de la table. Va te brosser les dents et souviens-toi : ne touche pas à ta coiffure.

Il était très exactement 8 h 30 lorsque Jennifer sortit la BMW du garage. Elle retrouva le moral en traversant le village. Polpayne était vraiment charmant – un joli petit village de pêcheurs en surplomb de solides falaises des Cornouailles, que l'on retrouvait également de part et d'autre. Depuis leur nouvelle maison, toute proche du sommet d'une falaise, la vue était splendide. Une allée très raide permettait de rejoindre le niveau de la mer et le village, ramassé autour du bruyant port de pêche.

Jennifer sourit. Phillip allait adorer. C'était l'endroit idéal pour élever leurs enfants. Sa grand-mère ne vivrait sûrement plus très longtemps, le cancer semblait s'être étendu désormais. Ils formeraient très bientôt une magnifique famille nombreuse.

Elle reçut un petit coup de pied de bébé, caressa son ventre. Tant de surprises attendaient Phillip. Le côté négatif était qu'il devenait de plus en plus compliqué de garder pour elle tous ses merveilleux secrets. Phillip était au courant pour la maison, bien sûr, aussi avait-elle au moins pu détailler l'avancée des travaux. Mais maintenant qu'ils étaient achevés, elle ne pouvait pas lui raconter qu'elle passait ses journées à préparer Hailey pour l'école en lui enseignant comment sourire poliment et écrire son nom. Ça gâcherait tout.

Le panneau signalant St. Mary's Castle apparut devant elle et Jennifer écrasa la pédale de frein. La BMW fit une embardée sur la route, déserte, fort heureusement. Elle avait raté l'entrée de l'école primaire. L'agacement la gagna une fois encore. Elle fit de son mieux pour se maîtriser, mais lança un regard courroucé à la fillette assise à côté d'elle.

— Pourquoi tu ne m'as pas dit qu'on avait dépassé l'école ? siffla-t-elle entre ses dents, furieuse de voir Hailey ratatinée dans son siège auto. Tu es vraiment nulle, parfois.

La mâchoire serrée, Jennifer exécuta son demi-tour en se forçant à respirer calmement. Les nerfs, voilà tout. C'était un jour tellement important. Elle jeta un coup d'œil à Hailey, dont les lèvres tremblaient et les yeux s'étaient remplis de larmes.

— Oh, je t'en prie, arrête ça. Nous avons tout à fait le temps. On va s'entraîner à parler à la maîtresse. Je joue Mlle McLure.

Elle adopta aussitôt un ton affecté :

— Bonjour, comment t'appelles-tu ?

La voix de Hailey était étranglée, mais elle répondit assez distinctement et sans oublier de sourire :

— Je suis Hailey Marshall.

— Quelle est ton adresse ?

— 4, Castle Gardens, à Polpayne.

— Quelle est ta date de naissance ?

— Le 15 août. J'ai… cinq ans.

Jennifer afficha un grand sourire. Le 15 août. Une journée vraiment pas comme les autres.

— Bien, répondit-elle en reprenant sa voix normale. Rappelle-toi de ne pas marmonner et tout ira bien. Allez, mouche-toi, on est arrivées.

Le soleil brillait derrière la brume, maintenant. Jennifer leva la tête vers l'école, une belle bâtisse de grès rouge flanquée d'extensions hideuses en ciment. Trois hauts frênes oscillaient dans le vent tout près du bâtiment principal, sous lesquels deux cars étaient stationnés. L'air résonnait de cris et de rires stridents, des enfants en uniforme bleu et blanc se précipitaient vers l'entrée. Hailey, à côté de la voiture, avec son cartable sur le dos, paraissait toute petite, très jeune et très effrayée. Jennifer tira un mouchoir de sa poche et lui nettoya le visage.

— Allez, viens, dit-elle en secouant avec impatience le bras de la fillette. Et sois polie, je te prie.

Elle poussa Hailey en direction d'une porte où se tenait une femme d'une bonne quarantaine d'années armée d'un bloc-notes.

— Bonjour. Comment tu t'appelles ?

— Hailey Marshall.

Elle s'était exprimée d'une voix claire, avec un sourire magnifique. Jennifer afficha un air ravi et fier. La femme cocha son nom sur la liste.

— Super. Je suis Mme Wilson, l'infirmière de l'école. Ta maman et toi vous pouvez suivre ce couloir, c'est la première salle à droite. Alison, l'assistante de classe, vous attend, et Mlle McLure va vous retrouver d'ici quelques minutes. À plus tard !

Jennifer enfonça son doigt dans le dos de Hailey.

— Merci, répondit la fillette en lui obéissant.

Mme Wilson hocha la tête en souriant.

— Voilà, tu vois ? Tout ira bien, décréta Jennifer en avançant d'un pas décidé dans le couloir.

Elle jeta un coup d'œil à Hailey par-dessus son épaule : tout son plaisir s'évanouit quand elle la vit se traîner dans son sillage, son cartable sur le dos, les lèvres tremblotantes. Elle avait l'air tellement jeune, tellement perdue. L'école n'était peut-être pas une si bonne idée. Peut-être aurait-il mieux valu attendre. Après tout, elle venait à peine d'emménager dans la région.

Mais il était trop tard pour faire marche arrière. Et Hailey avait cinq ans, bon sang. Il fallait qu'elle aille à l'école. Elle s'habituerait. Les autres enfants de sa classe étaient tous nouveaux eux aussi. Tout allait bien se passer après une semaine ou deux. Sans aucun doute, tout allait bien se passer.

Sa confiance revenue, Jennifer plaça une main sur la nuque de Hailey et la poussa sans douceur dans la salle de classe.

6

Katie se précipita vers les toilettes du personnel avec son sac à main, dont elle sortit un peigne. Les bus scolaires arrivaient, et aujourd'hui, la majorité des enfants venaient accompagnés de leurs parents. Nora et Alison s'empressaient de rejoindre leur classe.

— Ne t'inquiète pas, tu es belle comme tout !

Katie sourit à Jeanette McCallum. Ses collègues s'étaient moqués d'elle en la voyant se recoiffer et se remaquiller pour accueillir la classe des petits, mais le temps venteux des Cornouailles lui avait donné l'air de la marâtre de Blanche-Neige et elle se refusait à imposer une vision pareille à des enfants dont c'était le tout premier jour d'école.

Elle fixa son reflet dans la glace. Ses longs cheveux noirs détachés et son maquillage ne dissimulaient pas tout à fait son anxiété. Mais en tant qu'enseignante elle savait jouer la comédie.

Arrivée devant la porte de sa classe, elle s'arrêta un instant, le temps d'écouter le murmure des voix des quinze élèves de cinq ans qui attendaient son apparition, et de celles des parents qui avaient décidé de rester.

Le silence se fit dès qu'elle franchit le seuil. Une quarantaine de personnes avaient pris place autour de la grande table de travaux manuels, près de la porte, les parents debout derrière leurs rejetons, et tous la fixaient avec des airs curieux, accueillants ou purement et simplement terrorisés. La plupart des adultes étaient des mères et Katie sentit ses sourcils se soulever malgré elle en voyant que chacune semblait tout droit sortie d'un magazine de mode. Les pères paraissaient un peu plus neutres. Quant aux enfants, il y en avait de tous les gabarits, depuis le costaud qui dépassait tous les autres d'une bonne tête jusqu'à la petite brindille à l'air craintif affublée d'un large bandeau aux couleurs de l'école. Sûrement l'inscription de dernière minute dont lui avait parlé la directrice.

— Bonjour à tous !

Malgré son stress, Katie parvint à prendre un ton confiant.

— Bienvenue à l'école primaire de Polpayne Castle. C'est parti.

Elle récupéra la pile de chemises cartonnées sur son bureau et s'assit en souriant à la table, avec tout le monde.

— Je m'appelle Mlle McLure, je suis votre maîtresse, commença-t-elle, en prenant bien soin de s'adresser exclusivement aux enfants. Je vous présente Alison, qui va nous aider dans la classe.

Elle désigna l'étudiante qui effectuait son stage au sein de l'école.

— Alors, j'ai ici une pochette pour chacun d'entre vous. Vous allez me dire votre nom, où vous habitez, et peut-être si vous connaissez déjà quelques autres enfants. Qui veut commencer ?

Après une seconde de pause, Katie, soulagée, vit la petite fille assise à côté d'elle lever la main et se lancer :

— Je m'appelle Julia, j'habite à St. Mary's Castle. J'ai cinq ans et je connais Ian et Martin et Amy et Melanie et Aiden.

Les élèves mentionnés pouffèrent, gênés, et les adultes éclatèrent tous de rire, y compris Katie. Julia avait nommé tous ceux qui avaient fréquenté la maternelle, on ne pouvait pas faire mieux pour commencer.

— Super, Julia ! la félicita Katie en lui tendant sa chemise cartonnée. Et si on faisait le tour de la table, d'accord ?

La suivante était la petite fille fluette au bandeau. Sa mère, enceinte jusqu'aux yeux, particulièrement mal installée sur la chaise basse, se pencha vers sa fille.

— Hailey Marshall, 4, Castle Gardens, Polpayne, j'ai cinq ans, mon anniversaire, c'est le 15 août, enchaîna la petite sans s'arrêter, avec un sourire tremblant, ses yeux filant très vite vers le visage de sa mère.

Katie, très étonnée, surprit l'air fâché de la mère.

— Très bien, Hailey, s'empressa-t-elle de dire en lui donnant sa pochette. Est-ce que tu connais les autres enfants ?

Hailey fit non de la tête.

— Nous venons d'emménager à Polpayne, intervint Mme Marshall, l'air un peu plus détendue.

À la fin du tour de table, Katie accompagna les enfants à leur bureau et chargea Alison de coller les étiquettes sur les dossiers pendant qu'elle parlait aux quinze mères et sept pères.

— Le premier trimestre consiste principalement, pour les enfants, à s'habituer à ce nouvel environnement, expliqua-t-elle en souriant. Nous voulons qu'ils soient heureux ici, et qu'ils apprennent à travailler dans une ambiance décontractée. La plupart du temps, ils auront des devoirs dans leur pochette, mais ça ne doit pas durer plus de quinze minutes. Les messages provenant de l'école seront également placés dans ce dossier, donc il faudra que vous le regardiez tous les jours. Je sais que vous avez tous eu en main les brochures de présentation, mais est-ce que vous avez des questions ?

Katie passa les dix minutes suivantes à répondre aux interrogations classiques concernant le sport, l'informatique, la cantine, et ainsi de suite. Elle ne perdait pas de vue les enfants pour autant et nota que, depuis la bavarde Julia jusqu'au plus costaud, tous avaient du mal à tenir en place. La petite Hailey gardait la plupart du temps ses grands yeux fixés, sans ciller, sur sa mère. Il y aura des larmes au moment de se dire au revoir, anticipa Katie avec fatalisme. Heureusement, elle avait des réserves de mouchoirs et quelques bons jeux à portée de main.

À son grand étonnement, cependant, ce fut Derek Cameron, le plus costaud, qui craqua au départ de ses parents, et pas Hailey. Celle-ci n'ouvrit pas la bouche de la matinée, mais parut tout à fait contente de jouer au Memory avec trois autres fillettes.

À l'heure du déjeuner, Katie regarda Alison emmener les enfants vers le réfectoire puis prit la direction de la salle des maîtres.

Mark était attablé devant un sandwich encore emballé.

— Comment ça s'est passé ? s'enquit-il.

— Intense. On a Julia, qui n'arrête jamais de parler, Hailey, qui a ouvert la bouche une seule fois, Derek, inconsolable au départ de sa mère et qui a passé le reste de sa matinée à pousser ceux qui se mettaient en travers de son chemin. Entre autres. Et de ton côté ?

Il sourit.

— J'ai cru comprendre que j'étais le tout premier enseignant de sexe masculin qu'ils aient jamais eu. Il a fallu que je les force à prendre la parole.

— Ça va très vite changer ! s'exclama Katie en éclatant de rire.

Elle ouvrit sa lunch box et commença à manger en silence, en pensant à ses nouveaux élèves. Les premières impressions en disaient long, et elle avait déjà identifié Derek et Hailey comme ceux qui auraient un besoin d'attention supérieur.

Cela dit, la nervosité pouvait expliquer l'agressivité et le terrible bégaiement de Derek, ainsi que la timidité de Hailey.

L'après-midi, elle leur lut *Arc-en-ciel, le plus beau poisson des océans*, avant de leur laisser le choix entre dessiner ou jouer. Trois seulement optèrent pour le dessin, la petite Hailey et deux garçons qui très vite se retrouvèrent sur une même feuille, à rire. Pour Katie, il était manifeste que Hailey n'était pas une enfant qui se faisait des amis rapidement, et elle ne souhaitait pas la laisser dessiner seule dans son coin durant une demi-heure. Elle envoya Alison s'asseoir avec elle et s'occupa des autres.

Dix minutes plus tard, Alison réapparaissait à ses côtés.

— Hailey s'est endormie.

Katie se tourna vers la grande table et sourit : Hailey était étalée en travers de son dessin, K-O.

— C'est épuisant, une journée d'école. On va lui donner une demi-heure.

À 15 h 30, elle réunit les élèves. Hailey était réveillée, mais franchement chiffonnée. Katie replaça rapidement son bandeau et une odeur de citron lui chatouilla les narines. Elle observa le groupe en souriant.

— Super, tout le monde. On a passé une très bonne rentrée. Nous allons terminer sur une chanson. Ensuite, ceux qui prennent le bus partiront avec Alison. Graeme et Hailey, vous resterez avec moi en attendant que vos parents viennent vous chercher.

La plupart connaissaient « Les petits poissons », comptine qui collait parfaitement à leur thème du premier trimestre, l'océan. Katie les fit chanter deux fois de suite, amusée de voir que Julia chantait plus fort que tout le monde alors que Hailey restait muette comme une carpe. Déjà, les tendances étaient claires. Quand les enfants se réunirent pour lui dire au revoir, Katie comprit que, malgré la fatigue que cela susciterait chez elle, elle voulait consacrer sa vie à enseigner aux plus petits. Elle salua de la main les enfants du bus puis conduisit Graeme et Hailey jusqu'au parking, où le père de Graeme attendait déjà.

Hailey, blême, regarda le petit garçon courir rejoindre son père. Katie lui posa une main sur l'épaule.

— Ne t'en fais pas, ta maman ne va pas tarder.

La petite fille leva vers elle des yeux effarouchés.

— Ma maman ne va pas tarder, répéta-t-elle lentement en fixant l'entrée du parking.

Katie sourit intérieurement. Hailey avait l'air d'attendre depuis déjà des heures.

Quand la BMW des Marshall apparut au bout de l'allée, l'enfant se tourna vers Katie, un air tragique sur le visage, et dit d'une voix tremblante :

— C'est maman.

Katie dissimula un autre sourire. Il était assez étrange de voir une enfant rebutée à l'idée de rentrer à la maison après l'école. Elle ne s'y attendait pas de la part de Hailey.

— Absolument. Ne t'inquiète pas, tu reviens dès demain. Nous aurons tout le temps de nous amuser et d'apprendre des tas de choses, tu verras.

Elle la pressa en direction de la BMW et la fit monter pour que sa pauvre mère enceinte n'ait pas à s'extirper de son siège.

Katie fit au revoir de la main jusqu'à ce que la voiture quitte le parking, heureuse de sa première journée en tant qu'enseignante de maternelle. Elle sourit à Nora et Alison, qui l'attendaient à l'intérieur.

— C'est sympa de voir qu'ils n'ont pas envie de rentrer à la maison, non ?

Nora rit.

— C'est d'ailleurs l'un des avantages d'avoir des classes de petits de cinq ans tout frais, ça ne durera pas.

Katie récupéra sa veste. Elle n'avait qu'une envie : aller cajoler son chat sur son canapé, vautrée devant n'importe quelle émission.

— Ça, ne m'en parle pas. Merci, Alison, on se voit demain à 8 h 30. Merci, mesdames.

Elle resta un moment sur le seuil, à contempler sa salle avec une certaine satisfaction. Il y aurait beaucoup de lendemains ici, comme elle l'avait dit à Hailey. Et cette idée lui plaisait énormément.

7

Jennifer s'engagea sur la route de la côte et jeta un coup d'œil à Hailey. La petite fille n'avait pas ouvert la bouche depuis qu'elle avait dit au revoir à Mlle McLure. Jennifer lâcha un soupir irrité. Tout ce qu'elle voulait, c'était passer un bon moment avec son enfant, et Hailey n'était pas dans la voiture depuis deux minutes que déjà Jennifer avait les nerfs en pelote. Elle attendait avec impatience le récit de sa première journée à l'école, mais cette sale gamine restait assise là avec une tête de six pieds de long. Elle n'avait pas l'air heureuse du tout de rentrer à la maison et elle n'était certainement pas pressée de partager sa journée avec sa mère. Jennifer détestait ça. Les hormones de grossesse devaient être responsables de ces sautes d'humeur incontrôlables. Ce n'était pas ce qu'elle attendait de la maternité.

— Eh bien ? Qu'avez-vous fait cet après-midi ? Et à la cantine, qu'est-ce que tu as mangé ?

À entendre sa voix, Hailey semblait au bord des larmes, mais elle répondit en souriant :

— Mlle McLure nous a lu une histoire et j'ai fait un dessin. À midi, on a mangé des spaghettis et des boulettes de viande.

Jennifer opina.

— Très bien. J'espère que tu as réussi à manger sans en mettre partout, répondit-elle en redémarrant après le feu. Mlle McLure a-t-elle aimé ton dessin ? Lequel était le plus beau ?

Hailey secoua la tête.

— Il n'y avait que moi qui dessinais. Au début, il y avait aussi deux garçons, mais après, ils sont allés jouer. Alison est restée avec moi.

— Ah bon ? Et les autres, ils faisaient quoi ? demanda Jennifer en se garant dans l'allée et en se concentrant pleinement sur Hailey.

Tout ça n'augurait rien de bon. Pourquoi Hailey s'était-elle retrouvée avec l'assistante ? N'était-elle pas au niveau de ses autres camarades ? Ça ne semblait pas un départ très prometteur.

— Ils jouaient à la marchande, moi j'ai préféré dessiner.

Jennifer pinça les lèvres. Cette enfant n'était déjà pas à sa place à l'école.

— Entre. Tu n'as qu'à mettre ta robe rose, nous discuterons de tout ça plus tard.

Sans un mot, Hailey monta à l'étage.

Jennifer alluma la bouilloire, regrettant de tout son cœur de ne pas pouvoir s'autoriser une boisson plus forte que le thé. Hailey lui pompait toute sa patience. Et puis il fallait reconnaître que, malgré la sieste qu'elle avait réussi à faire dans l'après-midi, elle était épuisée. Son inquiétude à propos de Hailey et de l'école ne l'avait pas lâchée de la journée.

Elle s'installa sur le canapé. Prit la photographie encadrée posée sur l'étagère à côté d'elle, sur laquelle on les voyait tous les trois, dans le Yorkshire. Phillip arborait un grand sourire, Hailey, qui avait alors deux ans, était à croquer dans sa petite robe bain de soleil jaune. Quant à elle, elle portait ce tailleur en soie bleue acheté à Paris. Que de bons souvenirs. Elle les savourerait dans sa jolie et toute nouvelle maison, en compagnie de son adorable et toute nouvelle écolière.

En dehors de la fatigue, le seul point noir dans sa vie en ce moment était l'absence de Phillip. Au moins, il ne serait pas forcé de reprendre le travail dès son retour. Il était pour l'instant copropriétaire d'un magasin d'antiquités réputé, dans le Devon, mais l'héritage de sa grand-mère lui permettrait de s'installer à son compte. La somme serait importante, et ses parents lui avaient eux aussi laissé une fortune considérable. Jennifer caressa le coussin en velours bleu foncé du canapé. La vie allait être si belle. Elle avait hâte de voir la tête de Phillip lorsqu'il découvrirait qu'elle était enceinte.

Hailey entra furtivement dans le salon. Jennifer soupira, reposant le cadre à sa place. Les enfants de deux ans étaient beaucoup plus mignons que ceux de cinq, quand on y réfléchissait bien. Elle attrapa Hailey pour rajuster sa robe rose puis lui fit signe de s'asseoir à côté d'elle.

— Alors, raconte-moi un peu pourquoi tu dessinais pendant que tous les autres jouaient, dit-elle en adoptant un air détendu.

— Mlle McLure nous a proposé de choisir. J'avais envie de dessiner, répondit la petite en tripotant l'ourlet de sa robe.

— Cesse de t'agiter. Écoute-moi. Tu ne dois pas choisir des activités dans lesquelles tu te retrouves seule, déclara Jennifer, consciente que le ton cassant de sa voix était revenu.

— Je n'étais pas toute seule, protesta Hailey d'un air penaud. Il y avait aussi deux garçons qui dessinaient, et puis il y avait Alison avec moi.

Jennifer prit une grande inspiration et s'obligea à paraître aimable.

— Fais attention à ce que je te dis, Hailey. Il y a deux choses à retenir. Un, il faut que tu participes aux activités des autres, quelles qu'elles soient. Peu importe que tu en aies envie ou non, l'essentiel, c'est de ne pas te faire remarquer.

La petite fille hocha la tête, ravala ses larmes et Jennifer se pencha en avant pour lui serrer le poignet. L'enfant s'enfonça dans le canapé.

— Second point, qui compte encore plus, il faut que tu sois très, très sage. Nous en avons déjà parlé. À la première bêtise, Mlle McLure te punira exactement comme moi. C'est clair ?

Hailey opina, livide.

— Bien. Je suis contente qu'on se comprenne, toutes les deux, déclara Jennifer en relâchant son poignet. Papa et moi, on veut que tu apprennes bien tes leçons, que tu montres à tout le monde que tu es une gentille petite fille très intelligente. Tiens, apporte-moi ta pochette, qu'on regarde si tu as des devoirs.

Il fallait recopier trois poissons et les colorier. Jennifer observa les lignes tremblantes que Hailey traçait sur sa feuille. Le résultat final se révéla à peu près correct.

— Voilà ! Débrouille-toi pour toujours faire aussi bien, conclut Jennifer en envoyant la fillette à l'étage avec son dossier. Maintenant, apporte-moi ta brosse.

Elle se laissa de nouveau retomber au fond du canapé. Avoir un enfant à l'école demandait plus de travail qu'elle ne l'avait imaginé. D'une certaine manière, la vie dans la résidence secondaire de Théa était plus simple, quand il ne s'agissait que de lui apprendre à manger et se tenir correctement. Et, bien sûr, grâce aux cachets magiques, la fillette avait aussi passé beaucoup de temps à dormir... Elle se comportait désormais... eh bien, comme Hailey.

Elle tapota l'accoudoir du canapé du bout des doigts en songeant : Oublie les mauvais moments, rien n'est jamais arrivé, Hailey a toujours été là. La période noire l'avait fait douter de ses facultés, mais tout allait bien. Personne n'avait jamais disparu.

8

Katie jeta un coup d'œil à la pendule fixée au-dessus de la porte. Midi dix. Il était presque temps de ranger avant l'heure de la cantine.

— Plus que cinq minutes ! lança-t-elle.

Les enfants se plaignirent, penchés sur leur peinture avec un enthousiasme de dernière minute. Katie sourit en les regardant. La première semaine n'était pas encore terminée, mais sa salle de classe devenait chaque jour plus accueillante. Ces dessins seraient magnifiques sur le « mur thématique » près de la porte. Elle avait acheté des plantes, disposées un peu partout, et elle prévoyait d'ajouter un aquarium. Aussi étonnant que cela puisse paraître, seuls quatre de ses quinze élèves avaient un animal domestique à la maison.

— On pose les pinceaux ! décida-t-elle, soulevant de nouvelles protestations.

Katie fit le tour de la table.

— Bravo à tous ! Laissez vos feuilles où elles sont, le temps qu'elles sèchent, s'il vous plaît. Posez les gobelets sur l'égouttoir et lavez-vous les mains avant le déjeuner.

Ils s'exécutèrent sur fond de grincements de chaises et de bavardages sonores. Katie resta sur le seuil pour s'assurer qu'il n'y avait pas de bousculades dans le vestiaire – autre

bonus appréciable, chaque classe de cette école était pourvue de ses propres toilettes, avec deux cabines et un lavabo
à hauteur d'enfant. Lorsque tout le monde fut occupé à se
laver les mains ou à ôter sa blouse, Katie se retourna vers
la salle.

Hailey Marshall était assise devant son dessin, prostrée,
les yeux pleins de larmes. Étonnée, Katie s'approcha et s'assit à côté d'elle. Jusqu'à cet instant, Hailey avait exactement
fait tout ce qu'on lui demandait sans jamais faillir, Katie et
Nora Wilson ayant simplement noté que non seulement la
fillette parlait rarement, mais qu'elle évitait le plus souvent
de croiser le regard des autres. Bien sûr, ce n'était que la
première semaine, et certains avaient besoin de davantage
de temps pour s'adapter à la vie scolaire, néanmoins, Hailey
s'avérait être l'enfant la plus introvertie que Katie ait jamais
rencontrée durant sa carrière.

— Que t'arrive-t-il, Hailey ? Tu n'as pas terminé ton dessin ? demanda-t-elle en posant la main sur sa tête, à l'endroit
où de fins cheveux bruns s'échappaient du bandeau.

La fillette s'écarta par réflexe, puis secoua la tête, le
regard toujours perdu devant elle.

— Tu pourras continuer cet après-midi. Les autres n'ont
pas tous fini non plus. Viens te changer.

Katie se leva et lui tendit la main. Hailey la regarda,
effaçant ses larmes d'un clignement d'œil. Katie lisait l'inquiétude dans son regard. De l'inquiétude qui ressemblait
à de la peur. Ce n'était pas le genre d'expression que l'on
avait envie de voir sur le visage d'une enfant de cinq ans.

— Je suis mouillée, souffla Hailey.

Pendant un quart de seconde, Katie ne saisit pas ce
qu'elle voulait dire.

— Tu as eu un petit accident ? Ce n'est pas grave, ma
puce, ce sont des choses qui arrivent. On va arranger ça,
ne te fais pas de souci. Montre-moi.

Hailey se leva en frissonnant, révélant une grande tache humide à l'arrière de sa jupe. Katie lui adressa son plus doux sourire.

— Bon, rassieds-toi. Je viens t'aider dès que les autres auront rejoint Mme Wilson.

Elle tapa dans ses mains pour obtenir le silence.

— Allez-y, et ne courez pas dans le couloir, s'il vous plaît. Julia, peux-tu prévenir Mme Wilson que Hailey arrivera un tout petit peu plus tard ? Elle a mouillé sa jupe pendant l'activité peinture, je vais l'aider à se sécher.

Et ce n'était que la vérité, pensa-t-elle. Il était inutile d'embarrasser la petite. Elle fouilla parmi les vêtements de rechange jusqu'à trouver une culotte propre et une jupe qui semblaient à peu près à la bonne taille, puis envoya la fillette se changer aux toilettes.

— Tout va bien, les autres vont croire que tu as renversé de l'eau, expliqua gentiment Katie lorsque Hailey réapparut avec ses vêtements mouillés à la main. Est-ce que tu as du mal à te retenir d'aller aux toilettes ?

Hailey resta immobile, tête basse.

— Je sais que nous avons dit qu'il fallait toujours demander avant d'y aller, reprit Katie en prenant la voix la plus compréhensive possible. Mais si tu n'y arrives pas, tu n'es pas obligée d'attendre que je te donne la permission, d'accord ?

Un bref sourire apparut sur le visage de Hailey, que Katie lui rendit. La petite fille aurait besoin de beaucoup de soutien durant ces premières semaines, mais Katie était confiante. Elle allait toutefois demander un entretien à Mme Marshall, pour connaître son sentiment à propos de la timidité excessive de sa fille. Peut-être pourrait-elle aussi interroger un de ses enseignants précédents ? Il fallait qu'elle jette un coup d'œil à son dossier d'inscription.

— Je vais mettre tes affaires dans un sac plastique pour les rapporter à la maison, dit-elle. Allez, file à la cantine.

Le visage de Hailey se décomposa à la mention du sac, mais elle s'exécuta et prit la direction du réfectoire. Katie la suivit du regard.

Avant de rejoindre la salle des maîtres, elle fit un crochet par l'administration, où étaient rangés les dossiers des enfants. Elle les avait tous parcourus avant la rentrée, mais maintenant qu'elle pouvait mettre des visages sur les noms, cela pouvait être utile de les relire. L'introversion de Hailey n'était pas le seul point qui méritait un peu de contexte, il y avait aussi le bégaiement de Derek – peut-être y avait-il un rapport d'orthophoniste à ce sujet.

La secrétaire, Beverley, lui remit les deux dossiers. Il y avait là-dedans absolument toutes les informations qu'elle aurait pu souhaiter connaître sur les cinq années de la vie de Derek, y compris un rapport de l'orthophoniste. En revanche, celui de Hailey se révéla plutôt maigre.

— Je peux les emprunter ? demanda-t-elle à Beverley.

— Bien sûr, tant que vous ne les emportez pas chez vous, précisa cette dernière.

Après la classe, cet après-midi-là, Katie sortit échanger quelques mots avec la mère de Hailey à propos de l'incident du matin. Mme Marshall, debout à côté de sa voiture, discutait avec la mère de Graeme – voix grave, accent distingué. Lorsque Katie approcha, sac plastique à la main, en compagnie de Hailey vêtue d'une jupe bien trop grande, l'autre mère comprit de quoi il retournait et adressa à Mme Marshall une grimace compatissante avant de disparaître avec son fils.

Le visage de Mme Marshall avait rougi légèrement. Katie semblait l'avoir convaincue quand elle lui assura que ce genre d'incidents était fréquent en début d'année. Hailey n'était absolument pas en cause. Avec un petit sourire et un « Merci, vous êtes bien aimable », Mme Marshall ouvrit la portière pour faire monter sa fille.

Katie regarda la BMW s'éloigner. Plus elle la voyait, plus cette femme lui paraissait intimidante, ce qui expliquait peut-être le comportement de sa fille.

De retour à son bureau, Katie ouvrit le dossier de Hailey. Elle avait pu avoir une place grâce à une annulation, à peine trois semaines avant la rentrée. Apparemment, elle n'avait pas fréquenté d'école maternelle et, avec le formulaire d'inscription lui-même, son dossier se résumait à une copie d'extrait d'acte de naissance et un certificat médical daté de la semaine passée. Il était précisé que son père était absent, et que les contacts se faisaient exclusivement par le biais de sa mère. Tout cela paraissait assez précipité. Entre la grossesse de Mme Marshall et l'absence du père, il était évident que Hailey traversait une période compliquée.

— Katie ! Comment ça va ?

Mark se tenait sur le seuil. À en croire ce qu'il lui avait raconté durant le repas de midi, le prestige associé au fait d'être le premier enseignant masculin de sa classe de CM1 diminuait rapidement. Il semblait déjà plus fatigué.

— Tout va bien, répondit Katie gaiement. On a fait une grosse séance peinture aujourd'hui, histoire d'habiller un peu les murs.

Il approcha de l'endroit où les quinze œuvres d'art étaient accrochées.

— Des paysages marins, nota-t-il en observant les vagues bleues et vertes et les diverses éclaboussures.

— C'est l'océan, le thème de ce trimestre. Je les emmène en sortie sur la plage lundi, si le temps le permet.

— Super. J'ai une affiche sur la faune marine, si ça peut t'être utile.

— Merci, j'y jetterai un œil demain. J'ai bien envie d'installer un aquarium aussi – même si ça n'a pas un rapport direct avec notre projet.

— J'ai mieux, si tu veux un plan océan, dit-il en se tournant vers elle. Il y a un super restaurant de fruits de mer pas loin d'ici, à Polpayne. On pourrait aller y dîner un de ces jours. Je t'invite.

Katie hésita. Elle préférait vraiment éviter de flirter avec un collègue. D'un autre côté, ses déjeuners en compagnie de Mark lui avaient permis de découvrir un garçon drôle et attachant. Et il n'y avait rien de mal à dîner ensemble.

— Bonne idée, mais on paye chacun notre part, déclara-t-elle d'un ton qui ne souffrait pas de contestation. Et en collègues.

— Collègues et amis, répliqua-t-il tout aussi fermement. Je réserve une table pour demain soir, ça te va ?

Katie accepta et Mark quitta la salle de classe l'air ravi. Elle rangea ses affaires et regagna le parking, jetant un coup d'œil au passage à la place où se garait d'ordinaire Mme Marshall.

Souriant du contraste entre sa petite Clio et la BMW des Marshall, elle monta en voiture et prit la direction du village. Elle entendait les vagues s'écraser violemment sur la plage en contrebas, huma avec délice l'odeur fraîche et piquante des embruns qui flottait jusqu'à elle. Au fil de la journée, la météo était devenue plus mouvementée, et la mer faisait des siennes, en bas.

Arrêtée au feu, près du port, elle regarda un jeune homme dégingandé coller une affiche sur l'arrêt de bus. Il était en train de recouvrir l'image en lambeaux d'une petite fille tout sourire. Katie la reconnut, c'était la fillette qui s'était noyée à Newquay l'été précédent, jolie, cheveux foncés et bouclés. *Avez-vous vu Olivia Granger ?* était-il écrit en noir juste au-dessus de son portrait. La petite disparut bientôt sous une publicité pour une compagnie d'assurances.

Katie démarra en douceur au moment où le feu passait au vert. Aucun enfant ne méritait de mourir ainsi.

Elle prit la direction de l'animalerie, afin de se renseigner sur les aquariums. Sa journée de travail n'était pas terminée.

9

Jennifer était allongée sur son lit. Dehors, l'obscurité cédait la place au soleil du petit matin et le motif fleuri des rideaux assortis au couvre-lit s'éclaircissait à mesure qu'apparaissait la lumière. Jennifer balaya la pièce du regard. Elle aurait dû être encore endormie à cette heure. Les bébés qu'elle portait étaient des lève-tôt, l'un des deux en tout cas.

Jennifer caressa son ventre. Ça ne serait plus très long, maintenant. Elle s'était rendue à la maternité la veille : rien à signaler selon le Dr Rosen. Les deux bébés s'étaient bien développés, il ne leur restait plus qu'à grandir. Jennifer changea de position et elle les sentit se retourner, s'agiter puis se caler à nouveau.

Elle n'avait aucune raison d'être aussi matinale. Elle avait réglé le réveil de Hailey sur 7 heures et, même s'il lui était arrivé, une fois, de le manquer, sa fille se levait depuis sans la moindre difficulté. Jennifer se détendit et se laissa aller à sa rêverie préférée.

Mère de trois enfants, malgré sa période noire. À ce moment-là, elle avait eu l'impression de vivre dans un monde en noir et blanc, en pointillé, où les sons étaient distordus. Mais tout ça était terminé.

Si seulement elle était moins seule ici. Bien sûr, Phillip était proche de sa grand-mère, il était bien naturel qu'il veuille l'accompagner durant ses ultimes semaines. Mais s'ils avaient su qu'elle s'accrocherait autant à la vie… et Los Angeles était bien trop loin pour qu'il puisse faire des allers-retours. Ça ne pouvait pas être pire pour Jennifer. Si elle parlait des bébés à Phillip, il reviendrait à la maison par le premier avion et sa belle surprise serait gâchée. Elle voulait tant voir son expression lorsqu'il apprendrait qu'il allait être à nouveau papa. Elle attendrait. Il n'était parti que depuis dix semaines, ce n'était rien, vraiment. Les surprises viendraient le réconforter à la mort de sa grand-mère, et puis il valait mieux qu'elle ait encore un peu de temps pour améliorer le comportement de Hailey.

Une ride creusa son front. Cette idiote avait rapporté des vêtements souillés de l'école deux jours de suite. C'était très gênant. Mlle McLure avait fait preuve de bienveillance, mais qu'avait-elle dû penser ? Dire que cette petite imbécile avait toujours besoin de couches la nuit. À la ferme, Jennifer avait mis cela sur le compte des cachets, mais désormais Hailey n'en prenait plus que très occasionnellement, et elle était pourtant mouillée chaque matin que Dieu faisait. Enchaîner les machines de draps n'avait rien d'amusant lorsqu'on était enceinte de sept mois… et de jumeaux ! Alors pour ce qui était de lui apprendre à se passer de couches, avec les rechutes que cela impliquait immanquablement, elle attendrait. C'était quand même pénible. Elle ne pouvait pas prendre une femme de ménage, une inconnue qui fouinerait dans la maison, donc il lui faudrait batailler avec Hailey. S'oublier ainsi en pleine journée, c'était tout à fait inexcusable.

Jennifer frissonna de colère malgré elle. Si cela venait à se reproduire, elle prendrait les choses en main. Hailey gâchait sa parfaite vie de famille. Il y avait toujours un motif d'inquiétude. Le dernier en date était cette permission de sortie que Mlle McLure avait demandé de remplir hier.

La classe irait sur la plage lundi. À la première lecture du mot, Jennifer avait dû s'asseoir. Les écoles étaient-elles autorisées à emmener les enfants dans des endroits aussi dangereux ? Un enseignant ne pouvait sûrement pas en surveiller quinze à la fois ! Et Hailey n'aimait pas la plage.

En relisant, elle s'apaisa un peu : il était écrit noir sur blanc qu'ils ne s'approcheraient pas de l'eau et que trois adultes les accompagneraient. Cependant, Jennifer savait qu'elle ne serait rassurée que lorsque Hailey serait de retour, en sécurité, à la maison.

Un des bébés remua, comme dérangé par ces pensées désagréables. Jennifer souffla. Tout allait bien se passer.

Hailey avait simplement besoin de temps, même Mlle McLure l'avait dit. Si seulement Phillip pouvait rentrer bientôt, il ne manquerait pas de remettre de l'ordre dans tout ça. Un petit sourire apparut sur ses lèvres quand elle pensa à son mari. Comme il avait été inquiet pendant sa période noire, et quel soulagement il avait ressenti lorsque la noirceur l'avait quittée, que la couleur était revenue dans sa vie…

En attendant, elle allait devoir s'occuper de Hailey toute seule.

Un des bébés donna un autre coup de pied et Jennifer sourit amoureusement.

— Tout va bien, mes trésors, maman est là.

L'air de ce matin était froid et humide : l'été cédait sa place à l'automne. Katie rejoignait l'école primaire de Polpayne Castle en sifflotant. Elle était à peu près aussi excitée que les enfants à la perspective de cette balade au bord de la mer. Première sortie avec la classe, une expédition de deux heures pour ramasser coquillages et algues et alimenter le thème « océan ».

Katie pensa avec un soupçon d'inquiétude à ses deux élèves « à problèmes ».

Derek Cameron avait d'autres tares que ses difficultés d'élocution. Il était turbulent et malpoli avec ses camarades. Katie se demandait d'ailleurs lequel de ces problèmes, agressivité et bégaiement, était apparu le premier. Elle n'avait pas encore trouvé la bonne manière de s'adresser à lui, ce qui la préoccupait.

Et puis Hailey Marshall. Elle semblait tout simplement retardée, pour utiliser une expression non professionnelle. Il y avait d'abord ses soucis de propreté et, à l'entendre parler ou à voir ses dessins, on aurait cru avoir affaire à une enfant bien plus jeune. La plupart du temps, elle restait dans son monde, ses yeux bruns dans le vide, des mèches s'échappant de ce bandeau qu'elle détestait visiblement porter.

Katie ne comprenait pas cette fillette et comme celle-ci ne s'exprimait que par monosyllabes, elle avait du mal à savoir par où commencer. À l'évidence, la petite avait besoin d'aide, mais Katie doutait d'être la personne la plus indiquée pour la lui fournir. Un expert serait peut-être plus efficace. D'un autre côté, elle n'était à l'école que depuis une semaine, un peu tôt pour rameuter des psychologues.

En passant, Katie jeta un coup d'œil au restaurant où elle avait dîné avec Mark. La soirée s'était révélée étonnante à plus d'un titre. Mark lui avait appris qu'il était végétarien mais acceptait de manger du poisson, et il s'était montré plus sérieux qu'à l'école, évoquant avec intelligence sa vie et ses projets pour l'avenir. Le temps avait filé à toute vitesse, il était presque minuit lorsqu'il l'avait raccompagnée chez elle. Du coup, il n'était même plus question de l'inviter à entrer – seul détail qui avait préoccupé Katie.

« Ne m'en veux pas si je ne te propose pas de venir prendre le café mais j'ai besoin d'une bonne nuit de sommeil pour être présentable à l'école demain, avait-elle déclaré lorsqu'il s'était garé à proximité de son appartement.

— Tu sais très bien que tu exagères », avait-il répondu en sortant pour lui ouvrir la portière.

Katie l'avait regardé s'éloigner depuis la porte de son immeuble.

Elle savait que ce n'était pas une bonne idée de sortir avec un collègue, mais elle ne pouvait ignorer le sourire qui barrait son visage.

Elle se gara à sa place habituelle à l'instant où Jeanette McCallum sortait de sa voiture.

— Salut, Katie. Tu vas avoir une belle journée à la plage.

— Heureusement, dit-elle en scrutant l'océan, au loin.

Elle souleva le sac plastique contenant ses vêtements d'expédition et sourit à la directrice.

— Je me demande combien d'élèves auront pensé à mettre jean et pull ce matin – je leur ai dit qu'ils étaient assez grands pour transmettre ce message sans que j'aie besoin d'écrire un mot. Tous ceux qui y auront pensé auront droit à un autocollant supplémentaire pour le poster sur les poissons.

Jeanette rit.

— Pot-de-vin et corruption, ça marche à tous les coups !

Les enfants s'affairaient dans la partie vestiaire, suspendaient leurs blazers, se débarrassaient de leurs chaussures pour enfiler leurs pantoufles. Dès l'arrivée de Katie, ils se précipitèrent dans la classe et s'agglutinèrent autour d'elle.

— On y va, hein, maîtresse ?

— Il ne fait pas trop froid, on peut y aller ?

Katie contempla en souriant le cercle de visages excités.

— C'est la journée idéale pour une sortie à la plage, déclara-t-elle gaiement. Ni trop chaude, ni trop froide, ni trop venteuse. Alors, qui a pensé à prendre un vieux jean ?

— Moi !

— Moi aussi !

Presque toutes les mains s'agitèrent. Sans surprise, deux élèves avaient oublié : Derek Cameron et Hailey Marshall.

— Derek ? Hailey ?

— J'-j'-j'ai oub-blié.

Derek avait l'air si piteux que Katie faillit éclater de rire.

— Oh, ce n'est pas grave, nous te trouverons quelque chose dans le coffre aux vêtements. Et toi, Hailey, tu as oublié aussi ?

Hailey, elle, fit non de la tête. Katie et les autres se tournèrent vers elle.

— Je n'ai rien dit à maman. Je n'ai pas de pantalon, avoua Hailey en fixant le sol.

Les enfants s'esclaffèrent.

Katie la dévisagea, interloquée.

— Tu n'as *aucun* pantalon ? Rien que des jupes et des robes ?

Hailey confirma de la tête, s'attirant encore quelques ricanements. Katie fronça les sourcils, regrettant l'impulsivité de sa question. Elle ne voulait surtout pas que Hailey devienne l'objet de moqueries.

— Moi aussi je préfère les jupes, s'empressa-t-elle d'enchaîner en récupérant le carton de vêtements de rechange. C'est l'heure de s'habiller, tout le monde, et ensuite on y va.

Ils se rendaient dans une crique située à cinq kilomètres de Polpayne, où un minibus pouvait stationner quasiment au pied de la falaise. Katie ne tenait pas particulièrement à se lancer dans une expédition d'escalade avec sa classe, même encadrée par Nora et Alison.

Le minibus les attendait près de la porte latérale. Les enfants, bruyants et très différents sans leurs uniformes, se précipitèrent, ravis. Nora prit le volant, Katie s'assura que toutes les ceintures de sécurité étaient bouclées puis s'assit à l'avant. Le véhicule longea la côte, traversa Polpayne. Katie observa les falaises sombres au relief déchiqueté, qui formaient un contraste franc avec les bleus et verts tendres du ciel et de l'eau. La mer s'était bien éloignée, offrant des conditions idéales pour explorer la plage.

Nora guida lentement le minibus sur la piste très pentue menant au sable. Les petits poussaient des « Oh » et des « Ah ». Enfin, le véhicule s'immobilisa et Katie fit face à ses élèves.

— Alors, vous avez chacun un sac plastique. Ramassez tout ce que vous voulez, mais essayez quand même d'éviter ce qui est trop gros ou qui sent trop mauvais. Animaux et poissons interdits. Qu'ils soient vivants ou morts. Et si l'un d'entre vous s'approche de la mer d'une manière ou d'une autre, nous repartons tous directement à l'école. Si vous avez un doute, vous nous demandez, d'accord ?

Elle se tourna vers Nora et Alison.

— Nora et moi, on les accompagne et on pourra répondre à leurs questions. Alison, tu te postes au bord de l'eau pour t'assurer que personne ne s'éloigne. Allez, c'est parti !

Elle s'écarta pour laisser les enfants sauter du bus, la plupart se séparant tout de suite en petits groupes volubiles de trois ou quatre. Mais Hailey, à l'instant où elle posa le pied sur le sol, promena un regard perdu tout autour d'elle, puis se retourna et s'élança en courant.

— Oh, oh, Hailey ! l'appela Katie. Ne pars pas toute seule comme ça, ma puce !

Elle la rattrapa et la ramena auprès de ses camarades.

— Tiens, mets-toi avec Aiden et Melanie, voyez ce que vous trouvez, toutes les trois, reprit-elle.

Hailey la fixa sans un mot et Katie constata avec stupeur que des larmes coulaient sur son visage. La fillette semblait hébétée. Elle se décida enfin à suivre d'un pas lourd deux de ses camarades, et se mit avec eux creuser dans le sable.

Katie sourit à Nora.

— Et voilà, on est lancés !

Les enfants s'interpellaient d'un bout à l'autre de la plage, ramassaient des coquillages, des algues et du bois flotté avec un enthousiasme qui faisait plaisir à voir. Katie et Nora déambulaient parmi eux, admirant leurs trouvailles et leur prodiguant des conseils.

— Regarde ce qu'on a trouvé ! Qu'est-ce que c'est, maîtresse ? demanda Derek qui courait vers elle, en agitant un objet verdâtre.

Katie l'examina.

— On dirait un morceau de filet. Le pauvre pêcheur a dû avoir un sacré trou à réparer !

Cela fit rire les enfants. Derek, tout fier, fourra son filet dans son sachet et poursuivit ses explorations.

— Il n'a pas bégayé, cette fois, murmura Nora.

C'était vrai. Derek bégayait beaucoup moins que d'ordinaire. Et il semblait s'amuser, à courir et rire avec les autres.

— Tu sais, je crois que tout finira par aller mieux, avec lui, renchérit Katie.

Elle observa Derek un moment puis chercha Hailey du regard.

La fillette était seule, à examiner le contenu de son sac plastique. Katie alla s'accroupir à côté d'elle.

— Qu'est-ce que tu as trouvé ? Oh, des coquillages, super ! Qu'est-ce que tu vas en faire ?

Pour une fois, Hailey la regarda droit dans les yeux et répondit :

— Je vais faire un château de sable pour une princesse et je vais coller les coquillages sur la tour, comme j'avais fait avec ma maman.

Tout bonnement la phrase la plus longue qu'elle ait prononcée à ce jour, se félicita Katie.

— C'est une excellente idée, mais nous n'aurons pas le temps de construire des châteaux ce matin, ma puce. Je suis sûre que maman t'emmènera bientôt sur la plage de Polpayne. Tu pourras le faire là-bas.

Le visage de Hailey se referma aussitôt. Elle secoua la tête. Katie se mit à réfléchir très vite. Elle ne voulait pas la bloquer sur sa lancée.

— Ou ton papa, sinon. Quand rentre-t-il ?

Hailey hocha la tête, un espoir farouche brillant dans ses yeux.

— Je voulais aller rejoindre mon papa, dit-elle, la voix tremblante.

Katie la serra contre elle, en s'assurant qu'Alison et Nora se débrouillaient avec le reste de la classe.

— Ça n'est pas simple pour toi, en ce moment, hein ? Il y a eu beaucoup de changements dans ta vie, mais ne t'en fais pas. Ça va s'arranger bientôt. Moi aussi, j'ai été obligée de changer de maison quand j'étais petite, alors je sais ce que c'est.

Hailey leva vers Katie d'immenses yeux étonnés.

— C'est vrai ?

— Oui. Deux fois, même. C'était difficile, au début, les deux fois, d'ailleurs, mais très vite, j'ai été heureuse dans ma nouvelle maison et ma nouvelle école. Toi aussi, tu verras. Quand est-ce qu'il rentre, ton papa ? Tu le sais ?

Hailey prit une grande inspiration, le visage à nouveau rempli d'espoir.

— Maman dit qu'il rentre bientôt.

— Je parie que tu as hâte de le retrouver.

Les lèvres de la petite fille se mirent à trembler et Katie la serra contre elle à nouveau.

— J'espère qu'il va très vite rentrer. Allez, rejoins Melanie pour voir si tu trouves d'autres trésors à ajouter à ta collection.

Hailey s'exécuta. Une demi-heure plus tard, Katie donna un coup de sifflet.

— C'est l'heure de la pause ! lança-t-elle.

Les enfants rappliquèrent, ravis.

De retour en salle des maîtres, Katie raconta à Nora sa petite discussion avec Hailey.

— Heureusement qu'elle s'épanche un peu, remarqua Nora. Ce serait intéressant de la voir chez elle. Elle serait sûrement plus bavarde.

— J'y songeais, justement. Et tu n'as pas trouvé ça bizarre, à notre arrivée, quand elle a foncé sur la plage comme ça ? Qu'est-ce qui lui est passé par la tête ? Je ferais peut-être bien de rendre visite aux Marshall. J'avais prévu d'attendre que les premières vacances scolaires soient passées, mais Hailey m'intrigue, et Mme Marshall préférera certainement que je lui rende visite maintenant.

— C'est sûr. D'autant que les problèmes de la petite vont peut-être s'aggraver à l'arrivée du bébé. Autant nous y préparer.

— Ce sont des jumeaux, l'informa Katie.

— Ah, alors il ne faut pas que tu tardes. Les jumeaux naissent souvent avant terme.

— Alors, cette sortie ? demanda Jeanette McCallum en entrant dans la salle en compagnie de deux collègues.

Katie les rejoignit à la table après avoir récupéré son déjeuner dans le réfrigérateur.

— Excellente. Ils ont ramassé des tas de trucs. Je ne sais pas où je vais les mettre. Et mon bégayeur préféré a presque arrêté de bégayer. Quant à ma petite taciturne, elle s'est révélée plutôt bavarde, une fois qu'on a réussi à la persuader de ne pas filer toute seule. D'ailleurs, maintenant que j'y réfléchis, on a passé une super matinée !

Tout le monde rit. Une vie d'enseignant est remplie de moments comme ceux-ci, songea Katie. Ces petites réussites qui prouvaient que les efforts en valaient la peine.

11

Fin septembre

Jennifer raccrocha violemment le téléphone et regagna la cuisine au pas de charge.

Elle se mit à arpenter la pièce en se remémorant l'échange qu'elle venait d'avoir.

« C'est une visite de routine, histoire de discuter de manière informelle des progrès de Hailey et de vous donner un aperçu de notre travail en classe tout au long de l'année, avait dit Mlle McLure. Nous rendons visite à chaque enfant avant Noël. »

Jennifer inspira un petit coup sec, saisit la bouilloire. Un thé la calmerait. Elle passa la main sur son ventre, durci par les contractions préparatoires. Elle ne se souvenait pas en avoir connu de si fortes pendant sa première grossesse.

Elle emporta sa tasse dans le salon et s'installa sur le canapé. Hailey avait encore dû se faire remarquer à l'école. Quelle petite ingrate – tout le monde n'avait pas la chance de fréquenter un si bon établissement ! Le minimum, c'était quand même de se concentrer et de ne pas déranger la classe avec ses comportements puérils. Plus Jennifer y réfléchissait, plus ça la mettait en colère. Il était impossible de comprendre pourquoi Hailey agissait de cette manière, elle qui avait toujours été une petite fille si heureuse.

Une inquiétude la traversa. Est-ce que Mlle McLure voulait la voir parce que Hailey avait dit quelque chose ? Ou bien à cause de ses cheveux peut-être ? Tous ces produits chimiques et ce jus de citron les avaient rendus ternes et cassants, au point que Jennifer commençait à penser que la seule solution était de les couper. Mais ils avaient toujours été si jolis, un peu plus longs. Elle ferait une dernière tentative avec la camomille.

Un mélange de confusion et de colère lui serra la gorge. Il fallait qu'elle se calme. Elle n'avait qu'à se montrer agréable et sympathique en présence de Mlle McLure et tout irait bien.

Hailey et elle allaient commencer à s'entraîner. Juste histoire de s'assurer que cette visite se déroulerait parfaitement.

12

— Katie ? Tu ne déjeunes pas ?

Katie leva la tête. Elle était perchée sur le mur qui entourait la roseraie de l'école. Il faisait gris, le ciel s'était assombri au fil de la matinée et il tombait maintenant quelques gouttes. Le mois de septembre touchait à sa fin. Branches taillées et feuilles jaunies avaient succédé aux fleurs roses et blanches du jardin, et l'humeur de Katie trouvait un écho dans l'état désolé de la végétation.

— Salut, Mark. J'ai un fond de mal de crâne, alors je suis sortie prendre l'air. Je m'apprêtais à rentrer manger un morceau.

— J'espère bien. Un après-midi de cours sur un ventre vide, ce n'est pas recommandé.

Il s'assit à côté d'elle. Un peu trop près, jugea Katie, qui se déplaça de quelques centimètres. Le tête-à-tête dans la roseraie, c'était la chose à éviter, surtout après leur matinée de samedi. Mark et elle étaient allés boire un café après s'être croisés au supermarché, mais la conversation avait cette fois été un peu plus guindée. Katie avait la sensation que Mark recherchait plus qu'une simple relation entre collègues, et pour sa part elle n'en avait pas du tout envie.

— Je sais bien. Et puisque ma tête va mieux, je pense que je vais aller de ce pas déguster ma salade de pâtes gastronomique.

— Ça te dirait de faire un truc avec moi après l'école ? suggéra Mark comme ils regagnaient le bâtiment. Ce que tu veux, café, restaurant, casino, zoo, peu importe, je suis partant.

Katie fronça les sourcils.

— Oh, je ne sais pas trop, Mark. Je vais chez Hailey Marshall après la classe. C'est ma première visite à domicile, elle risque de ne pas être simple et je suis déjà super fatiguée. Je n'ai pas très bien dormi la nuit dernière.

— Les Marshall vivent à Polpayne, non ?

Katie confirma d'un hochement de tête.

— Écoute, je vois bien que tu n'as pas envie de sortir avec quelqu'un en ce moment, je comprends. Mais on est amis, et il faut bien se nourrir. Alors pourquoi tu ne m'appelles pas à ton retour de chez Hailey ? Je passe te prendre et on va manger un fish and chips à Newquay, j'en connais un génial, tu vas adorer. Et tu pourras même te coucher à 20 heures si tu veux.

Katie y réfléchit. Il y avait du vrai dans ce qu'il disait et c'était gentiment proposé. Et puis elle serait peut-être bien contente de pouvoir discuter de cette visite avec Mark après coup.

— D'accord, concéda-t-elle finalement. Mais à deux conditions : un, tu n'as pas le droit de te plaindre si on passe notre soirée à parler boulot...

— Je te parie que ça n'arrivera pas, assura-t-il, confiant. Et deux ?

Katie lui sourit.

— C'est moi qui t'invite, conclut-elle en entrant dans la salle des maîtres où quelques collègues étaient déjà attablés.

Sur un petit salut militaire, Mark fila en direction de sa classe.

L'après-midi fut consacré à terminer la confection des mouettes en carton commencées la semaine précédente. Le résultat était magnifique : les petites créatures aux yeux en bouton de bottine avaient des pattes en laine jaune et des ailes qui bougeaient quand on tirait sur la queue. Elles étaient munies chacune d'une ficelle sur le dos et on pouvait donc les suspendre n'importe où. Les enfants manifestèrent bruyamment leur enthousiasme.

— Vous pouvez les accrocher au plafond de votre chambre ou bien à une fenêtre, suggéra Katie, debout sur une chaise, occupée à fixer la sienne au-dessus de la table de travail manuel.

Elle tira sur la queue pour lui faire agiter ses ailes, provoquant des cris de joie chez ses élèves. Avec fierté, elle contempla les quinze petits visages ravis. Même Hailey avait l'air heureuse pour une fois, et Derek n'avait cogné un autre enfant que deux fois dans la journée. Ils commençaient à former un groupe.

— Bien, Hailey, dit-elle une fois les derniers partis avec le bus. On y va. Tu m'emmènes chez toi ? Tu me montreras ?

Elle installa la petite fille à l'arrière de sa voiture et démarra. Hailey savait exactement où elle habitait, elle lui donna des indications précises tout au long du chemin. Katie s'en félicita en silence. Cette enfant n'était peut-être pas très bavarde, mais elle se montrait attentive à ce qui se passait autour d'elle.

Au feu, elle se retourna pour sourire à la fillette, immobile sur son siège, tenant mollement sa mouette à la main. Il émanait d'elle aujourd'hui un parfum – faute de trouver un mot plus adéquat – différent. Katie le respira d'un air songeur.

— Tu as un nouveau shampoing, non ? Aux herbes ?

Hailey répondit d'une voix morne :

— C'est le produit qu'utilise maman pour mes cheveux. De la cam... cama...

— Camomille, compléta Katie. Ce doit être de l'après-shampoing. Moi aussi j'en mets.

Hailey la dévisagea. Le feu passa au vert avant que Katie ait le temps d'ajouter quoi que ce soit. Elle longea le port et monta la colline de l'autre côté du village. Certes, les cheveux de Hailey avaient besoin d'être soignés, ils étaient secs comme du foin, mais était-il courant pour de si jeunes enfants d'utiliser de l'après-shampoing ? Katie s'interrogeait encore en entrant dans Castle Gardens.

Les maisons étaient vastes, leurs jardins tous mieux entretenus les uns que les autres. Un petit quartier plutôt aisé. Ce constat n'apaisa pas le trac de Katie. En théorie, c'était elle qui était aux commandes, mais dans les faits, ce n'était jamais l'impression qu'elle avait lorsqu'elle était confrontée à la mère de Hailey.

Elles s'arrêtèrent presque au bout d'une rue bordée d'arbres qui évoqua à Katie un vieux film américain. Comme les autres propriétés, la maison des Marshall affichait une taille généreuse, d'immenses baies vitrées au rez-de-chaussée et une glycine florissante qui grimpait sur un des murs de côté.

— Elle est magnifique, cette maison, commenta Katie en aidant Hailey à descendre de voiture, avec sa mouette et son cartable.

— Il y a quatre toilettes, précisa Hailey d'un air abattu.

Katie ne put s'empêcher de rire de son expression résignée.

— Quatre ! Eh bien au moins, tu n'as pas de problème pour y arriver à temps, dit-elle pour la taquiner.

Katie se rengorgea, fière d'avoir réussi à faire pouffer Hailey. Elles se tenaient devant la porte voûtée, flanquée de vitraux manifestement coûteux. Katie sonna et Mme Marshall leur ouvrit presque aussitôt.

— Mademoiselle McLure, entrez. Coucou, Hailey chérie. Eh bien, qu'est-ce que tu nous rapportes aujourd'hui, dis donc ?

Les mots étaient agréables, mais le ton sec. Katie se demanda si l'autre femme n'était pas aussi nerveuse qu'elle.

— Bonjour, madame Marshall ! lança-t-elle chaleureusement. Merci d'avoir accepté de me recevoir aussi vite. Comment allez-vous ?

— Très bien, merci. Mais je me fatigue beaucoup. Hailey, mon cœur, file te changer dans ta chambre et rejoins-nous dans le salon après.

La bonne humeur de la fillette avait disparu, remarqua Katie, malgré le sourire béat apparu lorsque sa mère lui avait adressé la parole. Ils n'avaient pas droit à ces sourires niais à l'école, songea Katie, qui s'étonna ensuite de le voir s'effacer tout aussi soudainement, alors que la petite prenait l'escalier sans un mot. Le petit visage s'était fermé à nouveau. C'était l'expression habituelle de Hailey, dépourvue de toute passion, mais ici, c'était encore pire. Pourtant, on était chez elle. Consternée, Katie se laissa guider jusqu'à l'une des pièces situées à l'avant de la maison.

Le décor était splendide, luxueux. Des fauteuils et un canapé en cuir blanc couvert de coussins en velours bleu étaient disposés autour d'une table basse en verre où attendaient des tasses sur un plateau. Des tapis orientaux aux teintes bleutées formaient un joli contraste sur le parquet brillant, et deux vitrines contenaient de la verrerie apparemment précieuse.

— Quelle pièce magnifique, commenta Katie en regrettant de tout son cœur de ne pas être habillée autrement.

Son « uniforme scolaire » composé d'une jupe grise passe-partout et d'un chemisier à carreaux semblait particulièrement décalé dans cet environnement. Elle avait beaucoup de mal à ne pas se sentir dans la peau de la parente pauvre.

— Merci, répondit Jennifer Marshall. J'ai fait faire, bien sûr. Mon mari n'est toujours pas rentré et je ne pouvais rien porter toute seule.

— Bien sûr. Et il est tout naturel que vous ayez souhaité que tout soit prêt avant l'arrivée des bébés, dit Katie en s'enfonçant dans le canapé et en s'efforçant de paraître à la fois détendue et sûre d'elle.

Hailey entra dans la pièce en silence, maintenant habillée d'une robe bleu et blanc, un bandeau blanc tiré de travers sur ses cheveux fins. Sa mère redressa le bandeau, refit le nœud et fut récompensée par un autre grand sourire. Katie l'observa avec étonnement. Ce sourire ne semblait pas du tout naturel. Le visage de l'enfant, maintenant au repos, était si solennel qu'il en paraissait presque maussade. Katie prit une grande inspiration. C'était le moment idéal pour évoquer le premier point.

— Hailey, tu es ravissante. Madame Marshall, avant que j'oublie, ce qui aiderait bien Hailey, lorsqu'on part en extérieur pour nos projets, ce serait d'avoir des vêtements décontractés comme un jean, un pull. Les enfants se concentrent mieux quand ils n'ont pas à s'inquiéter de salir leur uniforme.

Jennifer Marshall inclina la tête.

— J'y veillerai. Merci. Je vais nous faire du thé. Hailey, si tu montrais ton album à la maîtresse ?

Hailey alla chercher un album relié de cuir blanc sur une petite étagère et vint s'asseoir à côté de Katie sur le canapé. Katie l'ouvrit avec curiosité et découvrit une sélection de photos de bébé.

— Qu'est-ce que tu étais jolie, remarqua-t-elle.

Hailey fixait les images sans rien dire. Katie tourna les pages, en essayant de l'encourager à évoquer les photos, mais les réactions étaient limitées. Hailey tout bébé, son baptême, ses premiers Noëls, Pâques et anniversaires étaient tous documentés.

— Merci. Elles sont belles, tes photos. Et maintenant je sais à quoi ressemble ton papa, remarqua Katie. Fixés sur elle, les yeux de la petite fille étaient remplis de larmes.

Le téléphone sur la table près de la porte se mit à sonner. Katie jeta un regard en direction du couloir. Tout était silencieux. Mme Marshall devait être dans une des quatre salles de bains.

— Tu devrais peut-être répondre ? suggéra Katie.

Hailey souleva le combiné et le colla contre son oreille. Katie entendait une voix d'homme, mais Hailey restait plantée là, le visage totalement impassible. Heureusement, Mme Marshall réapparut dans la pièce, la théière à la main. Elle s'empara aussitôt du téléphone.

— Ça a coupé, déclara-t-elle en raccrochant. C'était mon mari. La connexion est souvent mauvaise. Je le rappellerai plus tard.

Katie accepta une tasse de thé et un biscuit, puis aborda le sujet de l'école, de plus en plus mal à l'aise. Jennifer Marshall était assise face à elle, polie, ses lèvres parfaitement maquillées affichant une très légère moue à l'énoncé des objectifs de la première année de primaire. Hailey, quant à elle, grignotait un sablé, l'air absente. Katie commençait à se demander si la fillette n'était pas encore moins bavarde à la maison qu'en classe.

Lorsqu'elles eurent bu leur thé, elle se tourna vers elle.

— Hailey, j'aimerais discuter seule à seule avec ta maman, maintenant, tu pourrais aller jouer un peu dans ta chambre ? Je viendrai t'aider à accrocher ta mouette après, je suis sûre que ta maman préfère éviter de grimper sur des chaises en ce moment.

D'un hochement de tête, Jennifer Marshall autorisa Hailey à sortir. Juste avant de franchir le seuil du salon, elle se retourna et posa sur Katie un regard parfaitement incompréhensible. Katie hésita, ne sachant par où prendre les choses.

L'atmosphère dans cette maison n'incitait pas vraiment à une conversation franche et constructive.

Mme Marshall prit les devants :

— Je me doute que vous devez trouver Hailey un peu spéciale. Elle a très mal réagi au déménagement, la pauvre, et bien sûr, son père lui manque horriblement. Dieu merci, il devrait être de retour très bientôt. Hailey a toujours été une enfant très joyeuse – avant.

— Un déménagement peut être très déstabilisant pour un enfant, confirma Katie. Je le sais d'expérience. Hailey réussit-elle à se confier ? A-t-elle exprimé…

— Non, coupa Jennifer Marshall d'une voix glaciale. Et je suis tout à fait persuadée que le meilleur moyen de surmonter ça est de faire comme si de rien n'était. Hailey s'en remettra et tout ira bien.

— Je n'en doute pas, mais je crois que ça pourrait l'aider de partager ses sentiments à propos du déménagement, et du fait que son père lui manque. Je n'en ai parlé qu'une fois avec elle, mais…

Jennifer Marshall se leva.

— Non, lâcha-t-elle avec emphase. Je dois vous le demander formellement, j'insiste pour que vous n'ayez *jamais* ce genre de conversation avec ma fille. Elle vit ici maintenant, et bientôt elle retrouvera sa joie de vivre. Voyons, avez-vous besoin d'un marteau et d'un clou pour cet oiseau, là-haut, ou bien une punaise fera-t-elle l'affaire ?

L'expression de la femme était absolument déterminée et Katie comprit qu'elle n'aboutirait à rien de plus aujourd'hui. Sonnée par la réaction de Mme Marshall, elle accepta un paquet de punaises et monta à l'étage. Là encore régnait une élégance discrète. Le vaste palier recouvert d'une épaisse moquette était décoré de deux dessertes en acajou et d'une commode d'inspiration orientale. Katie eut une pensée pour l'entrée de son petit appartement, où s'entassaient trois bibliothèques remplies à bloc.

Évidemment la chambre de Hailey était aussi luxueuse que le reste, tout en rose et blanc, contenant assez de jouets pour occuper la classe entière une bonne semaine. La fillette, assise sur son lit, tenait dans ses bras un poupon. Katie s'installa à côté d'elle. Elle avait échoué lamentablement, ne réussissant qu'à braquer Mme Marshall, ce qui n'aiderait en rien Hailey.

— Où veux-tu qu'on accroche ta mouette ? Près de la fenêtre ? demanda-t-elle.

Hailey acquiesça de la tête. Katie fixa l'oiseau puis revint s'asseoir sur le lit, cherchant ce qu'elle pourrait bien dire en deux minutes qui aiderait l'enfant.

— J'aime bien ta poupée, elle s'appelle comment ? demanda-t-elle finalement.

Hailey la serra de toutes ses forces.

— Maman dit que son nom est Amelia, mais moi je l'appelle Maggie.

— C'est celle que tu préfères ? Avec quoi tu joues, sinon ?

Hailey réfléchit, puis poussa un grand soupir tremblant.

— J'aime bien mes livres de Heidi et ma dînette. Mais j'aimerais bien avoir mon nounours aussi.

— Où est-il ? demanda Katie, contente que Hailey parle aussi librement.

Quel dommage qu'elles soient forcées de se limiter à ce dialogue rapide ! En effet, Mme Marshall risquait de chercher à savoir ce qui leur prenait tant de temps.

— À la maison d'avant. Il n'est pas venu avec moi, répondit la petite fille, des larmes plein la voix.

Katie grimaça.

— Oh ma puce. C'est vraiment pas de chance. Ça arrive, que des objets se perdent dans un déménagement. C'est vraiment triste que ce soit tombé sur ton ours.

— Tout va bien ?

La voix de Mme Marshall se fit entendre sur le palier, et Katie se leva.

— Tout à fait. Nous avons accroché la mouette à la fenêtre, répondit-elle, laissant Hailey dans sa chambre.

Exactement cinq minutes plus tard, elle regagnait les quartiers moins huppés de Polpayne, sans avoir pu mener ne serait-ce qu'un début de conversation franche avec Mme Marshall. Elle se cramponnait au volant, la froideur dont elle venait d'être témoin lui paraissait inouïe.

Pas étonnant que Hailey soit aussi effacée : sa mère ne lui autorisait pas la moindre émotion. Quant à comprendre les raisons de ce comportement, c'était vraiment impossible. Hailey avait besoin d'aide, cela ne faisait désormais plus aucun doute, mais il était peu probable que Mme Marshall accepte d'envisager une thérapie ou l'intervention d'un pédopsychiatre. Katie se gara sur sa place de parking et coupa le moteur. Il ne lui restait plus qu'à espérer que le père ne tarde pas à réapparaître.

13

Jennifer était furieuse comme jamais. Elle avait eu toutes les peines du monde à contenir son irritation tout le temps qu'il avait fallu à Mlle McLure pour accrocher ce pitoyable oiseau biscornu, dire au revoir et disparaître.

Comment *osait*-elle se présenter ici et affirmer tranquillement que Hailey avait besoin d'*aide* pour être heureuse ? Hailey avait *tout* ce dont elle pouvait rêver. Il n'existait sûrement pas une autre petite fille dans ce village avec autant de jouets, une aussi belle chambre, sans parler de cette place dans une école privée… Et voilà que cette fouineuse d'institutrice croyait faire sa B.A. en affirmant que Hailey était insatisfaite. Quant à cette suggestion de lui faire porter des jeans… Jennifer frissonna de dégoût. Quel genre de professeur demandait que ses élèves soient habillés ainsi ? Quelle effroyable publicité pour l'établissement !

Furieuse, elle fit les cent pas dans son salon immaculé. Son ventre se durcit. Il ne fallait pas qu'elle se mette dans des états pareils, elle savait que ce n'était pas bon pour les bébés.

Elle s'assit le temps que la contraction passe, puis alla se servir un verre d'eau à la cuisine. Elle avait *droit* à une belle vie maintenant, elle avait suffisamment donné pour ce qui était du malheur. Mais tout ça était derrière elle, terminé. Et d'ici quelques semaines, après la naissance des jumeaux, la famille serait au complet.

Plus calme, elle but une dernière gorgée et alla inspecter sa coiffure et son visage dans la salle de bains du rez-de-chaussée. Elle s'était ressaisie. Quant à cette conversation entre Hailey et la maîtresse à propos du déménagement, elle méritait une petite clarification.

— Hailey ! appela-t-elle depuis le bas de l'escalier. Tu peux venir tout de suite, s'il te plaît ? Je voudrais te parler.

Jennifer sourit en la voyant descendre, un poupon grandeur nature dans les bras. Hailey jouait avec sa nouvelle poupée. Et cette robe était adorable. Mais le bandeau était placé n'importe comment, une fois de plus. Sans parler des cheveux eux-mêmes...

Hailey s'assit du bout des fesses sur le canapé, pile à l'endroit où s'était installée Mlle McLure une heure plus tôt. Jennifer se pencha pour se placer à la hauteur de l'enfant. L'expression sur le visage de Hailey changea d'un coup, passant de la morosité à l'attention.

— Hailey, on s'est entraînées pourtant, un sourire ne suffit pas. Il faut toujours ajouter « Bonjour, maman » ou bien « Merci », ou la phrase qui convient dans le cas précis. Surtout en présence de personnes qu'on ne connaît pas. C'est clair ?

Hailey opina et Jennifer leva des sourcils interrogateurs.

— Oui, maman.

Le sourire était pour le moins flageolant, mais Jennifer laissa courir.

— Encore plus important, maintenant. Je veux que tu me dises tout ce que ta maîtresse t'a raconté à propos du déménagement. Dans les moindres détails, s'il te plaît.

Hailey resta assise là à fixer son poupon. Pendant un instant, Jennifer crut qu'elle n'allait pas répondre, mais elle prit finalement la parole d'une voix tremblante :

— Je ne m'en souviens pas.

Ce n'était guère plus qu'un murmure. Elle baissa la tête, serra sa poupée contre elle.

Une rage folle s'empara de Jennifer qui lui arracha la poupée et la jeta dans un coin. Celle-ci heurta le mur dans un bruit sourd, arrachant un petit gémissement à Hailey. Jennifer se pencha à nouveau vers elle.

— Je t'interdis, tu m'entends... cracha-t-elle en lui enfonçant méchamment son index dans la poitrine.

La petite fille recula sur les coussins.

— Je t'interdis de me mentir. Répète-moi immédiatement ce qu'elle t'a dit.

Hailey se mit à pleurer et brusquement elle se tint le ventre, descendit du canapé et fila hors de la pièce, aggravant la fureur de Jennifer. La porte des toilettes de l'étage claqua. Jennifer gravit l'escalier, chacun de ses pas résonnant, lourd, sur les marches.

Hailey, recroquevillée dans un coin de la salle de bains, serrait ses genoux entre ses bras. Dès que Jennifer apparut, elle approcha des toilettes et s'agrippa à la cuvette.

— Tu n'as pas intérêt à être malade, siffla Jennifer.

Elle humidifia un gant de toilette, le passa sur le visage de la fillette. Hailey se redressa en tremblant, émit un rot sonore et cracha dans le lavabo. Jennifer, dégoûtée, arracha le bandeau de la tête de Hailey, saisit la bouteille remplie de jus de citron posée sur le rebord de la fenêtre et en vida le contenu sur les cheveux brun terne.

— Veux-tu bien te comporter comme une fille digne de ce nom ? Et bon sang, fais quelque chose pour tes cheveux !

Hailey sanglotait désormais bruyamment, en tentant d'essuyer le jus de citron sur son visage, les paupières serrées.

— Va dans ta chambre, conclut Jennifer d'un ton froid.

La petite s'exécuta en titubant.

Jennifer regagna le rez-de-chaussée avec un sentiment de satisfaction. Elle allait maintenant se préparer un sandwich et s'installer devant la télé. Il y avait un documentaire sur les jumeaux qui avait l'air intéressant. Hailey pouvait bien attendre une heure ou deux, ensuite, peut-être, elle serait prête à répondre aux questions importantes.

Il était bien plus de 21 heures lorsqu'elle convoqua à nouveau Hailey au rez-de-chaussée. La petite, en chemise de nuit, avait les yeux rouges et de toute évidence elle n'avait rien fait pour ses cheveux. Jennifer lui désigna le canapé sans un mot, en luttant contre la rage qui bouillonnait.

— Alors, Hailey, dis-moi tout ce que t'a dit ta maîtresse sur le déménagement. Ses mots exacts, s'il te plaît.

Hailey, dont le visage était figé et dénué de la moindre expression, ce qui était particulièrement agaçant, répondit pourtant aussitôt d'une voix claire et distincte. Elle avait dû profiter de ce temps passé à l'étage pour réfléchir à la question, songea Jennifer. Tant mieux.

— Elle a dit que les déménagements, c'est toujours dur. Avec toutes les nouvelles personnes, la nouvelle école et tout. Elle a dit que ça lui était arrivé aussi quand elle était petite. Et elle a expliqué que des fois, des choses se perdent et ce n'est pas de chance.

Jennifer resta assise sans bouger, emportée par une bienfaisante vague de soulagement. Ça lui convenait, ça lui convenait même pas mal. Cette maîtresse n'était peut-être pas si nulle, après tout. Elle avait apparemment dit pile ce que Hailey avait besoin d'entendre.

— Quoi d'autre ?

— C'est tout, marmonna la petite fille, tête baissée.

— Ta maîtresse a tout à fait raison. Je t'ai dit la même chose, d'ailleurs. Et tu as vraiment de la chance, tu sais, d'avoir une si belle maison et tant de jouets. Tu devrais en être consciente.

Hailey n'avait l'air consciente de rien de tout ça. Elle restait là, à se balancer en silence comme une imbécile finie, et la frustration remonta d'un coup en Jennifer. Cette gamine gâchait tout. Elle agrippa son bras et le serra de toutes ses forces. Le visage de Hailey se décomposa, elle poussa un petit cri. Jennifer la secoua.

— Écoute-moi bien, Hailey. Mlle McLure m'a dit qu'elle n'aimait pas ton comportement à l'école. Pas du tout. Elle veut que tu parles plus. Que tu ries. Que tu sois comme tous les autres enfants. Et, Hailey...

Elle serra encore davantage le bras, sentit les muscles qui cédaient sous ses doigts. Hailey hurla. Gagnée par la rage, Jennifer glissa son autre main dans ses cheveux fins et les tordit, pour remettre la fillette debout.

— Arrête de jouer au bébé ! Écoute-moi, petite idiote. C'est très important. Tu sais que je t'interdis de parler de ce qui a pu se passer avant qu'on arrive ici. C'est compris ? On parle de cette maison, de cette école, mais de rien d'autre. Sinon je te punirai immédiatement, tu sais, et ça ne te plaira pas. Pas du tout.

Hailey leva ses yeux noyés de larmes vers Jennifer.

— Dis-moi ce que tu dois faire. Je veux être sûre que tu comprends.

— Rire et jouer à l'école et ne pas parler de la maison d'avant, murmura la petite.

— Parfait, conclut Jennifer en serrant méchamment son bras une dernière fois avant de la relâcher. File te coucher maintenant. Il est plus que temps de dormir. Oh, encore une chose. Arrête d'aller aux toilettes toutes les cinq minutes comme une imbécile. Il faut que ça cesse immédiatement. C'est clair ? Tu sais ce qui arrivera si tu me désobéis.

Hailey la dévisagea sans bouger et, après un brusque haut-le-cœur, vomit, déchaînant la fureur de Jennifer.

Elle attrapa les épaules de la fillette à deux mains et la poussa vers la porte, mais la tête de Hailey cogna contre l'encadrement. Elle tomba comme une pierre et ne bougea plus.

Ce fut au tour de Jennifer de la fixer.

— Allez, Hailey. Arrête tes sottises. Lève-toi.

Mais Hailey gisait, immobile. Jennifer se pencha. La fillette était inconsciente.

14

— C'était si terrible que ça ? s'enquit Mark lorsqu'ils eurent commandé le vin pour accompagner leur repas.

— Oh, la maison est d'une froideur ! Hailey a tout ce qu'elle pourrait désirer, sauf un jean, mais il n'y a pas la moindre tendresse entre elle et sa mère. Je suis restée presque une heure et durant tout ce temps Hailey n'a pas dit un seul mot à sa mère. Pas un. Et elles ne se sont pas touchées non plus, sauf au moment où Mme Marshall arrangeait ses vêtements. C'est pas croyable, non ?

Katie raconta ensuite ce que Jennifer Marshall avait dit à propos des problèmes de Hailey.

— Impossible de la faire changer d'avis. Je n'ai même pas pu parler de ce qui s'est passé l'autre jour sur la plage, quand Hailey s'est enfuie avant de revenir en pleurant. Du coup, je suis allée lui installer sa mouette. Sa chambre est magnifique, mais elle m'a raconté qu'ils avaient perdu son nounours préféré dans le déménagement. Elle avait l'air si triste…

— Bizarre, commenta Mark. Les doudous sont généralement tout en haut de la liste des « choses qui ne doivent pas se perdre dans les cartons » pour la plupart des parents. Mme Marshall n'a pas l'air d'une femme très aimante, on dirait…

160

— Et pourtant, à l'entendre, c'est « Hailey chérie » en permanence, nuança Katie. Il va falloir que je trouve comment procéder, maintenant.

— Continue comme tu le fais, suggéra Mark. Hailey passe sept heures par jour, cinq jours par semaine à l'école. Utilise ce temps pour l'aider. Elle fait visiblement partie de ces pauvres gosses de riches qui croulent sous les cadeaux et manquent d'affection.

— Tu as raison. Quant à ce qui l'attend à l'arrivée de ces deux bébés, franchement, c'est impossible à savoir. Je suis bien contente d'avoir été élevée dans un trois-pièces à Leeds.

Sur ce, leurs plats arrivèrent et Katie se rendit compte qu'elle avait faim. Le fish and chips que lui avait vanté Mark était en réalité un tout petit restaurant de sept ou huit tables, coincé entre une laverie automatique et une librairie chrétienne. Il y avait d'autres clients autour d'eux, de vrais gens qui se parlaient, riaient. Katie contempla son assiette et inspira une grande bouffée de l'appétissante odeur de poisson.

— C'est bon, non ? dit Mark.

Elle confirma d'un hochement de tête, contente qu'il ait changé de sujet durant leur repas. Cependant, malgré ou peut-être à cause de ce restaurant si chaleureux, si normal, son esprit revint à Hailey, dans sa maison confortable et glaciale.

— Je crois que je vais changer mon prochain thème : ce sera la famille, pas la ferme, décréta-t-elle subitement. Je pourrais commencer juste après les vacances.

— Ne te précipite pas, intervint Mark. Souviens-toi que Mme Marshall t'a très fortement déconseillé de t'aventurer sur ses plates-bandes.

— Oh, mais tu n'imagines pas à quel point je sais me montrer subtile, rétorqua Katie en souriant. Il faut que je soutienne cette gamine, Mark. Elle ne va pas bien du tout, elle nous lance un vrai appel à l'aide.

— Évite simplement que sa mère la retire de l'école, rebondit-il en convoquant le serveur d'un geste.

— C'est moi qui invite, n'oublie pas. Tu viens prendre un café chez moi, vite fait ?

Il la laissa bien avant 22 heures, mais l'esprit de Katie ruminait trop pour qu'elle songe à dormir. Elle venait de vivre sa pire journée depuis la rentrée. Il fallait qu'elle raconte son entretien à Jeanette, la directrice, au cas où Mme Marshall se plaindrait.

Mr. Chips, son chat, vint ronronner près d'elle. Elle trouva du réconfort dans cette présence lourde et chaude sur ses genoux. En caressant sa fourrure, elle réfléchit à la situation, consciente qu'il ne fallait pas qu'elle s'investisse trop, alors qu'elle venait de passer toute sa soirée à s'inquiéter pour Hailey. Elle devait se montrer plus professionnelle.

Demain, elle prendrait rendez-vous avec Jeanette. D'ici là, elle allait imiter ses élèves, qui devaient sûrement tous être dans les bras de Morphée.

15

Elle allait appeler ce gentil Dr Evans. Il avait donné à Hailey son certificat pour l'école, il pourrait sûrement venir à leur secours maintenant.

Les genoux tremblants, Jennifer passa par-dessus le corps inerte de Hailey et attrapa le téléphone. Des pensées noires, terrifiantes, tourbillonnaient au fond de son esprit. Elle ne pouvait pas perdre son Hailey chérie, pas maintenant. Pas une nouvelle fois.

Ce ne fut pas le Dr Evans mais son répondeur qui prit son appel et l'informa posément qu'à cette heure elle devait composer soit le 999 pour les urgences, soit le numéro de SOS médecin. Jennifer raccrocha puis repartit jeter un coup d'œil sur Hailey. Celle-ci n'avait pas bougé. Jennifer ressentit une contraction. Elle reprit le combiné et s'entendit décrire d'une voix affolée la chute de sa fille à l'opérateur, qui lui promit d'envoyer un médecin au plus vite.

Jennifer raccrocha et se massa le ventre. Elle observa la fillette sur le sol. Hailey était descendue chercher quelque chose au rez-de-chaussée... sa poupée ?... Là, elle avait trébuché et elle était tombée, n'est-ce pas ? Oui... c'était la faute de Hailey. La colère empêchait Jennifer de se souvenir en détail de ce qui s'était passé, mais elle était sûre que ça devait être à peu près ça. Quelle petite idiote !

Les paupières de Hailey frémirent et elle bougea la tête.

— Hailey chérie ? Réveille-toi, voilà, c'est bien. Réveille-toi.

La fillette eut un hoquet et roula sur le flanc. Le soulagement envahit Jennifer.

— Que tu es bête. Tu es tombée et tu t'es cogné la tête. Tu te rappelles ?

— Non, répondit Hailey d'une voix rauque.

— Tu as trébuché. Je crois que tu t'es pris les pieds dans ta poupée.

Elle se releva tant bien que mal pour aller récupérer la poupée. Hailey s'assit, le visage pâle, et Jennifer examina sa tête. Pas de sang, Dieu merci, mais une bosse de bonne taille du côté gauche.

Un peu plus tard, en examinant les pupilles de la fillette avec sa petite lampe, le médecin compatit.

— Eh oui, c'est ça les enfants. Ils courent partout et parfois ils tombent, c'est la vie. Ne vous mettez pas martel en tête, madame Marshall. Alors, jeune fille, suis mon doigt... Bien. Comment te sens-tu ?

— Je me suis cognée, souffla Hailey.

— On va demander à maman de mettre un linge mouillé là-dessus dans un moment, répondit le médecin. Ou bien un de ces packs de glace, si vous en avez. Aucun médicament n'est nécessaire.

Il sourit à Hailey et, au grand soulagement de Jennifer, commença à ranger ses instruments dans son sac.

— Elle a l'air d'être indemne. Les enfants sont robustes, ne vous inquiétez pas. Si elle a des nausées pendant la nuit, si son mal de tête empire ou si elle se plaint de voir flou, vous appelez aussitôt une ambulance. Il faut la réveiller toutes les deux heures pour vous assurer qu'elle n'est pas désorientée. Demain matin, amenez-la chez votre généraliste pour qu'il vérifie une nouvelle fois que tout va bien.

Jennifer le raccompagna à la porte, échangea quelques mots aimables avec lui, toute panique envolée. Puis elle alla chercher un gant de toilette humide qu'elle posa sur le front de Hailey. Celle-ci la regarda sans ouvrir la bouche.

— Ça ira mieux demain, décréta Jennifer. Allez, monte te coucher. Regarde l'heure !

Hailey, gant pressé sur sa bosse, poupée sous le bras, tituba en direction du couloir sans un regard derrière elle. Jennifer s'enfonça dans son fauteuil. Elle savait qu'elle avait eu une réaction disproportionnée à propos de Mlle McLure. C'était la maîtresse de Hailey, il était naturel qu'elle s'inquiète. En outre, sa fille n'avait rien révélé de ce qu'elle était censée taire. Elle mettrait un point d'honneur à se montrer extrêmement agréable avec la maîtresse lors de leur prochaine rencontre, pour lui prouver que tout était normal.

Le téléphone sonna, Jennifer hésita à répondre. C'était sûrement Phillip, qu'elle avait oublié de rappeler. Il était parfois difficile de se parler, à cause du décalage horaire, mais ce moment-là s'avérait idéal, l'après-midi sous le soleil de Californie, et le soir, ici, en Angleterre.

Jennifer se remit dans son rôle d'épouse – non enceinte – qui souffre de l'absence de son mari.

— Mon amour ? Comment ça va chez toi ?

— Phillip ! J'allais justement te rappeler, mon chéri. Tout va bien, mais c'est plutôt à toi qu'il faut poser la question. Ta grand-mère ?

— Eh bien, il y a du mieux et du moins bien. Elle est toujours lucide et la douleur est plus ou moins sous contrôle. Ils disent qu'elle en a encore pour six semaines environ, mais elle veut que je rentre à la maison. Elle préfère qu'on se dise au revoir maintenant, quand ça n'a pas encore dégénéré. Elle est fière, tu sais, et je crois qu'elle culpabilise de me savoir loin de mon travail depuis si longtemps. Je vais attendre jusqu'à son anniversaire, la semaine prochaine, et le vendredi, je prendrai l'avion pour Heathrow. Ça te dirait de me rejoindre en ville ? On profiterait de quelques jours à Londres, on se ferait plaisir et on repartirait vers les Cornouailles en début de semaine. Qu'est-ce que tu en penses ?

Jennifer réfléchit à toute vitesse. Un week-end à Londres aurait été merveilleux avant sa grossesse, mais avec les bébés...

— Jennifer ?

Elle prit une voix chaude et aimante.

— Mon chéri, je préférerais passer le week-end ici, dans notre nouvelle maison. J'ai hâte que tu découvres tout ça. Viens directement jusqu'à Newquay et prends un taxi. Je t'attendrai. J'ai une surprise pour toi... Tu ne vas pas en revenir !

Pendant un très bref instant, il y eut un silence au bout du fil. Puis Phillip reprit la parole, la voix tendue :

— Bien sûr, évidemment, on peut faire comme ça. Jennifer, ça va ? Tu as l'air un peu bizarre...

Elle éclata de rire.

— Maintenant que je sais que tu ne vas plus tarder, je vais beaucoup mieux, tu ne peux pas imaginer. Phillip, tu vas adorer la maison... et la surprise.

— Tu es sûre que tout va bien ? Pas de cauchemars, rien de ce genre ? Tu prends toujours tes médicaments ?

— Tout va merveilleusement, je peux te l'assurer. Mais tu me manques, mon chéri. Je suis tellement heureuse que tu sois bientôt de retour. Ça fait si longtemps.

Phillip sembla soulagé.

— Je sais. Je regarde les horaires des vols et je te rappelle très vite. Je t'embrasse.

— Moi aussi. Embrasse ta grand-mère.

Elle raccrocha, extatique. Phillip rentrait à la maison. Sous ses yeux, le salon se parait des couleurs du bonheur, comme dans ces boules à neige qu'aiment les enfants, ces petites scènes hivernales sous bulle de plastique autour desquelles tournoient des flocons scintillants lorsqu'on les agite. Éblouissant.

Mais… Il y avait aussi quelque chose de sombre, d'affreux. Jennifer échouait à se souvenir exactement de quoi il retournait, et puis… quelle plaie d'essayer de se remémorer des horreurs quand tout était si joyeux. Elle se concentra sur les belles choses : Phillip serait bientôt là, avec Hailey et les bébés, c'était tout ce qui comptait. Son petit univers parfait.

Elle alla vérifier que Hailey dormait. L'enfant était blottie dans un coin de son lit, sa poupée dans les bras. Jennifer ôta la poupée, au cas où elle réveillerait Hailey dans la nuit, puis contempla sa fille. Un halo lumineux émanait d'elle dans l'obscurité de la chambre. Elle avait l'air d'un ange.

De retour à la cuisine, elle se prépara un thé. Elle allait sûrement bien dormir cette nuit. Un tube de comprimés posé sur l'étagère à côté de l'évier attira son regard. C'étaient ceux de Hailey, et ils auraient dû se trouver dans sa salle de bains.

Elle grimpa l'escalier en fredonnant, son thé dans une main, les médicaments dans l'autre, et déposa ceux-ci dans la boîte en coquillages que Hailey avait confectionnée à l'école la semaine précédente. Une adorable boîte fabriquée par sa magnifique fille.

Quelle merveilleuse journée elle avait passée !

16

Katie frappa à la porte du bureau de Jeanette McCallum. Il était temps de confesser la désastreuse visite à domicile de la veille.

Sans l'interrompre, la directrice l'écouta exposer les problèmes de Hailey et tous les détails qui lui revenaient à propos de la visite improductive à son domicile.

— La plupart du temps, Hailey m'a fait penser à une ado boudeuse, sauf les fois où elle faisait ce sourire vraiment très bizarre. Et Mme Marshall préfère prétendre que tout va bien. Elle m'a quasiment jetée dehors. J'aurais dû me douter que l'approche directe n'était pas la plus adaptée.

— Oh, ça paraît toujours évident a posteriori, remarqua Jeanette. Il faut aussi garder à l'esprit que Mme Marshall n'est sûrement pas dans son état normal en ce moment. La grossesse provoque de sacrés bouleversements. Moi, j'étais en larmes du début à la fin, je suis persuadée que j'ai dû contribuer à maintenir en activité plusieurs usines de production de mouchoirs. Les fabricants ont dû s'interroger après la naissance de Maxine, quand j'ai cessé d'acheter quinze boîtes par semaine.

Elle lâcha un soupir pensif, qui fit rire Katie.

— Elle doit être fatiguée, d'autant qu'elle est seule en ce moment. Nous devrions peut-être proposer une place de transport scolaire à Hailey. Celui qui se rend à Newquay passe au bout de leur rue. Ça permettrait à Mme Marshall de se reposer un peu plus.

— Bonne idée, Katie. Ne sois pas trop dure avec toi-même. Mme Marshall est quelqu'un de difficile. Attendons de voir comment les choses évoluent avec le retour du père. Si rien ne s'améliore d'ici quelques semaines, nous envisagerons une évaluation psychologique, mais d'après ce que tu m'as raconté, ça risque de ne pas être très bien accueilli. Il faut se dire aussi que l'école, c'est tout nouveau pour Hailey.

Rassérénée, Katie prit la direction du secrétariat pour appeler Mme Marshall avant que celle-ci ne se mette en route pour venir chercher sa fille. Le déroulement de sa visite la faisait encore culpabiliser, mais il était toujours bon de se savoir soutenue par sa supérieure.

La secrétaire, avec tact, quitta le bureau lorsque Katie composa le numéro.

— Oui ?

Comme toujours, Mme Marshall avait l'air distante, hautaine, et Katie dut prendre sur elle pour adopter un ton chaleureux.

— Bonjour, madame Marshall, ici Katie McLure, de l'école primaire de Polpayne Castle. Je me demandais si vous voudriez laisser Hailey venir en bus pendant un temps. Il reste de la place sur celui de Newquay, j'ai pensé qu'ainsi vous pourriez vous épargner la fatigue des trajets.

Le ton de la réponse fut étonnamment bienveillant.

— C'est vraiment très gentil de votre part, mais je crains que les autres élèves ne se moquent de Hailey. Comme vous le savez, cela pourrait être difficile pour elle.

— Alors vous préférez continuer à la conduire vous-même ?

— Oui. Mon mari sera de retour le week-end prochain, tout sera plus facile à ce moment-là.

Elles échangèrent quelques plaisanteries pour clore leur conversation, puis Katie raccrocha, rassurée.

Peut-être Mme Marshall était-elle seulement de mauvaise humeur la veille.

Katie regagna la classe, où Nora et Alison surveillaient les jeux des enfants. Assise toute seule dans le coin des poupées, Hailey serrait un bébé contre elle. Qu'elle est pâle aujourd'hui, pensa Katie en tapant dans ses mains pour obtenir le silence.

Derek était dans un de ses mauvais jours et, par contagion, plusieurs de ses camarades se montraient nerveux et excités. Katie souffla lorsque Nora et Alison vinrent chercher la bruyante petite troupe pour aller attendre le bus ou l'arrivée des parents. Elle remit en place les chaises autour de la table de travail manuel, puis approcha du coin jeux. C'était à la femme de ménage de ranger tout ça, mais il n'aurait pas été très correct de laisser l'endroit dans un état pareil. Elle allait simplement…

Soudain, des voix lui parvinrent depuis le couloir :

— … ça ne suffit pas, Hailey. Tu ne fais vraiment pas attention. S'il arrive encore une chose de ce genre, nous allons devoir…

C'était Mme Marshall. Katie se retourna très vite, au moment où Hailey et sa mère entraient dans sa classe. L'enfant était encore plus pâle que tout à l'heure et sa mère affichait un visage mécontent.

— Mademoiselle McLure, excusez-moi. Cette petite idiote a perdu son bandeau, l'auriez-vous vu par hasard ?

Katie lui sourit le plus aimablement possible. Il ne restait rien chez Mme Marshall de la bienveillance manifestée à peine une demi-heure plus tôt au téléphone.

— Voyons voir. Je ne suis pas étonnée qu'elle l'ait enlevé, il faisait vraiment chaud ici cet après-midi, n'est-ce pas, Hailey ?

La petite fille dévisagea son institutrice puis jeta un coup d'œil à sa mère et répondit « Oui, maîtresse » avec ce grand sourire qu'elle arborait la veille.

Troublée, Katie se mit à chercher partout. Elle ne tarda pas à découvrir le bandeau dans le coin des poupées, le tendit à Mme Marshall, qui l'enfila immédiatement sur la tête de Hailey.

— Merci. Pardon, mais nous devons nous presser, maintenant.

— Bien sûr. Hailey a très bien travaillé, aujourd'hui, c'est sûrement pour cette raison qu'elle était fatiguée et a oublié le bandeau.

Le visage de la femme se détendit un peu.

— Merci. En fait, elle n'a pas très bien dormi. D'ailleurs, je l'ai emmenée chez le médecin juste avant l'école, mais tout va bien.

— Tant mieux, dit Katie. Alors vous devriez rentrer vous reposer toutes les deux. À demain, Hailey.

Restée seule, elle continua de ranger un peu en pensant avec tristesse à la fillette et à sa mère tyrannique. Les mots qu'elle avait surpris au moment où elles approchaient semblaient franchement exagérés pour un bandeau oublié. Heureusement, M. Marshall serait bientôt de retour. Avec un peu de chance, il réussirait à aider à sa fille. Mais il était tout de même troublant que Hailey ne lui ait pas parlé au téléphone la veille. La liaison lui avait semblé tout à fait bonne, au début.

17

Début octobre

Dans le gymnase, Katie, chronomètre à la main, sifflet à la bouche, regardait les deux équipes lancer leurs balles de tennis dans des caisses.

— Dix secondes ! cria-t-elle. Cinq ! Et...

Elle siffla, le son perçant résonna dans toute la salle. Les bleus, largement vainqueurs, se mirent à sauter de joie pendant que les verts grognaient en traînant des pieds.

Katie tapa dans ses mains en riant.

— Bravo, les bleus ! Et les verts, bel effort, puisque vous aviez un joueur de moins. Maintenant, on range notre équipement, et on va faire quelques parties de Scarabée avant la récréation.

Nul besoin de le leur dire deux fois : le Scarabée était un de leurs jeux préférés. Il ne leur fallut pas trois minutes pour se préparer.

— David, c'est toi qui attrapes le premier, dit Katie en lui tendant la casquette associée au rôle, qu'il mit à l'envers. Donc, vous vous souvenez, tout le monde, si David vous touche, vous devez vous allonger sur le dos en agitant les bras et les jambes comme un scarabée coincé les pattes en l'air, jusqu'à ce que quelqu'un s'approche pour vous délivrer. Ensuite, seulement, vous pouvez vous remettre à courir. Nous compterons les scarabées au bout de deux minutes. Prêts ? Partez.

Ils détalèrent en hurlant un peu partout dans le gymnase, certains faisant exprès de se laisser attraper rien que pour jouer les scarabées en train de gigoter sur le sol. D'autres constituaient des proies faciles : Graeme et Julia étaient aussi maladroits l'un que l'autre. Quant à Hailey, qui pouvait être très rapide quand elle le voulait, elle était visiblement d'humeur rêveuse, aujourd'hui. Elle trottinait autour du périmètre d'un air absent.

Au coup de sifflet, les enfants se figèrent, sauf ceux qui étaient allongés.

— Bravo, David, tu as capturé quatre scarabées. Voyons comment Amy se débrouille.

David donna la casquette à sa camarade, et la partie reprit. Katie jeta un coup d'œil à la pendule et décida de faire une dernière session après celle-ci. Alors qu'elle arpentait le gymnase, elle passa à côté de Hailey, sur le dos, qui remuait bras et jambes sans grande conviction. Katie lui sourit, et s'immobilisa.

Les manches amples du tee-shirt de Hailey avaient glissé sur son épaule, dévoilant un vilain bleu tout en longueur sur l'intérieur de son bras gauche. Katie se retint tout juste de ne pas s'étrangler d'effroi. Bleu, vert, violet, jaune : la pire ecchymose qu'elle ait vue en cinq années d'enseignement. Elle la fixait encore lorsque Sheila arriva en courant pour délivrer Hailey, et toutes deux s'éloignèrent à petites foulées.

Katie, inquiète, fit retentir son sifflet.

Au début de la troisième partie elle s'arrangea pour mieux observer le bleu lorsque Hailey se retrouva à terre. Comment une telle contusion avait-elle pu apparaître à cet endroit ? Que s'était-il passé ? À la fin de la partie, Katie envoya les autres enfants au vestiaire et demanda à Hailey d'approcher.

— Ma puce, tu t'es vraiment fait mal, on dirait, commença-t-elle en soulevant le bras de la fillette pour mieux observer la décoloration.

La zone meurtrie était fine, allongée, et par endroits très profonde. Katie glissa un bras autour des frêles épaules de Hailey et la serra contre elle.

— Que t'est-il arrivé ?

Hailey jeta un coup d'œil à son bras, haussa les épaules.

— Je ne me souviens pas, répondit-elle d'une voix qui s'apparentait à un murmure.

— Tu t'es cognée, la semaine dernière ? Ou bien tu es tombée, peut-être ?

Il était difficile de croire qu'une enfant pût se faire si mal sans rien remarquer.

— Je ne me rappelle pas, souffla Hailey en fixant la porte des vestiaires, une panique évidente dans les yeux.

Katie décida de laisser courir pour l'instant. Hailey ne souhaitait visiblement pas se confier.

— Bon. Je vais demander à Mme Wilson si elle aurait une crème spéciale pour toi. Maman a mis quelque chose ?

Hailey fit non de la tête et courut se changer. Laissant les enfants aux bons soins d'Alison, elle regagna sa salle de classe, où Nora déposait des gobelets remplis de jus de fruits sur toutes les tables.

— Tu pourras examiner le bleu sur le bras gauche de Hailey, s'il te plaît ? demanda-t-elle en buvant un peu de jus de mangue et d'orange. Il ne date pas d'aujourd'hui, mais il a l'air douloureux. Tu trouveras peut-être une crème magique à lui appliquer, histoire de la cajoler un peu.

D'une petite tape, Nora écarta la main de Katie de la bouteille de jus de fruits.

— Interdit. Va donc boire ton café. Priver ces pauvres petits de leurs vitamines, tu devrais avoir honte !

Lorsque Katie réapparut en classe après la pause, Nora la prit un instant à part dans le couloir. L'infirmière, qui affichait d'ordinaire un air avenant, semblait troublée.

— Katie, il est horrible, cet hématome. Et il y en a un autre sur sa tête, presque aussi affreux. On le voit facilement quand on repousse un peu son bandeau. Elle dit qu'elle ne sait pas ce qui s'est passé, mais si tu veux mon avis, celui sur son bras a été fait par une main – comme ça.

Elle attrapa le bras de Katie et le serra.

Katie la dévisagea. Que se passait-il ? Qui avait serré le bras de Hailey ainsi ? Mme Marshall ? Si oui, pourquoi ? Et d'où venait la bosse sur son front ?

— Que doit-on faire, d'après toi ?

— Ce n'est pas facile. Quoi qu'il en soit, il faut y aller mollo. Il y a peut-être une explication complètement innocente à tout ça ; tu sais comme moi que les enfants se font souvent des bleus. Mais la question doit être posée. Tu veux t'en charger ou bien je le fais ?

Katie se passa une main sur la tête. C'était bien sûr à elle de se lancer, mais il était très tentant de refiler la patate chaude à Nora.

— Je m'en occupe. Ça paraîtra moins officiel que si c'est toi, en tant qu'infirmière. Je vais dire exactement ce qui s'est passé – j'ai vu le bleu quand Hailey était en tenue de sport. Mais Hailey prétend qu'elle ne se souvient de rien et cela me semble improbable. Et s'il s'agit d'une marque de pression…

Nora lui tapota l'épaule.

— Ne t'emballe pas tant qu'on n'en sait pas plus. Les enfants de cinq ans sont souvent incapables de catégoriser ce qui leur arrive, et Mme Marshall ne me semble pas du genre à martyriser des petits enfants. Elle est toujours tellement polie, tellement maîtresse d'elle-même. Interroge-la l'air de rien, voyons ce qu'elle te répond et ensuite on avisera.

L'après-midi même, Katie aida Hailey à monter à l'arrière de la BMW, puis elle prit une grande inspiration et se lança :

— Madame Marshall, je peux vous voir un instant, s'il vous plaît ?

Elle ouvrit la portière côté conducteur, suggérant ainsi qu'il valait mieux que la femme descende. Aussitôt, une expression hautaine apparut sur ses traits et Katie dut faire un effort pour ne pas bégayer. Cette femme avait le singulier pouvoir de la changer en écolière de cinq ans : un comble !

— Je voulais vous parler à propos du bras de Hailey, commença-t-elle en s'efforçant de paraître aimable. Pendant la séance de sport de ce matin, j'ai remarqué une ecchymose. Je me demandais si vous aviez de quoi la soigner correctement. Notre infirmière a une crème très efficace pour ce genre de bobo.

S'ensuivit un blanc, et Katie vit le rouge monter aux joues de Mme Marshall. Elle sentit son rythme cardiaque accélérer. L'autre reprit la parole avec hésitation :

— Non, je ne mets rien. Je suis sûre que ce n'est pas la peine, ce n'est qu'un bleu.

— Bien sûr, mais il n'est vraiment pas beau. Que s'est-il passé ? Hailey ne s'en souvient pas, apparemment.

Nouvelle pause gênée. Mme Marshall lâcha un petit rire maladroit.

— Oh ! Ça, c'est ce qu'elle dit, évidemment. Cette petite idiote a failli traverser la route sans regarder l'autre jour. Je l'ai rattrapée au dernier moment, j'ai dû la tirer par le bras juste avant qu'elle soit renversée par une camionnette. Elle est tombée quand j'ai voulu la faire remonter sur le trottoir. J'ai peut-être été un peu brusque, la pauvre, mais tout s'est enchaîné si vite !

— Eh bien, mieux vaut récolter un bleu que de se faire écraser, commenta Katie, soulagée. Ça ne pose pas de problème que nous lui appliquions une pommade à l'école ?

— Je vous en prie, répondit Mme Marshall d'un ton aimable en reprenant place en voiture.

Katie leur fit au revoir de la main.

— Oui, ça paraît plausible, convint Nora lorsque Katie lui répéta ce qu'elle venait d'apprendre. Nous savons toi et moi que Hailey est souvent dans la lune. Et puis ça explique aussi la bosse sur la tête, elle a dû se cogner sur le trottoir. Tu vois ? Une explication parfaitement logique. Je t'apporte la crème magique.

Mais les doutes de Katie réapparurent dès le lendemain, alors qu'elle étalait la lotion parfumée à la lavande sur la blessure de Hailey, créant un intéressant contraste olfactif avec le shampoing à la camomille. Le fait de lui tirer violemment sur le bras pouvait-il avoir provoqué cette affreuse ecchymose ?

Elle en parla à Mark après la classe.

— Je suis tout à fait prêt à y croire, parce que c'est sa mère qui l'a tirée en arrière. Si toi ou moi l'avions rattrapée, nous ne lui aurions sûrement pas fait de marque. Mais dans une telle situation, quand il s'agit de ta chair et ton sang, ta réaction peut être plus violente que nécessaire.

Katie n'était pas convaincue.

— Mais pourquoi Hailey a-t-elle prétendu ne pas s'en souvenir ?

Mark haussa les épaules.

— Pour s'épargner un sermon sur le danger de traverser une rue sans regarder ? Ou alors, elle a eu tellement peur qu'elle a préféré oublier. Va savoir.

Ces arguments semblaient somme toute assez raisonnables. Katie savait qu'elle devait faire un effort pour envisager « le cas Hailey » de manière plus objective. Malgré tout, elle n'arrivait pas à écarter le sentiment qu'elle était en train de passer à côté de quelque chose.

Mark enchaîna, les yeux pleins d'espoir :

— Ce conseil pro te coûtera un café. Viens, je t'emmène au pub du port pour regarder arriver la pêche du jour.

Katie récupéra ses affaires, contente d'avoir un peu de compagnie, mais toujours distraite par ses réflexions.

18

Phillip referma son ordinateur portable si violemment que le plastique se fendit. Rien de très grave, cette fichue machine était morte, de toute façon. Il voulait juste vérifier les horaires des vols.

Debout devant la fenêtre, dans la chambre de sa grand-mère à l'hôpital, il contempla le paysage qui s'étalait devant lui, le vert-bleu des vagues coiffé du blanc de l'écume, s'écrasant sur la longue plage dorée. Les Californiens, heureux, s'amusaient dehors, exactement comme lui, enfant, du temps où il passait tous ses étés ici, chez sa grand-tante Mary, avec sa grand-mère. Il avait toujours rêvé de revenir un jour avec sa famille, mais son unique lien avec cet endroit serait bientôt brisé. Ne plus avoir de « base » à Winchester Beach lui ferait un drôle d'effet. Ne plus avoir sa grand-mère.

Un petit coup frappé à la porte précéda de peu l'apparition de Jeff Powell dans l'encadrement. Lorsqu'il constata que sa patiente était assoupie, il fit signe à Phillip de le rejoindre dans le couloir.

— Du nouveau ? s'enquit Phillip sans même y croire.

Le cancer était partout, les médecins cherchaient seulement à alléger la douleur de la vieille femme.

— Je voulais vous montrer ceci, dit Jeff, entraînant Phillip jusqu'à son bureau.

Phillip observa affligé les dernières radios de sa grand-mère, sur lesquelles le médecin désignait la tumeur à l'estomac.

— Et ceci, également.

Il cliqua sur une autre série d'images de la colonne vertébrale.

— Ça s'est étendu très rapidement cette semaine, Phillip. Je sais que vous vous êtes mis d'accord pour vous dire au revoir jeudi, mais là, ce n'est plus qu'une affaire de jours. Une semaine, peut-être. Je ne sais pas si ça pourrait influer sur vos projets.

Phillip garda le silence. Le mercredi précédent, les médecins estimaient que sa grand-mère avait bon espoir de tenir jusqu'en novembre. Et voilà qu'on lui annonçait que c'était bel et bien sa dernière chance de passer du temps avec elle… Mais il y avait aussi Jennifer. Il fallait qu'il rentre pour s'assurer qu'elle allait aussi bien qu'elle le prétendait. Il l'avait trouvée un peu étrange lors de leurs dernières conversations au téléphone, avec cette histoire de surprise… Qu'était-il donc censé faire, maintenant ?

— Vous êtes certain de ce que vous avancez ? demanda Phillip, provoquant une grimace du médecin.

— Le pronostic n'est pas une science exacte, et la stabilité de la tumeur au poumon rend l'interprétation encore plus difficile. Cela dit, si je devais vraiment m'avancer, je dirais une semaine, maximum.

— D'accord. Il… il vaut mieux que je reste, alors.

Le médecin le quitta avec une tape sur l'épaule. Les coudes sur ses genoux, assis sur un banc dans le couloir, Phillip tentait de digérer la décision qu'il venait de prendre.

Sa situation était vraiment terrible. Il vivait dans l'angoisse de la mort de sa grand-mère, et ne souhaitait pas que cette angoisse s'achève. Mais il se devait aussi d'épauler Jennifer après sa si mauvaise passe. Le pire était derrière eux, mais il était nerveux de ne pas le voir de ses yeux, voilà tout.

Il allait devoir lui annoncer que son retour à la maison était repoussé. Si seulement elle voulait bien venir. Mais elle avait refusé à plusieurs reprises… Maintenant qu'il y réfléchissait, cela lui paraissait bizarre. La peur de l'avion n'était pas une raison suffisante, en face de l'agonie de sa grand-mère.

Saisi d'appréhension, il se redressa sur sa chaise et repensa à sa dernière conversation avec sa femme. Quelle surprise lui réservait-elle ?

Il se souvint du ton de sa voix. Si seulement il pouvait joindre Thea… mais il ne connaissait pas son numéro et n'avait pas réussi à le trouver sur internet. Peut-être fallait-il joindre Bea même si, la dernière fois qu'il avait essayé, Jennifer lui avait très clairement fait comprendre qu'elle ne voulait plus qu'il parle à sa mère.

Il se faisait peut-être du souci pour rien. Une voix sur-excitée au téléphone et une mystérieuse surprise… Pas de quoi s'alarmer.

19

Mi-octobre

— Dernier jour des vacances, Hailey chérie ! On va bien s'amuser !

Jennifer regarda Hailey s'attabler devant son petit déjeuner. Dieu merci, elle avait repris des couleurs cette semaine, ou bien la précédente. Les cheveux n'allaient toujours pas, mais elles s'en occuperaient aujourd'hui même. Après ça, au moins, elle ressemblerait à une fille comme il faut et pas à une gamine sortie de l'orphelinat du coin. Et les bleus avaient presque disparu.

Jennifer avala une cuillerée de muesli. Elle se sentait étonnamment bien ces jours-ci. Elle s'attendait à ce que la fin de sa grossesse soit épuisante, mais la vie était si belle et si exubérante – oui, c'était le mot – qu'elle se sentait plus énergique que jamais.

Certes, Hailey boudait encore de temps en temps, et puis elle ne s'était pas complètement débarrassée de son petit côté trouillard. Cela avait le don de mettre Jennifer en rage, elle dont la bonne humeur était pourtant toujours au rendez-vous. Mais de manière générale, l'enfant s'adaptait très bien. Il n'y avait plus eu d'accidents à l'école

– incroyable ce qu'on parvenait à obtenir en posant des limites claires. Il ne leur restait donc plus qu'à s'occuper de ces cheveux.

Un élan d'affection traversa Jennifer à la vue de Hailey qui buvait gentiment son lait, comme une enfant modèle. La fillette surprit son regard et lui adressa aussitôt un sourire. Oh, c'était merveilleux d'avoir une fille ! Très bientôt, Phillip pourrait partager sa joie. L'attente touchait à sa fin.

Jennifer se massa le ventre, ravie de sentir un bébé remuer sous ses doigts. Elle vit que Hailey avait repris un air renfrogné et gardait le nez dans ses céréales sans y toucher.

Ignorant délibérément la petite, Jennifer but une gorgée de thé. Elle comptait bien savourer sa journée, même si Hailey persistait à bouder. Quel bonheur de se sentir forte et positive en permanence ! Elle éclata de rire.

— Nous avons un sacré programme aujourd'hui, ma puce. D'abord, coiffeur. Et après le déjeuner, on va à la maternité pour que le Dr Rosen vérifie que tout va bien avec les bébés. Ça va être super, non ?

Hailey la dévisagea en silence, en passant sa main sur ses cheveux hirsutes. Jennifer se leva et vint la rejoindre.

— Fais-moi un grand sourire, chérie. Maman ne veut que ton bonheur !

Le sourire apparut aussitôt et Jennifer serra fort Hailey contre elle.

— Réponds bien gentiment quand la dame te parle, ordonna Jennifer en se garant sur la dernière place libre devant le salon de coiffure, tout près du port de Polpayne. Et n'oublie pas de sourire. Tu sais ce qui t'attend si tu n'es pas sage, n'est-ce pas ?

Hailey blêmit, puis opina.

Il n'était probablement plus nécessaire de répéter les avertissements aussi fréquemment, songea Jennifer en poussant la fillette à l'intérieur du salon. Hailey savait tout à fait ce qu'on attendait d'elle, il suffisait de voir quel salut charmant elle adressait aux deux coiffeuses. Celles-ci acceptèrent bien volontiers l'explication de Jennifer concernant l'abus de soleil tropical et de produits de soin qui avaient fait plus de mal que de bien, et la plus jeune commença le shampoing de Hailey.

Jennifer s'installa elle aussi. Les doigts qui lui massaient le cuir chevelu lui faisaient le plus grand bien. Rien de tel qu'un passage chez le coiffeur pour se détendre. Et pas besoin de s'inquiéter à propos de Hailey, car les deux femmes ne s'intéressaient qu'à la grossesse de Jennifer.

Pour quand était prévue l'arrivée du bébé ? Des jumeaux ! Connaissait-elle le sexe ? Accoucherait-elle par césarienne ? Des *jumeaux* !! N'était-elle pas terriblement fatiguée ?

Jennifer était au septième ciel. Elles quittèrent le salon une heure plus tard, Jennifer avec un brushing parfait et Hailey avec une coupe ultracourte, à un centimètre du crâne.

Comme toujours, les fausses contractions se firent sentir juste après déjeuner. Jennifer s'allongea sur le canapé et parcourut l'album de Hailey bébé, resté posé sur la table après la visite de la maîtresse. Cette période était vraiment très spéciale dans la vie d'un enfant. Hailey avait beaucoup changé. Il n'y avait qu'à voir ces fossettes sur les photos de son premier anniversaire. Les fossettes apparaissaient-elles et disparaissaient-elles comme ça ?

Jennifer, ennuyée, se passa une main sur le ventre pour en dissiper la tension, puis constata avec soulagement qu'il était temps de partir pour la maternité. Elle était suivie dans une clinique privée située sur la route de Bodmin. L'établissement public de Newquay était plus proche, bien sûr, mais la clinique du Dr Rosen était plus calme et lui garantissait une chambre particulière.

— Hailey, viens ici ! lança-t-elle du bas de l'escalier.

La fillette descendit prestement, l'air craintif, jusqu'à ce qu'elle pense à sourire.

Une fois de plus, Jennifer sentit la colère monter en elle. Hailey avait foncé dans la cuisine pour récupérer sa veste sans même un regard – une petite fille normale aurait donné un bisou à sa maman au passage, non ? Mais Hailey ne montrait jamais la moindre affection. Elles travailleraient là-dessus à l'avenir.

Jennifer engagea la voiture sur la route. Conduire devenait difficile, ces jours-ci. Elle supposait d'ailleurs que c'était déconseillé. Elle avait du mal à prendre les virages, et les fréquents coups de pied des bébés la faisaient sursauter.

— Bonjour, madame Marshall, dit le Dr Rosen.

Jennifer lui répondit par son plus grand sourire. Il avait le physique de ces parfaits médecins de famille que l'on voit dans les séries télévisées américaines – cheveux grisonnants et brillants, fossette au menton.

Il passa en revue son dossier, où l'infirmière avait glissé les résultats de ses dernières analyses.

— C'est très bien. Analyses sanguines et urinaires super, vous avez simplement les chevilles un peu enflées... Prise de poids modérée. Hmm.

Il jeta un coup d'œil à Hailey, assise près de la porte dans la salle d'examen.

— Hailey, c'est toi qui commandes maintenant. Il va falloir dire à maman qu'elle mette un peu les pieds en hauteur et mange plus de beurre de cacahuètes, lança-t-il sur le ton de la plaisanterie.

Jennifer rit et jeta un regard appuyé à Hailey pour lui signifier qu'elle était censée l'imiter. Mais évidemment, Hailey ne comprit rien du tout et resta là à fixer le Dr Rosen. Quelle erreur de l'avoir emmenée !

— Vous avez pas mal de contractions préparatoires, je vois. Bien, sur le papier, il vous reste encore six ou sept semaines, mais je ne crois pas que les bébés vont attendre aussi longtemps. Deux semaines, ce serait bien, un peu plus si c'est possible. Nous allons monitorer l'activité utérine pendant une demi-heure pour voir ce qui se passe là-dedans.

L'infirmière fit rouler la machine jusqu'à elle et, au grand désespoir de Jennifer, le Dr Rosen s'installa à côté de Hailey pour bavarder.

— Quel âge avez-vous donc, mademoiselle Marshall ? lui demanda-t-il en souriant.

— Cinq ans, répondit Hailey.

Jennifer pinça les lèvres. Des réponses aussi courtes n'étaient pas vraiment appropriées pour une enfant de cet âge. Sans compter qu'elle avait oublié de sourire.

— Est-ce que tu as hâte d'accueillir ces deux bébés à la maison ?

Hailey prit son temps pour réfléchir, et Jennifer fut soulagée de l'entendre répondre :

— Oui.

Le Dr Rosen éclata de rire et posa une main sur l'épaule de Hailey.

— Voilà qui me plaît ! Une jeune fille qui réfléchit puis exprime clairement le fond de sa pensée. Où vas-tu à l'école ?

— École primaire de Polpayne Castle, répondit aussitôt la fillette.

— Elle est gentille, ta maîtresse ?

— Oh, oui alors ! répondit Hailey d'un air ravi.

Quelle petite imbécile, songea Jennifer. Pourquoi n'avait-elle pas répondu avec le même enthousiasme à la question sur les bébés ?

— Tu veux un jus de fruits, Hailey ? s'enquit l'infirmière. Viens avec moi, on va laisser maman se détendre un moment.

Le ventre de Jennifer se contracta immédiatement. Mais bien sûr, Hailey serait sage.

— Elle est menue, non ? demanda le Dr Rosen en surveillant le tracé qui s'imprimait.

— Elle était prématurée de six semaines, répondit Jennifer. Du coup, elle n'a jamais vraiment rattrapé la taille des enfants de son âge. Il est vrai que mes deux parents sont plutôt petits.

— Je vois, répondit le médecin.

Mais elle sentait bien, au ton de sa voix, qu'il ne pensait déjà plus à Hailey.

Jennifer fut soulagée d'être enfin arrivée à la maison. Plus question de prendre le volant. Il allait bientôt falloir envoyer Hailey à l'école en taxi.

— Je vais appeler papa, dit-elle en s'installant sur le canapé. Va dans ta chambre, et pas un bruit, je te prie.

Elle composa le numéro et attendit que la connexion s'établisse.

— Phillip, mon chéri ! Comment ça se passe ?

Sa voix lui parut très lointaine, elle dut tendre l'oreille.

— Oh, Jennifer, j'allais t'appeler. Mamie est morte. Elle s'en est allée paisiblement. C'est… une sorte de soulagement après cette longue attente, mais c'est très dur. La crémation aura lieu demain. Je rapporterai ses cendres et nous trouverons un bel endroit où les disperser ensemble. C'est ce qu'elle aurait voulu.

Jennifer ferma les yeux, elle sentait une chaleur l'envahir totalement. C'était terminé. Phillip rentrait à la maison.

— Oh, Phillip. Je suis si heureuse qu'elle repose en paix. J'aurais tellement aimé être auprès de toi. Tu as encore beaucoup de formalités à régler ?

— Non, je vais prendre un avocat qui se chargera de tout ici. Je serai rentré en début de semaine. Oh, ma chérie, j'ai hâte.

Jennifer lui dit au revoir et sourit. Le soleil brillait fort, la pièce irradiait, elle sentait les rayons la réchauffer de l'intérieur.

D'ici quelques jours, son mari aurait la plus grosse surprise de sa vie.

20

Fin octobre

Katie arrangea en sifflotant des chaises dans le coin jeux puis contempla sa classe d'un air satisfait. Deux mois avaient suffi à faire la différence. La pièce était maintenant à l'image des enfants qui y évoluaient chaque jour. Les murs étaient recouverts de paysages marins, et les fenêtres de poissons multicolores en carton. Quatre orange et deux noirs nageaient dans l'aquarium installé près de la porte et la table « d'exposition » sur laquelle les élèves pouvaient disposer leurs découvertes croulait sous les objets. C'était une salle de classe heureuse, vivante.

Les enfants commencèrent à arriver, tous impatients de raconter leurs vacances à leur maîtresse. Elle écouta le récit de la semaine de Ian au bord de la mer Rouge, le voyage de Janine à New York. En comparaison, ses vacances à elle avaient été particulièrement ennuyeuses. Elle avait rendu visite à sa mère à Manchester, l'occasion de réfléchir à sa quasi-relation avec Mark. Elle en avait conclu qu'elle était idiote – des tas de gens travaillaient avec leur partenaire. Ils étaient visiblement attirés l'un par l'autre, et si elle ne sautait pas le pas, elle le regretterait probablement. Du coup, elle avait inscrit à son programme des prochains jours un dîner au restaurant suivi d'une discussion à cœur ouvert.

Mais pour l'heure, il lui fallait se concentrer sur son nouveau thème, la famille, qui les mènerait jusqu'aux vacances de fin d'année et irait bien avec Noël. Elle avait décidé de ne pas trop utiliser le mot « famille », pour ne pas braquer Mme Marshall.

Katie observa les enfants installés en cercle. La plupart d'entre eux semblaient ravis de ce retour en classe. Tous, en fait, sauf Hailey Marshall, qui paraissait très déprimée, avachie sur sa chaise, apathique. La fillette semblait même avoir rétréci durant ces vacances – ou alors était-ce simplement l'effet de la coupe punk ? Était-il vraiment nécessaire de lui raser la tête ainsi ? Mme Marshall craignait-elle qu'elle n'attrape des poux à l'école ? Et son père ne devrait-il pas être rentré, maintenant ? Un nouvel entretien avec Mme Marshall s'imposait.

Écartant le malaise qui l'envahissait, Katie sourit à ses élèves.

— Ce trimestre, nous allons parler des gens importants. Qui est la personne la plus importante pour toi, Julia ?

La petite fille réfléchit, tête penchée.

— Le Premier ministre ?

Katie dissimula un sourire.

— Oui, il est très important, mais tu ne le connais pas vraiment, n'est-ce pas ? Je veux dire, dans ta vie, qui est celui ou celle qui compte le plus ?

— Maman, répondit-elle aussitôt. Et papa.

— Bien. Et pour toi, Ian ? Est-ce qu'il y a d'autres personnes qui comptent beaucoup pour toi ?

— Papy et mamie.

— Voilà. Levez la main, celles et ceux qui ont un papy et une mamie.

Au grand bonheur de Katie, les enfants levèrent tous la main comme un seul homme. Le thème intéresserait certainement la classe, même Hailey et Derek semblaient captivés.

Elle savait, pour avoir lu leur dossier d'inscription, que tous avaient leurs deux parents, et que seuls ceux de Jamie et de Sheila avaient divorcé. La classe allait pouvoir compiler une jolie liste de « personnes importantes ».

— Ma sœur ! proposa Rebecca.

— Super, la félicita Katie. Qui a une sœur parmi vous ?

Huit enfants agitèrent leurs mains en l'air.

— Et qui a un frère ?

Hailey, qui suivait toujours la conversation avec la plus grande attention, leva aussitôt le bras. Katie ne put masquer son étonnement et, voyant l'expression de sa maîtresse, Hailey retint son souffle et baissa la main très vite.

Hailey n'avait pas de frère. Katie s'empressa d'interroger Martin à propos du sien, puis on évoqua les cousins, les tantes, les oncles, parrains, marraines et amis.

— Bien, vous allez tous me faire un beau dessin des personnes qui comptent le plus pour vous, proposa finalement Katie. Ça peut être qui vous voulez. Choisissez par exemple deux ou trois de vos personnes préférées.

Les enfants regagnèrent leur bureau, munis de crayons et de papier. Katie regarda les silhouettes enfantines apparaître sur les feuilles. Seule Hailey restait inactive, à fixer le vide devant elle. Katie l'observa avec inquiétude. Après quelques minutes, elle alla s'accroupir à côté de sa petite chaise.

— Tu as décidé qui tu as envie de dessiner, Hailey ? lui demanda-t-elle à voix basse.

Hailey se tourna vers elle et Katie fut gagnée par la tristesse de la fillette. Il fallait qu'elle découvre ce qui la mettait dans cet état.

Hailey renifla.

— Ils ne sont plus là, répondit-elle.

Katie ne put réprimer une grimace. Quelle idiote ! Elle n'avait même pas pensé qu'un des enfants pourrait vouloir représenter un grand-parent décédé, par exemple. Elle posa la main sur son épaule.

— Ce n'est pas grave du tout, ma puce, lui dit-elle d'un ton rassurant. Tu peux dessiner n'importe qui parmi ceux qui comptent pour toi, qu'ils soient toujours là ou non.

Lentement, Hailey se pencha sur son dessin. Katie regagna son bureau en se demandant s'il fallait qu'elle se répète à l'attention de toute la classe, mais aucun autre enfant ne semblait avoir de problème, aussi décida-t-elle d'attendre. Ils auraient l'occasion d'évoquer la mort lorsqu'ils seraient plus avancés dans la découverte de leur thème.

Les enfants travaillaient tous consciencieusement dans un relatif silence lorsque la porte de la classe s'ouvrit. Une élève plus âgée vint lui apporter un message.

— C'est de la part de Mme McCallum.

Katie jeta un coup d'œil au papier, une communication relative au changement d'horaire de la réunion pour Halloween.

— Très bien, dit-elle en raccompagnant la jeune fille à la porte. Merci, Olivia.

Un grand bruit retentit soudain. Tous les crayons de Hailey étaient éparpillés par terre et la petite, blanche comme un linge.

— Hailey ! Que t'arrive-t-il ? cria Katie en se précipitant vers elle.

Hailey avait les yeux écarquillés, comme si elle venait de voir un fantôme. Martin et Rebecca ramassaient déjà les crayons. Katie se pencha sur elle, lui caressa le dos, la prit dans ses bras. La fillette tremblait, secouée par des sanglots sans larmes mêlés de convulsions. Brusquement, elle eut un haut-le-cœur et vomit, éclaboussant les chaussures de Katie de corn-flakes semi-digérés. Tout le monde se mit à crier et Hailey vomit une nouvelle fois, avant de s'adosser à sa chaise, pâle et tremblante.

Les enfants, désormais silencieux, contemplaient leur camarade avec un air malheureux.

— Tout va s'arranger, dit Katie sur le ton le plus calme possible, en ôtant ses chaussures. Alison, peux-tu aller chercher Nora Wilson et lui demander de venir immédiatement, s'il te plaît ?

L'assistante fila aussitôt. Katie souleva le petit corps de Hailey et l'emporta jusqu'à la table de travail manuel, à l'écart des autres enfants. Elle installa la petite fille sur ses genoux et la tint contre elle en essayant d'ignorer les relents de son haleine.

— Ne t'en fais pas, ma puce. Ça va aller, dit-elle en prenant dans ses mains celles, glacées, de la petite fille.

Nora arriva très vite, prit le pouls de Hailey et posa une main sur son front.

— Est-ce que tu as mal quelque part ? Au ventre ? demanda-t-elle.

La petite fit non de la tête.

— On dirait plutôt qu'elle est en état de choc, souffla Nora. Qu'était-elle en train de faire ?

— Elle dessinait, répondit Katie. Rien qui soit susceptible de déclencher une telle réaction, en tout cas.

— Hmm. Quel que soit le problème, le mieux serait que je la garde avec moi jusqu'à la récréation. Ensuite, on verra.

Katie referma derrière elles, puis se tourna vers le reste de la classe.

— Hailey va se remettre, ne vous inquiétez pas. Au travail, maintenant.

Elle s'empara de la feuille de Hailey et l'examina avec attention. Il y avait là trois silhouettes. Les deux plus grandes étaient un homme et une femme, cependant les courtes boucles brunes de celle-ci indiquaient qu'il ne s'agissait pas de Mme Marshall. Peut-être était-ce cette personne « qui n'était plus là ». Grand et mince, le personnage masculin aurait pu être n'importe qui. La troisième figure, plus petite, et inachevée, ne portait pas de jupe. Katie en conclut que c'était un garçon. Il n'y avait pas trace d'une mère enceinte ou de bébés.

Katie rangea le dessin dans un tiroir de son bureau. Elle demanderait des explications plus tard. Pour l'instant, il fallait nettoyer, songea-t-elle avec dégoût. L'inconvénient du métier.

Les enfants la regardèrent passer la serpillière, le visage impassible malgré l'odeur du vomi. De leur propre initiative, Melanie ouvrit une fenêtre pour aérer et Amy fonça chercher du désodorisant dans le vestiaire. Katie en fut touchée.

Lorsque sonna l'heure de la récréation, elle se hâta de rejoindre l'infirmerie, où elle trouva Hailey assise sur le lit, l'air à peu près normale.

— Tu te sens mieux ?

— Oui, merci, répondit Hailey poliment.

Katie glissa un bras autour de ses épaules.

— Ma puce, que t'est-il arrivé ?

— Je me suis juste mise à trembler et après, j'ai vomi.

Nora vint passer un gant mouillé sur le visage et les mains de Hailey.

— Elle va beaucoup mieux maintenant, dit-elle à Katie. J'hésite à la renvoyer chez elle. Qu'est-ce que tu en penses, Hailey ? Tu préfères rentrer faire une sieste à la maison ? Ça pourrait te requinquer.

— J'ai pris un cachet hier soir pour aller mieux. Je veux rester ici, déclara Hailey d'un air décidé, en se levant et en rajustant sa jupe.

— D'accord, dit Nora. Allons rejoindre les autres en récréation.

La fillette hocha la tête avec solennité et Katie, toujours perplexe, prit la direction de la salle des maîtres.

Au retour en classe, elle distribua aux enfants des exercices d'arithmétique et fit le tour des tables pour les corriger un par un. Hailey allait mieux, elle ne fit que deux erreurs sur la première feuille.

— Bravo, lui dit Katie en lui faisant signe d'approcher de son bureau.

Elle tira le dessin de son tiroir.

— Parle-moi un peu de ton dessin, Hailey.

La petite n'ouvrit pas la bouche et commença à se dandiner d'un pied sur l'autre en fixant le papier d'un air sombre.

— Cette dame, là, elle n'a pas de bébé dans le ventre, remarqua Katie en choisissant ses mots. Ce n'est pas ta maman, alors ?

Hailey fit non de la tête.

— Tu as envie de m'expliquer qui sont ces personnes qui comptent tant pour toi ?

Katie avait adopté le ton le plus doux possible, le plus persuasif aussi, mais Hailey se remit à secouer la tête, comme terrorisée.

Katie lui posa une main sur l'épaule et reprit :

— Ce n'est pas grave, ma chérie, elles sont importantes pour toi avant tout. Mais c'est ce dessin qui t'a rendue malade ce matin ?

Hailey pencha la tête.

— Non, finit-elle par répondre. C'est à cause de... cette fille... qui est venue avec le mot.

Faute d'y comprendre quelque chose, Katie envoya Hailey se rasseoir et reprit ses déambulations dans la classe.

Avant la réunion, Katie prit Mark à part. Olivia était une de ses élèves.

— J'ai besoin d'un service. Tu pourrais demander à Olivia Bennet si elle connaît Hailey Marshall ? Hailey a été prise d'une crise de tremblements ce matin, et elle a dit que ça avait commencé quand Olivia est arrivée dans ma classe.

— Je lui poserai la question, répondit Mark d'un air étonné, mais je n'imagine pas qu'une gamine comme Olivia puisse faire trembler qui que ce soit.

Katie n'écouta que d'une oreille la discussion sur la fête de Halloween, toutes ses pensées tournées vers Hailey. Elle avait le sentiment qu'ils passaient à côté de quelque chose d'important. Elle enrageait que Mme Marshall ne souhaite partager aucun renseignement avec eux. Il ne restait qu'à espérer que son mari se montre plus ouvert.

Malheureusement, elle n'eut pas l'occasion de parler à la mère de Hailey l'après-midi. Mme Marshall fit monter la fillette dans la voiture à l'instant où Katie lui annonçait qu'elle avait été malade, mais, aussitôt interrompue par la mère de Graeme, elle dut se contenter de dire au revoir de loin.

Elle retourna examiner le dessin, se demandant qui étaient ces gens et quels liens il pouvait exister entre l'élève de Mark et la réaction de Hailey.

Mark l'attendait justement dans la salle des maîtres.

— Olivia voyait à peine qui était Hailey.

— Merci, répondit Katie, pensive. Peut-être qu'elle a rappelé à Hailey quelqu'un de son passé. Si c'est un souvenir douloureux et refoulé, j'imagine que ça a pu provoquer des tremblements sans qu'elle en ait vraiment conscience. Elle n'a que cinq ans.

— Oui, fit Mark en se levant. D'ailleurs, elle les fait à peine, tu ne trouves pas ? Allez, à demain.

Katie prit une grande inspiration et lui emboîta le pas.

— Ça te dirait d'essayer le nouveau restaurant chinois derrière le golf, un de ces jours ? proposa-t-elle alors qu'ils traversaient le parking. Je t'invite.

Le visage de Mark s'éclaira.

— Cool. Il paraît que les crevettes sont excellentes. Demain soir ?

Comme quoi, ça n'était pas si difficile, songea Katie en la regardant s'éloigner dans sa voiture. Peut-être était-ce le début d'une période excitante de sa vie. Il fallait qu'elle arrête de s'inquiéter autant pour ses élèves ; quoi qu'il arrive maintenant avec Mark, cela y contribuerait.

TROISIÈME PARTIE

Les bébés

1

Fin octobre

— Monsieur ? Vous pouvez redresser votre siège, s'il vous plaît ? Nous sommes presque arrivés à Heathrow.

L'hôtesse poursuivit son chemin dans l'allée avec grâce. Phillip se lamenta intérieurement. Le décalage horaire était toujours pire lorsqu'on allait d'ouest en est. Le vol de Los Angeles à New York avait été agité, ponctué de nombreux pics d'adrénaline. De plus, dans cet avion-ci, il avait eu droit à un fauteuil près de l'allée et ses voisins n'avaient cessé de se lever. Mais il serait très bientôt en Angleterre, où il pourrait reprendre le cours de sa vie. Il ressentit une pointe de culpabilité. Il savait que ce n'était pas une bonne chose d'avoir laissé Jennifer aussi longtemps, particulièrement parce qu'elle n'adressait plus la parole à sa mère.

Du vert commença à apparaître loin au-dessous de l'avion et Phillip poussa un soupir de soulagement. L'Angleterre. Et quelque part en bas se trouvait sa femme. Si seulement elle avait accepté de le rejoindre à Los Angeles. Il ne regrettait toutefois pas d'y être resté, c'était la bonne décision pour sa grand-mère. Ces derniers jours en sa compagnie avaient été inoubliables. Elle était vive, ne souffrait presque pas, et ils avaient feuilleté les albums de famille main dans la main, en évoquant leurs souvenirs. Bizarrement, Phillip avait presque apprécié ces moments. Mais elle n'était plus là, désormais, et il n'aurait pas besoin de repartir pour la Californie de sitôt. Il pouvait remettre sa vie sur les rails.

Malheureusement, il lui fallait encore voyager jusqu'en Cornouailles, et il devrait louer une voiture car aucun vol pour Newquay ne lui convenait. En réalité, il se sentait trop épuisé pour conduire aussi longtemps. Il serait plus prudent de dormir à l'hôtel et poursuivre son trajet le lendemain. Au moins, il serait frais pour retrouver Jennifer – et sa mystérieuse surprise.

Il l'appellerait depuis l'aéroport et, si elle était d'accord, il ferait une pause à Londres. Quelle que soit cette fichue surprise, elle devait être de taille pour qu'elle en fasse état dans toutes les conversations de ces dernières semaines, refusant à chaque fois d'entrer dans les détails. Elle était différente mais il n'arrivait pas à mettre le doigt sur ce qui avait changé en elle. Rongé à la fois par l'appréhension et la culpabilité, Phillip se frotta les yeux. Épuisé ou pas, il valait peut-être mieux descendre tout de suite. Jennifer serait certainement impatiente de le retrouver.

Et si elle se sentait seule, tout simplement ? Après tout, il avait été absent beaucoup plus longtemps que prévu, et elle avait emménagé dans une ville où elle ne connaissait personne. Qu'elle souffre de solitude semblait tout à fait plausible. Ce devait être ça, et non une période noire, d'autant que les médecins l'avaient trouvée en grande forme lors de son dernier rendez-vous. Ses médicaments étaient bien dosés, elle suivait une thérapie, et à l'évidence elle était active. Alors pourquoi avait-il l'impression que quelque chose clochait ?

Le terminal était bondé. Phillip résolut d'abandonner l'idée de l'hôtel : il serait incapable de fermer l'œil. Il fallait qu'il en ait le cœur net, et même en conduisant vite il mettrait près de quatre heures pour rallier Polpayne.

Il récupéra ses bagages sur le tapis, posa le tout sur son chariot et se fraya un passage parmi la foule. Dans le hall des arrivées, il loua une voiture puis se mit en quête d'une cabine téléphonique. Il n'avait quasiment plus de batterie sur son portable et il ne voulait pas que sa conversation avec Jennifer soit interrompue. Les doigts tremblants, il composa le numéro.

Allez, chérie, réponds et convaincs-moi que tout va bien.

Le téléphone sonna longtemps. Phillip allait raccrocher quand il entendit la voix de Jennifer, déformée, presque larmoyante :

— Al-allô ?

— Jennifer ! cria-t-il, s'attirant des regards interrogateurs. Jennifer, que se passe-t-il ?

2

— Salut, chaton ! Passe une bonne journée, je t'attends ici à 16 heures.

Debout à côté de la voiture, Maggie regarda Joe traverser la cour à toutes jambes et rattraper un groupe d'enfants devant l'entrée. Plusieurs mères bavardaient près du portail, mais elle ne se joignit pas à elles, ni ne leur accorda un regard. Elle attendit que la cloche sonne et que la tête brune de Joe disparaisse à l'intérieur du bâtiment. Là, il était en sécurité. Il était sous la responsabilité de quelqu'un d'autre jusqu'à 16 heures et, pour la première fois depuis leur retour à Carlton Bridge plus d'un mois auparavant, Maggie devrait affronter une journée entière de solitude. Isa, sa belle-mère, était rentrée chez elle la veille, Colin était parti travailler et maintenant Joe était en classe.

Elle se sentait totalement vide. L'espoir terrible qu'Olivia serait retrouvée, l'attente, les recherches qui l'avaient maintenue en vie à Newquay appartenaient au passé depuis longtemps et aucun sentiment n'était venu remplir ce vide. C'était comme si elle s'était changée en robot – elle bougeait, faisait mine de vivre normalement, mais elle n'était pas vivante.

Maggie se laissa tomber sur son siège et resta immobile derrière le volant. Elle avait des courses à faire, mais l'horaire n'était pas idéal. Les regards qu'on portait sur elle à Newquay n'étaient rien comparés à ceux qu'elle subissait ici, à Carlton Bridge. Toutes ces autres mères allaient se rendre au supermarché, les plus jeunes de leurs enfants dans leur jupe ou en poussette, et elle ne pouvait supporter l'idée de les croiser. Le contraste avec son ancienne vie était tout simplement trop cruel. Avant, elle aurait adoré bavarder avec quelques-unes, peut-être même faire un tour au parc pour promener les plus petits. Mais elle savait qu'à présent elles la dévisageraient avec un air gêné. Le simple fait qu'elle puisse se tenir debout et marcher semblait la rendre inhumaine à leurs yeux. Comme si elle avait le *choix*. Si elle décidait de faire ses courses maintenant, certaines changeraient d'allée pour l'éviter. Elle le comprenait, car après tout, qu'y avait-il à dire ? Elle s'occuperait des commissions vers midi, quand toutes les autres mères seraient chez elles, à préparer le déjeuner de leurs jeunes enfants.

Un sandwich œuf mayonnaise pour Olivia, c'était son préféré. Maggie sentit une vrille de douleur la transpercer. C'était courant, ces jours-ci. La plupart du temps, elle se sentait morte, aussi morte que l'était sûrement sa fille, puis un souvenir remontait brusquement dans son esprit, une image mentale de sa vie d'avant, et bien qu'elles appartiennent désormais au passé, ces images avaient le pouvoir de la mettre à genoux.

Maggie ferma les paupières et, pendant un instant, elle visualisa sa fille, ses boucles brunes en bataille, en train de grignoter son sandwich avec un adorable air de satisfaction. Une belle image.

Elle mit le contact et se força à se concentrer sur la route.

Carlton Bridge avait tout pour séduire une famille avec de jeunes enfants : de bonnes écoles, peu de circulation, la proximité de la campagne comme du bord de mer.

Plymouth n'était pas très loin en voiture non plus. Mais ces avantages semblaient désormais la narguer.

Voilà le parc où Livvy faisait de la balançoire. La bibliothèque, où elle venait écouter des contes tous les jeudis après-midi. Et puis la petite voiture manège devant le supermarché. Maggie avait fixé une limite de trois tours par semaine. A posteriori, ce rationnement lui semblait mesquin. Aujourd'hui, elle serait capable de vider son compte en banque pour lui payer des tours, si seulement Livvy pouvait revenir à la maison.

Le pire, c'était la maternelle. Elle était située tout au début de leur rue en cul-de-sac, et Maggie ne pouvait donc éviter de passer devant à chaque fois qu'elle allait quelque part. Livvy aurait dû y faire sa rentrée début septembre.

Elle longea le bâtiment en s'empêchant de le regarder. De temps en temps, il y avait des enfants aux fenêtres et elle ralentissait justement pour les observer, en se demandant ce qu'ils faisaient. Olivia aurait dû être parmi eux, partager leurs activités, et parfois Maggie croyait même entendre sa voix parmi les cris et les rires qui résonnaient à l'intérieur.

Les yeux fixés droit devant elle, elle grimpa la colline et se gara devant sa maison vide. Les doigts tremblants, elle tourna la clé dans la serrure. Elle avait vécu ici pendant des années sans jamais mesurer sa chance. Elle ne s'était jamais imaginé à quel point tout paraîtrait différent après avoir perdu… un enfant. À moins d'y être confronté, personne n'aurait pu l'imaginer.

C'était comme si toute leur vie de famille avait disparu avec Olivia. Les petits rituels, les jeux et les habitudes qui avaient structuré leurs journées, tout s'était effacé.

La maison entière était différente maintenant. Son odeur même avait changé. À cause de la lessive choisie par Isa, peut-être. De nouvelles odeurs remplaçaient les anciennes.

Isa s'était révélée un soutien précieux. Elle avait expliqué à Joe avec fermeté et tendresse que Livvy s'était noyée dans la mer, qu'elle avait disparu. Elle se levait la nuit pour seconder Colin quand Joe se réveillait en larmes après un cauchemar. Au retour de Maggie, Isa avait prolongé son séjour pour les aider à faire tourner la maison, avec une efficacité aimante qui les avait tous fait tenir.

« Je comprends, avait-elle dit en prenant Maggie dans ses bras à son arrivée. Ça va aller, Maggie. Tu as fait ce que tu devais faire. »

Grâce à Isa et au psychologue scolaire qu'il rencontrait une fois par semaine, Joe s'en sortait. Bien mieux qu'elle, Maggie en était consciente. Elle monta à l'étage, dans ce qui avait autrefois été la chambre d'Olivia. Isa s'était également occupée de cette pièce. Elle avait laissé le mobile aux perroquets suspendu au-dessus du lit, les posters d'animaux qu'Olivia adorait sur le mur, mais il n'y avait plus ni jouets, ni vêtements, ni couette ou oreiller.

Maggie fit se balancer les oiseaux. Dans la maison de vacances, les plus petits détails étaient douloureux. Des barrettes égarées de-ci, de-là, des livres, des jeux. Ici, à la maison, les détails avaient été rangés, hors de vue, et cela lui donnait l'impression que sa fille était morte depuis des années. C'était si cruellement triste…

Le pire était qu'après avoir apporté tant de joie dans leur vie Olivia était devenue la source de toutes ces émotions négatives, douloureuses. Maggie ravala ses larmes. Parviendrait-elle un jour à se remémorer sa fille en souriant ? Serait-elle capable de regarder ces vidéos de famille heureuse, Olivia qui danse, joue, pose…

Le téléphone sonna et Maggie alla répondre d'un pas lourd, en essuyant les larmes sur ses joues. Ce devait sûrement être Isa, qui voulait savoir comment elle s'en sortait en solo. Ce ne serait sûrement pas Howard, qu'elle appelait tous les soirs pour s'entendre dire qu'il n'y avait encore aucune trace du corps d'Olivia.

Mais c'était Ronald Keyes, le pasteur.

— Maggie, je me demandais si vous aviez pris votre décision à propos du service pour Olivia, demanda-t-il.

Maggie inspira brièvement. Elle ne supporterait pas des funérailles à l'église. Il était hors de question d'accepter la mort d'Olivia comme faisant partie d'un dessein divin, et elle ne comptait pas Le remercier pour ces quatre années de présence auprès d'eux.

— Non, répondit Maggie. Pas… Plus tard, peut-être.

Si l'on retrouvait Olivia, les choses seraient différentes, évidemment. Mais, en l'absence de corps, Maggie savait qu'il lui faudrait énormément de temps avant de se résoudre à enterrer sa fille. Ce serait vraiment une manière d'admettre que tout espoir s'était envolé.

— D'accord, répondit le pasteur.

Maggie souhaita très fort qu'il raccroche. Laissez-moi tranquille, pensa-t-elle en clignant des yeux à toute vitesse pour retenir de nouvelles larmes.

— Maggie, reprit-il. L'unité de gériatrie de Crow Road recherche des bénévoles pour donner un coup de main à l'heure du déjeuner et passer un moment en compagnie des personnes âgées l'après-midi. De 11 heures à 14 heures environ. Ça pourrait vous intéresser ?

Elle hésita. C'était une idée. Une manière différente d'occuper son esprit une partie de la journée.

— Peut-être, répondit-elle, prudente. Je peux y réfléchir et vous donner une réponse plus tard ?

— Bien sûr. Dieu vous bénisse, Maggie.

Elle raccrocha et se fit un café. Elle accepterait cette proposition, elle le savait déjà. Elle irait à l'unité de gériatrie pour remplir de purée et de steak haché les bouches édentées de petits vieux qui lui raconteraient des histoires du temps d'avant sa naissance.

Une autre vrille lui transperça le corps : elle s'écroula sur le sol de la cuisine. Slinky le chat vint lui renifler le visage.

Livvy lui manquait-elle à lui aussi ? Avait-il remarqué que sa principale partenaire de jeu avait disparu ?

— Je t'aime, Livvy.

Elle avait parlé à voix haute, le chat serré contre son cœur.

Rien ne pouvait être plus terrible, plus impensable que de continuer à vivre sans Olivia. Et pourtant, elle ne pouvait rien faire d'autre.

3

— Phillip, mon chéri ! Quelle bonne surprise !

Jennifer se redressa et fit de son mieux pour exprimer son impatience et sa joie de le revoir bientôt. Elle s'était allongée sur le canapé après déjeuner et un profond sommeil l'avait submergée sans même qu'elle ait eu le temps de s'en rendre compte. Elle ne dormait plus très bien la nuit, les bébés s'agitant sans cesse. La nuit précédente s'était résumée à une série de siestes, et, lorsqu'elle avait entendu Hailey filer aux toilettes à 7 h 30, elle avait eu l'impression d'avoir couru un marathon.

Percevant l'inquiétude – la peur – dans la voix de Phillip, elle se força aussitôt à prendre un ton très gai :

— Mais enfin, mon chéri, que pourrait-il se passer ? J'ai fermé les yeux dix minutes après le déjeuner et c'est le téléphone qui m'a réveillée. Où es-tu ?

— Heathrow, répondit-il d'une voix où perçait encore le doute. Je pars maintenant, j'arriverai à la maison en fin d'après-midi. Jennifer, tu es certaine que ça va ?

— Absolument, répondit-elle avec douceur. Tu comprendras en arrivant. Sois prudent sur la route, chéri ! À tout à l'heure !

— Oui.

Elle sentait bien qu'il n'était pas convaincu.

Elle reposa le combiné et se rallongea. D'ici quelques heures à peine, Phillip serait avec elle sur ce canapé. Et aujourd'hui, le monde scintillait encore plus que d'habitude.

Il était temps d'organiser les derniers détails : mettre un peu d'ordre, récupérer Hailey puis s'assurer que l'enfant resterait tranquillement dans sa chambre au moment de l'arrivée de Phillip. La surprise de sa grossesse suffirait pour les premières minutes ; dans un deuxième temps, seulement, elle l'emmènerait à l'étage retrouver son adorable fille, et enfin ils seraient tous réunis. Tous les cinq. Sa petite famille à elle.

Elle plaça la vaisselle du déjeuner dans la machine en fredonnant, épousseta le salon pourtant immaculé, jeta un coup d'œil dans la salle à manger encore inutilisée. Elle était dans l'escalier, en route vers l'étage, lorsque la première contraction survint.

Il n'y avait aucun doute, celle-ci était réelle. Pour avoir déjà accouché, elle savait à quoi ressemblait un début de travail. Elle resta cramponnée à la rampe le temps que la douleur s'estompe puis regarda sa montre. 13 h 15.

Il fallait qu'elle garde son calme. Phillip aurait amplement le temps de rentrer à la maison avant qu'elle doive se rendre à la clinique. Elle pouvait s'occuper des chambres en attendant la prochaine contraction.

Il n'y avait pas grand-chose à ranger au premier. Elle promena son plumeau sur la coiffeuse, passa un coup d'éponge dans le lavabo de la salle d'eau attenante à sa chambre. Elle ferma la porte de la chambre et celle de la salle de bains de Hailey puis réfléchit un instant.

Il fallait appeler l'école, elle ne pouvait évidemment pas aller chercher Hailey si les bébés étaient en route. Elle regretta amèrement de ne pas avoir prévu un taxi à la rentrée, comme elle l'avait un temps envisagé. Mais le trajet était très court et elle n'avait tout simplement pas été capable de confier Hailey à un inconnu. Elle décrocha son téléphone.

La secrétaire lui répondit, agréable mais intriguée.

— Bonjour, madame Marshall, comment vous portez-vous ?

— Bien, je vous remercie. Pourriez-vous me passer Mlle McLure s'il vous plaît ?

Un instant après, la voix de l'institutrice, un peu essoufflée, se fit entendre.

— Madame Marshall ? Quelque chose qui va pas ?

Jennifer frissonna. Cette femme était censée enseigner, bon sang, et ses phrases étaient à la limite de la correction. Elle se força à prendre un ton aimable :

— Non, non, merci, tout va bien, mais je suis très fatiguée. Je ne me sens pas la force de venir chercher Hailey cet après-midi. Je vais envoyer un taxi la récupérer.

— C'est inutile, madame Marshall, je peux la ramener moi-même. J'ai quelques courses à faire après l'école, ça ne me pose aucun problème de faire un crochet jusqu'à chez vous. Je vous la déposerai vers 16 h 20. Ça vous va ?

Jennifer s'apprêtait à répondre qu'elle préférerait vraiment un taxi, mais elle sentit arriver une nouvelle contraction, intense, rapide.

— Merci beaucoup, lâcha-t-elle sèchement avant de raccrocher.

La contraction était puissante, mais cette fois elle parvint mieux à maîtriser sa respiration. Il était 14 h 05 à sa montre. Les choses avançaient bien mais heureusement, doucement. C'était incroyable de penser que le lendemain, au plus tard, elle tiendrait toute sa famille dans ses bras. Cette douce perspective l'aida à gravir sans effort l'escalier pour commencer à préparer ses affaires pour la clinique.

4

Katie raccrocha et sourit à la secrétaire.

— Conversation aussi brève qu'agréable. Je ramène Hailey à la maison après l'école. Sa mère se sent un peu fatiguée.

— Ah bon ? fit Beverley. Quand les bébés sont-ils censés naître ?

— Il reste quatre ou cinq semaines avant le terme, je crois. Pourquoi ?

— Méfie-toi, tu pourrais bien jouer les chauffeurs pendant cinq semaines.

— Non, Hailey m'a dit hier que son père rentrait dans quelques jours.

Katie s'empressa de regagner sa classe, où Alison et les enfants confectionnaient un grand collage avec des images d'animaux. Après l'incident avec Hailey, Katie avait tenu à s'assurer que tout se passerait bien aujourd'hui, et les familles d'animaux semblaient être un sujet tout à fait sans risque. Elle s'arrêta à côté de Hailey, qui découpait un groupe d'éléphants.

— Ils sont mignons, hein ? Regarde ces grandes oreilles. Tu découpes super-bien ! Hailey, ta maman a téléphoné. Elle se sent fatiguée, alors c'est moi qui te ramènerai en voiture tout à l'heure, d'accord ?

— Hm-hm, fit la petite fille en levant à peine le nez de ses ciseaux.

Katie contourna la table des travaux manuels, véritable zoo miniature en cet instant précis. En tout cas, Hailey ne s'inquiétait pas pour sa mère. Un enfant plus âgé aurait pu poser des questions, mais Hailey n'interrompit pas son activité.

Soudain mal à l'aise, Katie l'observa à la dérobée. Que se passerait-il à l'arrivée des bébés ? Cela pouvait survenir n'importe quand, maintenant. Nora avait dit que les jumeaux naissaient souvent en avance et Katie soupçonnait que Mme Marshall n'était pas du genre à préparer une enfant comme Hailey à un tel bouleversement – un de plus.

Elle ne pouvait pas intervenir dans les relations mère-fille, mais l'arrivée des bébés trouvait parfaitement sa place au sein du thème de la famille. Ce serait déjà une bonne manière de venir en aide à son élève.

— Alors, madame Babar, on y va ? lança-t-elle après le départ des autres enfants, arrachant à la fillette un rare éclat de rire. On va d'abord s'arrêter chez moi, je voudrais enfiler quelque chose de plus pratique et récupérer mes sacs de courses.

Katie se gara devant son immeuble puis guida Hailey jusqu'au premier étage. Mr. Chips les doubla à toute vitesse dans l'escalier et vint coller son museau à la porte de l'appartement.

— Il doit avoir faim. Il n'a pas mangé grand-chose au petit déjeuner, remarqua Katie.

Hailey caressa Mr. Chips, qui la remercia d'un ronronnement en se frottant contre ses jambes. Elle le prit dans ses bras et enfonça son visage dans sa fourrure, surprenant Katie.

— Eh bien, tu aimes les chats – et lui aussi, il t'aime bien on dirait.

Une fois entrée, Hailey reposa Mr. Chips et regarda Katie ouvrir une boîte de pâtée.

— J'en avais un, avant. Il s'appelait Slinky, c'était un chat siamois.

— Oh, adorable ! Mr. Chips est juste un chat normal. Je ne l'ai que depuis le mois d'avril. C'était un chat des rues, et il m'a adoptée. Qu'est-il arrivé à Slinky ?

Hailey leva la tête et, d'un ton las, expliqua :

— Oh, il n'a pas changé de maison avec moi.

D'abord un nounours, maintenant un animal de compagnie visiblement très aimé. Katie eut un sourire compatissant.

— Maman ne veut peut-être pas de chat, maintenant que les bébés vont arriver. Les chats et les bébés ne s'entendent pas toujours très bien, tu sais.

— Non, il était dans l'autre maison, celle d'avant, répondit Hailey.

Katie se mit à fouiller sa mémoire. Les Marshall arrivaient bien d'un coin du Devon, non ?

— À Truro ?

Hailey fronça les sourcils.

— Pas la dernière maison, quand j'étais malade et que je devais prendre les médicaments. Là, on n'est pas restés longtemps. L'autre encore avant.

Soudain, une expression apeurée apparut sur son visage et elle pinça les lèvres.

— Peut-être que tu auras un autre animal de compagnie un jour, lâcha Katie, sceptique.

Elle lui servit un verre de jus de fruits et alla se changer. Ces quelques minutes venaient de lui prouver que la fillette était parfaitement capable d'avoir une conversation normale. Elle n'avait pas semblé le moins du monde introvertie et l'avait tout naturellement regardée dans les yeux. Pour seule bizarrerie, elle avait paru subitement effrayée en mentionnant sa précédente maison.

Durant le court trajet entre l'appartement de Katie et le domicile des Marshall, Hailey demeura silencieuse, l'air lointaine et mélancolique.

Katie se gara dans l'allée et sonna. Jennifer Marshall ouvrit la porte avec brusquerie. Katie ne put cacher son étonnement. La femme était très rouge, sa peau luisante, son maquillage bâclé. Ignorant Katie, elle tira Hailey par le bras et la fit entrer.

— Vite, vite, vite ! cria-t-elle. Monte te préparer. Papa arrive dans moins d'une demi-heure !

La voix était stridente. Après un dernier regard à Katie, Hailey monta sans un mot.

— Madame Marshall, puis-je vous être utile en quoi que ce soit ? s'enquit Katie.

Cette femme à moitié hystérique semblait revenir tout droit d'un aller-retour au bout du monde.

— Non, merci bien. Tout est parfait.

Sur ce, elle claqua la porte au nez de Katie.

5

Phillip agrippa le volant à deux mains et se força à respirer calmement. Plus que quelques minutes. Il avait dépassé Bodmin et fonçait en direction de la côte. Bientôt il arriverait à l'embranchement pour St. Mary's Castle et Polpayne, et sa nouvelle maison serait en vue.

Il avait bien roulé, compte tenu de sa fatigue. Comme il l'avait escompté, la circulation avait été fluide, et le temps sec et nuageux s'avérait idéal pour voyager. Il s'était arrêté après Salisbury pour avaler le casse-croute acheté à Heathrow et il avait à nouveau essayé de joindre Jennifer, mais personne n'avait répondu sur la ligne fixe, et le portable était éteint.

Bizarrement, cela l'avait tranquillisé. Elle était sûrement partie au village faire quelques courses, acheter des côtelettes d'agneau pour lui faire plaisir – ou peut-être préparait-elle le saumon sauce au poivre qu'il aimait tant. Ou alors, elle avait fait un saut chez le coiffeur. Il trouvait rassurant de l'imaginer en train de s'affairer. Et bien sûr, elle devait mettre en ordre la maison, qu'il découvrirait pour la première fois. Ils l'avaient repérée dans une agence au printemps, mais ils avaient épluché tant de descriptions immobilières qu'il était incapable de se souvenir de celle-ci en particulier. Elle avait l'air géniale, avec un salon et une salle à manger de belle taille, une cuisine équipée dernier cri, quatre salles de bains... Phillip ne put réprimer un sourire. C'était tout Jennifer, ça. Quel besoin avaient-ils de quatre salles de bains, alors qu'ils recevaient si peu de visites ?

Il était à l'embranchement. La route longeait maintenant la côte, au bord d'une haute falaise. Phillip apercevait de temps à autre l'océan rugissant sur les plages de sable doré en contrebas. La marée montait et, comme toujours, il s'émerveilla de la puissance des vagues des Cornouailles. Un autre jour, il faudrait qu'il revienne se balader sur cette route avec Jennifer. Ils admireraient le paysage et savoureraient leurs retrouvailles, tout en cherchant l'endroit idéal pour disperser les cendres de sa grand-mère. Une petite baie à l'écart, par exemple, un coin reculé où il pourrait venir s'asseoir, face à l'océan, et se souvenir. Évoquer les beaux jours, les moments de joie, oublier les malheurs.

Jamais il n'aurait pu imaginer que Jennifer choisirait une maison de bord de mer. C'était positif, un pas en avant sans doute, mais cela ne devait sûrement pas être facile tous les jours. Il appuya sur l'accélérateur.

Quelques minutes plus tard, il débouchait sur un adorable petit village de pêcheurs doté d'un port naturel impressionnant. Il s'arrêta devant un café et programma son GPS.

« Au prochain carrefour, tournez à gauche », indiqua l'impersonnelle voix féminine.

Phillip s'exécuta.

« Tournez à gauche. Prenez la troisième rue à droite. »

Il gravit la colline, observant les alentours avec curiosité. Les maisons contrastaient beaucoup avec l'élégance classique de leur ancien quartier, et il y vit encore un signe positif. Ici, Jennifer ne vivait pas dans le passé.

« Après cent mètres, tournez à droite. »

Il se trouvait donc à Castle Gardens. Contrairement à ce que le nom pouvait laisser entendre, il n'y avait pas de château en vue, mais beaucoup de jardins.

Le cœur battant, Phillip progressa au pas dans la rue, en quête du numéro quatre.

« Vous êtes arrivé à destination. »

Voilà. C'était une grande maison avec de hautes et belles fenêtres. La vue sur l'océan devait être magnifique depuis l'étage. Il s'achèterait un télescope – à moins que ce ne soit ça, la surprise ? Réjoui par cette perspective, Phillip se gara dans l'allée juste derrière la BMW et klaxonna.

Aucun mouvement à l'intérieur. Les mains moites, il gagna la porte d'entrée. Fermée. Il se força à maîtriser sa respiration et sonna.

Silence.

— Jennifer ! appela-t-il d'une voix tremblante, même à ses oreilles. Tu es là, chérie ?

Brusquement, la porte s'ouvrit. Jennifer était là, elle riait. Phillip resta figé sur place.

— Jennifer ! Tu… Tu… Mon Dieu !

Elle rit de plus belle, ses joues rosies, ses cheveux ramassés en une queue-de-cheval toute simple. Et elle était… Comment était-ce possible… Cela ne faisait pourtant aucun doute…

— Oh, Phillip ! s'écria-t-elle en s'agrippant à son bras au point de lui faire mal. Oui, je suis enceinte ! Elle n'est pas merveilleuse, ma surprise ? Je le savais avant ton départ, bien sûr, mais j'ai réussi à le cacher. Je voulais te faire la surprise pour ton retour. Une bonne nouvelle après la mort de ta grand-mère chérie. Tu es heureux ?

Pendant un instant, il fut incapable de dire quoi que ce soit. Sa femme était si belle, ses yeux si vifs, si remplis de joie. Heureux ? Il était abasourdi. Plus que ça, sidéré. Il était heureux, oui, bien sûr, mais… après tout ce qu'ils avaient traversé… Un autre bébé ?

Il l'enlaça et la serra contre lui aussi fort qu'il l'osait.

— Oh, ma chérie ! C'est... Enfin, je... C'est beaucoup d'émotion d'un seul coup. Comment vas-tu ? Et pour quand est le bébé ?

Elle le guida jusqu'au salon.

— Je vais bien, répondit-elle d'une voix douce en levant vers lui des yeux brillants.

Quelque chose en elle lui paraissait changé et cette sensation était déplaisante. Il s'était passé quelque chose.

Pourquoi ne lui avait-elle rien dit à propos du bébé ? Il sentit la rancœur l'envahir à l'idée qu'il aurait pu raccourcir son séjour, rentrer pour la soutenir durant la grossesse. Sa grand-mère aurait compris, elle aurait été ravie pour eux. Mais au lieu de cela, sa femme l'avait tenu à l'écart pendant presque quatre mois complets, merde, et elle s'était vautrée dans une sorte d'orgie immobilière.

Jennifer arborait toujours ce sourire tout neuf.

— Théoriquement, le terme est dans cinq ou six semaines, répondit-elle d'une voix douce. Au fait, chéri, ce n'est pas un bébé, mais deux ! Des jumeaux ! Et, Phillip...

Elle posa une main sur son genou et il sentit ses doigts se mettre à trembler.

— En réalité, ils seront là très bientôt, le travail a commencé !

Sur ce, elle prit une profonde inspiration, penchée en avant pour agripper le rebord de la table. Son visage vira au rouge et Phillip comprit qu'elle faisait de son mieux pour ne pas gémir, pour le préserver. Lorsque la contraction toucha à sa fin, elle prit la main de Phillip et la posa sur son énorme ventre.

— Mon Dieu, Jennifer ! Combien de temps... Où est l'hôpital... Combien de minutes entre les contractions ?

— Quinze minutes, maintenant, annonça-t-elle. Ce serait bien de partir tout de suite. Ne t'inquiète pas, mon chéri, nous n'allons pas tarder à avoir nos bébés. Je n'avais pas prévu de t'accueillir comme ça, mais n'est-ce pas une extraordinaire surprise ?

Phillip sentit un nerf vibrer derrière son œil gauche. Ce n'était pas une surprise, mais un choc. Un choc colossal, monumental. Et il était si fatigué !

— Jennifer, enchaîna-t-il d'une voix plus calme, dis-moi où se trouve la maternité et va chercher ta veste. On fonce.

— C'est la clinique Rosen, quelques minutes après St. Mary's Castle, sur la route de Bodmin.

Il se détendit légèrement. Au moins, elle avait choisi d'accoucher à proximité.

— Où est ta valise ? demanda-t-il en récupérant les clés de la BMW sur la desserte de l'entrée.

— À l'étage, sur la gauche. Et, chéri, il faut que tu jettes un œil rapidement dans la petite pièce juste en face sur le palier. Une autre surprise t'y attend.

Phillip s'élança dans l'escalier. Mon Dieu, pensa-t-il, tout cela était sa faute, il n'aurait jamais dû l'abandonner si longtemps. Mais elle semblait aller tellement mieux cette année. Pourquoi personne n'avait remarqué ce qui se passait, et qu'elle interrompait sa thérapie, son sang ? S'il était arrivé ne serait-ce qu'une demi-heure plus tard... Ces bébés, ses bébés à lui... Jennifer prenait des traitements lourds, alors allaient-ils bien ?

Il ouvrit la porte de gauche. Il fallait simplement qu'il l'emmène à la maternité, ils aviseraient après.

Phillip saisit la valise de Jennifer, puis se tourna vers la petite chambre, ainsi qu'elle le lui avait demandé. Il ouvrit, jeta un coup d'œil rapide à l'intérieur.

Pendant un instant, il crut voir un fantôme. Il recula en titubant, son esprit se refusant à ce qu'il avait devant lui. Mais ce n'était pas un fantôme, c'était une enfant. Une petite fille était assise sur le lit, un poupon dans les bras. Ce petit visage... Le visage de Hailey.

D'abord, ni l'un ni l'autre ne dit mot.

— Qui… Qui es-tu ? demanda-t-il d'une voix qu'il ne reconnut pas.

Elle le dévisagea avec de grands yeux noirs.

— Hailey Marshall, répondit-elle tristement.

Le vertige s'empara de Phillip.

— Oh, mon Dieu, murmura-t-il, avant d'entendre Jennifer qui gémissait au rez-de-chaussée. Et la dame en bas, c'est… ?

Sa voix se brisa sur le dernier mot.

— Maman. C'est toi, papa ?

Phillip suffoquait. Il fut soudain pris de tremblements incontrôlables. Hailey. Une nouvelle plainte le ramena au présent.

— Nous discuterons plus tard, tu veux bien ? dit-il gentiment. Viens avec moi. Les bébés vont arriver. Il faut que j'emmène… maman… à l'hôpital, tout de suite.

Il redescendit en courant. Jennifer, pliée en deux, s'agrippait à la desserte de l'entrée.

— Jennifer, commença-t-il avant de se rendre compte que ce n'était pas le moment d'exiger des explications.

Il fallait partir. Immédiatement.

— Est-ce qu'on peut laisser… Hailey… chez un voisin ? demanda-t-il en aidant sa femme à enfiler sa veste.

Elle le prit par le bras et ils se dirigèrent tout doucement vers la voiture.

— Oh non voyons, elle peut venir avec nous, n'est-ce pas, Hailey ? Elle voudra voir les bébés dès qu'ils seront nés ! Nos deux petits bébés chéris, Phillip. Nous allons former une jolie petite famille. Toi, moi, et trois beaux enfants.

Il l'aida à s'installer, puis jeta la valise sur le siège arrière, à côté de la fillette.

Des sanglots lui étranglaient la gorge, mais il se força à les ravaler, et conduisit aussi vite qu'il le put.

Trois beaux enfants, pensa-t-il en défaillant. Toute l'horreur de la situation le frappait de plein fouet. Un cri d'effroi, d'incrédulité résonnait dans sa tête.

Avait-elle oublié ? Les larmes, l'impuissance, l'insoutenable douleur, durant des mois et des mois. Comment avait-elle pu oublier une chose pareille ? Elle se souvenait, sûrement... Hailey était *morte*...

6

Avant la période noire

Le dernier jour de sa vie qu'il aurait pu décrire comme heureux. Les vacances en Turquie, le bord de mer en famille, classique. Jusqu'au dixième jour.

La matinée s'était déroulée comme les autres, Jennifer à son cours d'aérobic, Hailey et Phillip à la piscine. Hailey était allée à la boum des enfants vers midi et Phillip avait contemplé d'un œil attendri le groupe de petits danseurs qui se trémoussaient sous les palmiers au son de divers tubes. De temps à autre, Hailey se tournait vers lui en souriant, ce sourire qui disait « Regarde-moi, papa ».

Ils avaient déjeuné d'une salade au poulet ce jour-là, arrosée d'un verre de vin blanc pour Jennifer et lui. Après une courte pause digestive dans le parc, ils s'étaient rendus à la plage. Hailey s'était élancée en direction de l'aire de jeux, Jennifer avait rejoint leurs transats sous le parasol bleu.

Il ne s'était même pas baigné ce dernier jour. Il n'avait pas l'habitude de boire du vin à l'heure du déjeuner et, cet après-midi-là, la chaleur et l'alcool l'avaient assommé. Il s'était assoupi, bercé par le bruit des vagues qui léchaient la plage et les joyeuses conversations des vacanciers autour de lui. Jennifer, occupée à se vernir les ongles, s'adressait à lui de temps en temps. C'étaient les vacances, relaxantes, reposantes.

Les choses auraient-elles été différentes s'il était resté assis à surveiller ce qui se passait autour de lui ? Probablement pas, avec tous ces parasols qui lui bouchaient la vue. Et même s'il avait fait ses longueurs, comme d'habitude, il aurait fort bien pu ne rien remarquer. La plage était surtout fréquentée par des familles, il y avait toujours des enfants en train de barboter ou de se pourchasser en criant au bord de l'eau. Il était impossible d'identifier la famille de chacun de ces enfants, donc de remarquer un petit égaré. Et personne n'avait veillé sur la fillette seule.

Ils ne sauraient jamais exactement comment c'était arrivé. Phillip était venu chercher Hailey à l'aire de jeux mais ne l'y avait pas trouvée. Le lieu était certes surveillé, mais en accès libre, sans inscription préalable, et l'employé de l'hôtel ne l'avait pas vue de la journée. Elle avait donc dû quitter les jeux sitôt arrivée.

Tant qu'il vivrait, Phillip n'oublierait jamais ce qu'il avait senti au creux de son ventre en prenant conscience que sa fille avait disparu depuis près d'une heure. Il avait appelé Jennifer en criant, l'employé chargé de la surveillance des enfants avait réclamé de l'aide auprès de la réception et ils avaient passé la plage au peigne fin, courant entre les transats, hurlant son nom. L'hôtel leur avait prêté deux buggies qui leur avaient permis de sillonner le bord de mer sans cesser d'appeler leur fille. Mais ils ne trouvèrent aucune trace d'elle.

À leur retour à l'hôtel, ils virent la police et les gardes-côtes avec leurs voitures et leurs bateaux. Les recherches officielles avaient commencé.

Hailey avait été retrouvée deux heures plus tard. Dans l'intervalle, Jennifer et lui s'étaient entretenus avec des policiers qui ne maîtrisaient pas assez bien l'anglais pour leur inspirer confiance. Jennifer, le teint grisâtre, tremblait de tous ses membres, et Phillip avait senti le poids dans son ventre grossir à chaque minute.

Puis il y avait eu des cris. De la révolte et des larmes. Un jeune agent de police, livide, et un médecin s'étaient soudain matérialisés. Ils portaient une silhouette pathétique en robe bain de soleil vers l'infirmerie de l'hôtel. Détrempée, des algues dans les cheveux, les lèvres bleues, la peau blafarde. Phillip l'avait prise dans ses bras et serrée contre lui. Elle était si blanche… et si froide. Jamais il n'avait connu une telle douleur. Son Hailey. Sa fille chérie. Partie.

7

La soirée ne se déroulait pas tout à fait comme Katie l'avait imaginé.

Mark passait la commande, le restaurant était magnifique, le menu appétissant à souhait, mais elle ne parvenait pas à s'ôter de l'esprit l'expression de Hailey à l'instant où sa mère l'avait forcée à rentrer.

Le serveur s'éloigna et Mark l'interrogea du regard.

— Allez, balance. Pourquoi tu fais cette tête ? On dirait que tu as perdu un ticket de loto gagnant.

Elle se mordit la lèvre. Elle aurait tant souhaité que ce rendez-vous soit centré sur eux deux. Et voilà que la conversation allait revenir sur les difficultés qu'elle rencontrait avec une élève.

Elle lui expliqua en deux mots ce qui s'était passé.

— Et ce n'est qu'au moment où je me suis retrouvée au supermarché que ça m'a frappée… Est-ce que j'ai bien fait de laisser Hailey ? Mme Marshall avait très clairement perdu les pédales. Hailey m'a fait penser à un animal sans défense pris dans un piège.

Mark grimaça.

— Si Mme Marshall t'a claqué la porte au nez, il est certain que tu n'aurais pas eu beaucoup de succès en réapparaissant un peu plus tard avec ta théière et tes bons sentiments. Mais son mari doit être rentré maintenant, non ?

— Oui, répondit-elle d'un ton pensif. Son père manque à Hailey, ils doivent avoir une bonne relation tous les deux.

— Pourquoi tu n'essaierais pas de passer un coup de fil à Mme Marshall ? Dis simplement que tu te fais du souci parce qu'elle t'a paru un peu stressée et demande si tu peux l'aider d'une manière ou d'une autre. Elle n'acceptera pas, mais à sa voix tu auras déjà un indice sur son état.

Katie sortit son téléphone et composa le numéro des Marshall, qui sonna dans le vide.

— Personne, conclut-elle.

— Ce qui signifie que M. Marshall est arrivé, et soit il les a emmenées dîner quelque part, soit il s'occupe du problème. Dans un cas comme dans l'autre, tout va bien pour Hailey. Tu t'inquiètes trop.

Katie le regarda d'un air désolé. Il prit sa main et la serra.

— Voilà ce que je te propose : accorde-moi ton attention à cent pour cent pendant l'heure et demie qui vient et, en sortant, on fera un crochet en voiture chez les Marshall pour voir ce qui se passe. De toute façon, un soir de semaine, ils rentreront sûrement tôt.

— D'accord.

Katie sourit, rassérénée. Comme le disait Mark, M. Marshall pouvait s'occuper de ce qui n'allait pas.

— Bien. Alors, changeons de sujet maintenant. Voilà nos crevettes !

Le serveur venait de déposer leurs assiettes fumantes sur la table.

8

Jennifer se tordait en gémissant sur le siège passager. Phillip ralentit pour lui épargner tout soubresaut sur cette route accidentée.

— Oh, chérie, lâcha-t-il, impuissant, lorsque la contraction fut passée et qu'elle se plia en avant en soufflant. Est-ce que tu as appelé la maternité ? Ils sont prévenus que le travail a commencé ?

— Non, dit Jennifer en tournant vers lui ses yeux trop brillants. Je voulais tellement être à la maison à ton arrivée, je savais que le Dr Rosen allait insister pour que je me présente immédiatement. Tout va bien, je t'assure. Nous avons encore le temps.

— Oui, mais...

Phillip s'interrompit avant de dire quelque chose qu'il aurait pu regretter. Accuser Jennifer de risquer la vie de ses enfants à naître serait vain – cruel, même. Mais que se passait-il exactement dans sa tête ? Les bébés allaient naître prématurés, et elle s'inquiétait davantage de ne pas gâcher une surprise pour son mari. À l'évidence, elle n'était plus capable de réfléchir correctement à cet instant. Mais depuis quand était-elle dans cet état ? Et surtout, pourquoi ? Sa forme était pourtant excellente lorsqu'il l'avait quittée. Mais il était rentré pour de bon, maintenant, et il allait s'occuper de ça. Une chose à la fois. Les bébés d'abord, et ensuite…

— Ça va, ma puce ? demanda-t-il en jetant un coup d'œil dans le rétroviseur à la fillette assise à l'arrière.

Elle était recroquevillée dans un coin, livide. Phillip pinça les lèvres. Au fond de lui, il avait craint que Jennifer ne s'en sorte pas seule, mais là, c'était pire que tous les scénarios catastrophe.

Elle lui avait dit s'appeler Hailey Marshall.

D'où venait donc cet enfant ?

— Oh non, Phillip, il faut que je pousse !

— Non, surtout pas ! Respire ! cria-t-il en accélérant, un lointain cours de préparation à l'accouchement lui revenant brusquement. Je vois la clinique. Plus que deux minutes !

Complètement paniqué, il remonta l'allée menant à l'entrée principale et arrêta la voiture dans un crissement de pneus. Il se précipita à l'intérieur. Deux infirmières couraient déjà à sa rencontre.

— Ma femme est en train d'accoucher de jumeaux dans la voiture ! hurla-t-il.

Un instant après, des gens accouraient pour placer Jennifer sur une chaise roulante et l'emmener dans le couloir.

Phillip alla rejoindre la fillette.

— Viens, ma puce, on va d'abord s'occuper des bébés et ensuite, je te promets que nous allons tout arranger pour toi. Tout. Vraiment tout. D'accord ?

Elle leva les yeux vers lui, puis lui tendit la main et l'accompagna dans le couloir. Le souvenir de la main de sa propre fille dans la sienne lui donna le vertige une seconde. Il serra l'autre poing très fort. Un médecin aux cheveux grisonnants, le consultant en obstétrique G. Rosen d'après son badge, vint à leur rencontre.

— Geoff Rosen, dit-il en serrant la main de Phillip. Coucou, Hailey. Ne t'en fais pas, ta maman va bien.

Une infirmière emmena l'enfant et Phillip la chassa de son esprit tandis qu'il enfilait une blouse verte d'hôpital. Le plus urgent d'abord.

Jennifer était installée sur un lit étroit dans la salle de travail. Elle soufflait, haletait. Phillip avait assisté à la naissance de Hailey, mais il avait complètement oublié comment il était censé l'aider.

Ils étaient tellement heureux, tellement enthousiastes à l'arrivée de leur fille, avec l'avenir devant eux. Pendant un temps, ils avaient eu la chance de vivre leur rêve.

Et voilà qu'aujourd'hui ils se retrouvaient dans une autre maternité, et que deux bébés étaient sur le point de naître. Qu'allaient-ils devenir ? Phillip ne désirait qu'une chose : former à nouveau une famille. Mais on ne pouvait pas remonter le temps. Hailey avait disparu à jamais et Jennifer n'était plus la même. Personne à la clinique n'avait donc remarqué l'irrationalité de son comportement ? Ils semblaient tous considérer cette nouvelle Hailey comme sa fille.

Une infirmière fixait le monitoring autour du ventre de Jennifer. Phillip caressait ses cheveux trempés de sueur.

— Il ne… ne vaudrait pas mieux une césarienne ? demanda-t-il en bégayant.

Il s'agissait de *ses enfants*. Une nouvelle chance d'être père.

Le Dr Rosen secoua la tête.

— Jennifer tient beaucoup à une naissance par voie basse et pour l'instant tout se présente bien. Le rythme cardiaque des deux bébés est parfaitement audible, et puisque c'est votre deuxième accouchement, Jennifer, les choses devraient se passer en douceur. Ils sont en avance de cinq semaines, mais nous savons que chacun pèse plus de deux kilos.

Phillip hocha la tête, pas du tout rassuré. Il essaya de faire le point. Jennifer devait être à la fin de son quatrième mois de grossesse lorsqu'il était parti pour la Californie et il n'avait pas eu le moindre soupçon. Ils ne faisaient plus l'amour très régulièrement et si Jennifer avait pris quelques kilos, ce pouvait être à cause des médicaments. Quand la nouvelle Hailey était-elle entrée dans l'équation ? Maintenant, il savait pourquoi Jennifer avait si catégoriquement refusé de le rejoindre aux États-Unis, malgré les circonstances auxquelles il était confronté.

Une nouvelle contraction commença. Phill'p serra fort la main de Jennifer et retint son souffle.

— Tout va bien ? demanda-t-il.

— Très bien, répondit le Dr Rosen. Nous savons qu'un des deux se présente par le siège, je vais donc faire sortir l'autre d'abord. Poussez, Jennifer, la tête va sortir.

Elle lâcha un gémissement sonore en tournant la tête d'un côté et de l'autre. Phillip lui éponga le front, respira énergiquement en rythme avec elle.

— Bien, on y est – c'est un garçon !

Le bébé fit entendre une plainte et Phillip sentit les larmes lui monter aux yeux d'un coup. Il avait un fils.

Un autre médecin, une femme, prit en charge le nourrisson et l'emmena un peu à l'écart pour l'examiner. Phillip s'approcha.

— Deux kilos quatre, en pleine santé.

L'infirmière enveloppa le bébé dans une serviette et le tendit à Phillip, qui tremblait d'émotion. Il tenait son fils dans ses bras.

— Regarde, Jennifer, murmura-t-il. Notre petit garçon. Il faut qu'on lui trouve un nom, maintenant.

— Daniel, répondit-elle en embrassant le visage du bébé. Daniel John.

Phillip hocha la tête. C'était le prénom qu'ils avaient choisi pour leur premier enfant, si ç'avait été un garçon. Une autre contraction arrivait.

— On pousse encore un peu, Jennifer, s'il vous plaît ! l'encouragea le Dr Rosen. Voilà, ça y est presque... Et c'est une fille !

Le second bébé pleura lui aussi, un peu moins vigoureusement que son frère, et la pédiatre l'examina à son tour.

— Elle va bien elle aussi, mais elle est fatiguée. Vous pouvez les prendre pour un petit câlin, puis nous les placerons tous les deux dans la couveuse pour qu'ils se reposent, dit-elle.

Les yeux brillants, Jennifer cajolait ses deux nouveau-nés sous le regard bienveillant de Phillip.

Soudain, l'existence de la petite fille lui revint. Quel désastre ! Si seulement Jennifer avait accepté la mort de Hailey, si seulement elle avait chéri leur fille comme un souvenir triste, alors, ils auraient pu repartir de zéro et être heureux maintenant, avec leurs jumeaux. Mais tout s'annonçait extrêmement compliqué. Très vite, il allait devoir quitter cette pièce et faire quelque chose pour la fillette qui patientait, quelque part dans cette maternité.

Le Dr Rosen vint lui taper sur l'épaule.

— Félicitations, à tous les deux. Et si vous alliez présenter ses nouveaux frère et sœur à Hailey pendant que je termine avec Jennifer ? Vous pouvez passer la nuit ici, si vous le souhaitez, il y a une chambre familiale avec tout le nécessaire.

— Je vais voir, répondit Phillip. J'ai voyagé toute la journée, je crois que je préférerais dormir dans mon propre lit.

Il avait aussi besoin de réfléchir au meilleur moyen de les tirer de ce pétrin. L'idée lui vint de confier toute l'histoire au Dr Rosen et de laisser les médecins prendre le relais, mais on ne pouvait pas exclure que Jennifer soit aussitôt renvoyée à l'hôpital psychiatrique. Et dans ce cas, qu'adviendrait-il des bébés ? Non, mieux valait penser à une alternative. En premier lieu, il devait découvrir qui était cette petite fille.

Il monta dans l'ascenseur en songeant que la manière la plus simple de connaître sa véritable identité était encore de lui poser la question.

9

La fillette était en train de colorier dans la salle des familles. Elle s'arrêta lorsqu'il entra et il vit qu'elle avait dessiné deux ballons et deux nounours. Phillip prit son courage à deux mains. Il allait devoir faire comme si tout était normal, au moins jusqu'à leur retour à la maison.

Il s'assit face à elle et commença :

— Eh bien, euh, Hailey, les bébés sont là. Un garçon et une fille. Tu veux les voir ?

Elle opina. Il la prit par la main et l'emmena jusqu'à la nursery. À nouveau, la sensation de cette petite main confiante dans la sienne lui parut presque insoutenable.

Hailey sembla fascinée par les nouveau-nés allongés côte à côte dans leur couveuse. L'infirmière expliqua tout, Phillip hochant parfois la tête sans toutefois vraiment enregistrer ce qu'elle lui disait. C'était beaucoup trop. Fatigué ou pas, il aurait pu regarder ses enfants pendant des heures, leurs petits visages parfaits, leurs paupières closes.

— Ça va, Hailey ? s'enquit l'infirmière.

La fillette acquiesça de la tête et Phillip posa une main sur son épaule. La pauvre petite. Elle devait savoir qu'il n'était pas son papa et que les bébés n'étaient pas ses frère et sœur. Ou peut-être y croyait-elle, maintenant. Phillip jeta un coup d'œil à sa montre. Il avait l'impression que la nuit était déjà avancée, il n'était pourtant que 20 h 30.

— Tu as faim, ma puce ? demanda-t-il.

Encore une fois, elle hocha la tête. Elle n'était pas très bavarde, remarqua-t-il. Après tout, ça n'avait rien d'étonnant.

— On va dire au revoir à… maman, ensuite on rentre à la maison et on reviendra demain.

Il en saurait plus à ce moment-là et il pourrait avoir une conversation franche avec Jennifer, puis ramener un peu d'ordre dans le chaos qu'elle avait créé.

— Je dois aller à l'école demain matin, dit Hailey.

Phillip se passa les mains sur le visage. Quand on croyait en avoir fini avec les complications… Comment Jennifer avait-elle réussi à inscrire cette enfant dans une école sous le nom de Hailey Marshall ? N'avait-on pas besoin de certains papiers pour ça ? Ils avaient bien sûr le certificat de naissance de Hailey, mais…

— L'école. D'accord. Où est-elle ? demanda-t-il tandis qu'ils avançaient dans le couloir.

— C'est l'école primaire de Polpayne Castle. Maman m'emmène en voiture. Je commence à 8 h 45.

— Et tu veux y aller ?

— Oui.

Elle semblait tout à fait catégorique sur ce point. Phillip approuva. Cela lui donnerait le temps de s'organiser.

— Bien. Tu pourras rendre visite aux bébés après la classe.

À l'instant où il prononçait cette phrase, il manqua de se mordre la langue. S'il parlait à quelqu'un, elle serait récupérée à la sortie et ramenée d'où elle venait.

— Ils auront tous les deux un nom demain ?

— Oui. D'ici là, nous aurons choisi le nom de la petite fille, répondit Phillip, las mais heureux de pouvoir promettre quelque chose.

Sa tête était lourde, ses paupières de plomb, mais trouver un prénom pour sa fille restait encore dans ses cordes.

Dans sa chambre particulière, Jennifer dormait. Phillip, presque submergé par la pitié, fixa son visage blême. Elle avait tant souffert... Il déposa un baiser sur son front puis ramena la petite fille jusqu'à la voiture, installa son siège auto à l'avant et s'assit au volant. Il devait lui parler. Il fallait juste qu'il raconte tout depuis le début.

— Hmm, ma puce, dit-il en se penchant vers elle et en essayant de prendre un ton à la fois naturel et rassurant. Comment t'appelais-tu avant de devenir Hailey ? Est-ce que tu t'en souviens ?

La fillette s'écarta de lui, les yeux pleins de peur.

— Hailey Marshall, murmura-t-elle très vite, la tête baissée.

Phillip lui tapota la jambe.

— Je veux dire *avant* que tu sois Hailey Marshall. Avant de rencontrer maman, quel était ton nom ?

Elle porta ses mains à son visage.

— Hailey Marshall, répéta-t-elle.

Phillip, désemparé, comprit qu'elle était terrifiée. Ses petites mains tremblaient.

— Ma puce... Hailey, tout va bien. Je suis désolé, je ne voulais pas te faire peur. Tu es une gentille petite fille, une très gentille petite fille, dit-il en essayant à toute force de réparer le mal qu'il venait de commettre.

Pendant un long moment, elle le dévisagea, puis hocha lentement la tête. Phillip cilla pour faire disparaître les larmes qui lui étaient montées aux yeux. Il avait vraiment l'impression d'avoir sa propre fille devant lui.

Jennifer avait sûrement dû lui faire subir des choses terribles pour instiller une telle peur chez elle. Il ne s'agissait pas simplement d'un coup de folie passagère, comprenait-il, affligé, et il allait devoir tout arranger.

— Bon, alors, on rentre, on mange et au lit, dit-il en démarrant. Ça te va ?

La petite ne répondit pas. Elle était toujours recroquevillée sur son siège. Elle était bien trop maigre, ses yeux lui dévoraient le visage. Depuis combien de temps était-elle avec Jennifer ? Et pourquoi, pourquoi personne ne s'était-il rendu compte de rien ? Il devait bien y avoir quelqu'un qui la cherchait, la police, une famille qui l'attendait quelque part... Phillip était bien placé pour savoir quelle terrible épreuve ces gens-là devaient traverser.

Il se força à avoir l'air guilleret.

— Je parie que tu es la plus forte de la classe.

Elle le dévisagea et il constata, soulagé, qu'il avait réussi à lui arracher un bref sourire.

C'était une bonne chose qu'elle veuille aller en classe le lendemain. Cela lui permettrait de discuter avec Jennifer et d'obtenir des réponses. Et il faudrait beaucoup de réponses avant de décider de la meilleure conduite à tenir. Rien n'allait se dérouler simplement, Phillip le sentait bien.

10

— C'est la prochaine à droite, indiqua Katie à Mark.

Ils avaient quitté le port de Polpayne et gravissaient maintenant la colline.

Penchée en avant, elle vit la maison de Hailey se détacher dans la quasi-obscurité.

— Ils sont rentrés, constata Mark.

Devant la fenêtre de ce que Katie savait être le salon, le store baissé laissait apparaître un halo de lumière tamisée, comme si une petite lampe était allumée. À l'étage, une autre lueur douce éclairait la chambre de Hailey. Deux voitures étaient garées dans l'allée, la BMW et une Volkswagen grise.

Katie se sentit soulagée d'un coup : M. Marshall était de retour et, vu de l'extérieur, les occupants de cette maison s'apprêtaient à se coucher.

— Si c'est la chambre de Hailey, je te parie que la petite s'est endormie avec la lumière, dit Mark. J'ose espérer que tu ne comptes pas aller sonner pour demander comment vont ses parents juste le soir de leurs retrouvailles.

— Tu as raison, je vais m'abstenir, répondit-elle. Désolée, Mark, je crois que je me suis un peu trop impliquée avec cette gamine.

— Ça arrive, c'est normal.

Il lui prit la main. Il fallait qu'elle dise quelque chose maintenant. Dans la salle de restaurant, alors que ses pensées revenaient sans cesse vers Hailey, elle n'avait pas eu envie de parler de leur relation. Ils avaient refait le monde, comme toujours, puis discuté bouquins au dessert. Sympa, mais léger. Katie prit une grande inspiration.

— Mark, j'ai comme l'impression que nous irions plutôt bien ensemble, toi et moi, lança-t-elle nerveusement. Mais en fait, je ne m'attendais pas à ressentir ça...

Il pressa sa main.

— Katie, je sais, ce n'est pas grave. Je me fiche du temps qu'il nous faudra pour nous découvrir. Nous finirons bien par savoir, l'un ou l'autre, si nous avons envie de nous engager. Je pensais...

Il se tourna pour lui faire face sans lâcher sa main.

— Je pars bientôt à Aberdeen pour quelques semaines. Ma sœur doit subir une opération, elle a été gravement brûlée il y a quelques mois et c'est la dernière grosse intervention de chirurgie esthétique. Elle est divorcée, avec quatre enfants dont il faut bien que quelqu'un s'occupe. Caroline, la collègue qui avait ma classe l'an passé, me remplacera.

Katie songea qu'un peu de recul lui ferait peut-être du bien. Ils pourraient rester en contact, mais cela lui laisserait le temps de faire le point.

— On pourra se parler par Skype, suggéra-t-il avec un petit sourire contrit à peine visible dans l'éclairage jaune des réverbères. Et puis aussi se parler longuement au téléphone et mieux se connaître, autrement que dans ces dîners stressants où on se regarde dans le blanc des yeux en se demandant si on va se sauter dessus après. À mon retour, au moins, nous n'aurons plus de doutes.

— Oui, répondit-elle en souriant. Bon, on est sûrs que Hailey dort, on sait ce qu'on fait jusqu'à ton retour, alors en attendant, ça te dit de passer chez moi boire un petit déca ? Ce café de restau chinois n'était pas vraiment à la hauteur.

Mark fit demi-tour. Dans le noir, Katie se sentit paisible. Elle n'avait plus aucune raison de s'inquiéter désormais.

11

— Je crois qu'il s'est rendormi, annonça Maggie en se laissant tomber sur le canapé à côté de Colin.

Elle poussa un grand soupir de fatigue. Il était près de minuit.

— Espérons, fit Colin en se passant les mains sur le visage. Ça ressemblait à un marathon ce soir, non ? Le pauvre !

Joe avait toujours eu un bon sommeil, mais ces derniers temps il se réveillait environ une heure après s'être endormi, brûlant et en larmes à cause d'un cauchemar. Il n'arrivait jamais à le raconter, mais Maggie partait du principe qu'il avait trait à la disparition d'Olivia. Elle n'aurait pas dû l'abandonner, juste après ; le fait de rester au cottage n'avait servi en rien et, si elle était rentrée à la maison plus tôt, elle aurait pu soutenir Joe dans cette épreuve. À moins que ce ne soit justement son retour qui avait provoqué les cauchemars de son fils... Dans cette situation, il n'y avait pas de gagnant.

Ce soir, Joe s'était réveillé pas moins de trois fois, et Maggie avait fini par lui administrer une dose de paracétamol. Le lendemain, il devrait aller à l'école et il avait besoin de sommeil. Elle sentit les larmes, jamais très loin, lui monter aux yeux. Joe était à plaindre. Ils l'étaient tous.

— Ronald Keyes a téléphoné aujourd'hui, dit-elle. Il m'a parlé de quelques heures de bénévolat à l'unité de gériatrie. Je pensais me porter volontaire.

— C'est une bonne idée. Tu as besoin d'une nouvelle activité. Quelque chose qui...

Maggie le repoussa, physiquement. Personne ne comprenait donc ce qu'elle ressentait ? Elle avait perdu sa fille, merde ! Quatre années plus tôt, elle avait donné naissance à cet enfant qui avait maintenant disparu.

— N'essaie pas de dire « quelque chose pour t'occuper » ou « qui te change les idées ». N'y pense même pas.

— Ce n'est pas ce que j'allais dire, répondit Colin, d'une voix fatiguée qui fit aussitôt s'envoler la colère de Maggie. Oh, je t'en prie, Mags, ne nous disputons pas. Nous devrions nous entraider, plutôt.

Il tendit la main et Maggie se rapprocha de lui. Il avait raison, la disparition de Livvy les avait éloignés assez longtemps. Elle le serra dans ses bras et, brusquement, ils se retrouvèrent en larmes, agrippés l'un à l'autre, secoués de sanglots.

— J'étais tellement en colère contre toi au début, tu sais, avoua Colin en la serrant si fort qu'il lui faisait mal. Parce que tu ne l'avais pas assez surveillée. Il m'a fallu des jours pour prendre conscience que l'inverse aurait pu se produire. N'importe quel moment, n'importe quelle seconde peut être la dernière ; personne n'en sait rien.

— Je m'en voudrai toujours, dit Maggie, amère. Parfois je parviens à peu près à vivre avec, et puis soudain je me dis que c'est moi qui ai provoqué sa mort. Il m'arrive de me réveiller la nuit et de me demander quelle est la dernière chose qui lui a traversé l'esprit avant sa mort, est-ce qu'elle savait combien je l'aimais...

Il lui caressait le dos et elle sentit sa respiration s'apaiser.

— Maggie, dit-il en venant poser son front contre le sien. Je ne sais pas pourquoi il a fallu que Livvy meure, mais je suis persuadé qu'elle ne doutait pas de notre amour. Ça, c'est certain.

Maggie hocha la tête, trop épuisée pour répondre. Elle savait que, bientôt, la douleur et l'amertume céderaient le pas au vide, cette sensation qui faisait d'elle un robot.

— Un jour, Ronald m'a parlé d'un groupe de soutien à Plymouth pour les gens qui ont perdu un enfant, dit Colin. Qu'est-ce que tu en penses ?

Maggie se mordit la lèvre. S'asseoir en cercle avec des gens en deuil, comme elle ? Leur confier ses pensées les plus secrètes ? *Partager* Olivia avec des inconnus ?

— On en reparlera demain, d'accord ? conclut-elle en se levant péniblement. Oh non, Col, j'ai oublié d'appeler Howard.

Avec les problèmes de sommeil de Joe, elle avait oublié. Mais évidemment Howard n'aurait pas de nouvelles à lui donner.

— Laisse tomber, Maggie. Il dort à cette heure et nous ferions bien de faire comme lui. Je monte me coucher.

Il se releva tandis qu'elle retombait sur le canapé et enfouissait son visage entre ses mains. Elle avait parfois l'impression que le chagrin les rapprochait, parfois qu'il creusait un immense fossé entre eux. Elle ne savait jamais quand ce fossé allait apparaître, et cela arrivait toujours sans prévenir.

Elle cligna des yeux. Elle n'avait pas appelé Howard. C'était le début. Par la suite, elle laisserait les coups de fil s'espacer, jusqu'au jour où elle l'appellerait pour la dernière fois.

12

La fillette s'était levée avant lui et, déjà, la salle de bains résonnait de bruits d'eau – il comprenait mieux maintenant l'utilité des quatre salles de bains. Puis il entendit des pas dans sa chambre. Se douchait-elle et s'habillait-elle seule tous les matins ? C'était un comportement très mature pour une enfant aussi jeune, et cela ne fit qu'aggraver son malaise. Il enfila un jean et un sweat. Ses vêtements étaient soigneusement rangés d'un côté de l'armoire double toute neuve, propres, repassés et ordonnés par couleurs. Il se demanda où diable Jennifer avait pu trouver l'énergie d'organiser aussi parfaitement cet intérieur.

Une fois en bas, il poussa sa tasse sous la machine à café et fouilla la cuisine immaculée, à la recherche du nécessaire pour préparer un petit déjeuner adapté à une enfant. Cet endroit ressemblait à une maison témoin sortie d'un catalogue. Ils en feraient une maison de famille, pour Daniel et sa sœur.

Phillip savoura son café. Quelle merveilleuse sensation de ne plus se sentir si fatigué. Et malgré son inquiétude générale, quelle joie d'avoir un fils et une fille nouveau-nés. Daniel et... Laura ? Miriam ? Lara ? Lara lui plaisait, c'était d'ailleurs un des prénoms qu'ils avaient envisagés pour Hailey. La veille, il s'était senti trop éreinté pour faire quoi que ce soit et s'était endormi sitôt la fillette couchée. Aujourd'hui, il allait s'occuper d'elle.

Elle entra dans la cuisine au moment où il branchait son chargeur de téléphone. Elle était déjà en uniforme.

— Ouah, tu es très chic comme ça ! lança-t-il avec un sourire.

Elle le dévisagea, impassible.

— Bon, reprit Phillip. Petit déjeuner. Tu préfères des corn-flakes et des toasts ou bien juste des corn-flakes ou juste des toasts ? À moins que tu ne veuilles des toasts et des corn-flakes, bien sûr.

Il souleva un sourcil d'un air comique, dans l'espoir de lui arracher un sourire. Il fut récompensé lorsque son visage s'éclaira, même si on ne pouvait pas dire qu'elle souriait.

— Des toasts, s'il vous plaît. Je peux avoir du miel ?

— Bien sûr, répondit Phillip en abandonnant les corn-flakes.

Il s'assit face à elle et continua de boire son café en la regardant avec plaisir dévorer ses deux tartines de miel. À la fin du petit déjeuner, il avait réussi à la faire rire deux fois en lui décrivant le porridge dégoûtant de sa grand-mère et ses efforts pour l'éviter lorsqu'il était petit. Son visage était différent lorsqu'elle riait, et il devenait alors évident qu'elle n'était pas Hailey. Il avait décidé qu'il emmènerait la fillette à l'école puis filerait directement à la maternité pour éclaircir les choses avec Jennifer. Lorsque viendrait l'heure de récupérer la petite, il aurait découvert son identité et l'endroit d'où elle venait, ce qui lui permettrait d'agir en conséquence.

Il ne voulait pas aller trouver la police tout de suite. Le mieux serait encore de la ramener chez elle sans même impliquer les autorités et supplier ses parents de laisser courir... Ils auraient peut-être pitié de Jennifer. En tout cas, ça valait le coup d'essayer.

— Est-ce que tu es allée chez le coiffeur récemment ? demanda-t-il soudain.

Elle hocha la tête d'un air hébété, le regard de nouveau apeuré.

— Bien. Je passe un coup de fil à la maternité pour savoir comment vont les bébés ce matin, et tu pourras ensuite aller annoncer la nouvelle à ta maîtresse. Comment s'appelle-t-elle, au fait ?

— Mlle McLure. Son prénom, c'est Katie, répondit Hailey avec un petit sourire. Elle est très, très gentille.

13

Katie se trouva par hasard derrière la voiture des Marshall sur la route de l'école et, d'après ce qu'elle pouvait voir, c'était le père de Hailey qui conduisait. Très intéressant, songea-t-elle. Elle alla se garer un peu plus loin que d'habitude, juste à côté de la BMW. À l'instant où Hailey aperçut Katie, elle bondit hors de la voiture, le visage radieux.

— Les bébés sont nés hier soir ! déclara-t-elle du ton le plus joyeux que Katie lui ait entendu jusque-là. Un garçon et une fille, et je les ai vus ! Ils sont tout petits !

Katie éclata de rire. Elle n'en croyait pas ses yeux. Et elle avait désormais une explication à la bizarrerie de Mme Marshall la veille.

— Ouah, c'est super ! s'exclama-t-elle avant de se tourner vers le grand homme mince qui se tenait près de la voiture. Monsieur Marshall ? Je suis Katie McLure, la maîtresse de Hailey. Félicitations. Comment vont votre femme et les bébés ?

— Très bien, répondit-il d'une voix grave.

Katie fut aussitôt frappée par la nervosité qui se dégageait de lui. Des gouttes de sueur venaient d'apparaître sur son front, qu'il essuya d'un revers de main.

— Eh bien, voilà un retour à la maison mouvementé ! reprit-elle en se demandant s'il n'était pas tout simplement fatigué.

À part son stress, il semblait tout à fait normal. Et sans aucun doute, Hailey avait l'air plus détendue avec lui qu'avec sa mère. La fillette le regardait en souriant et il ne s'agissait pas de la version express et machinale qu'elle adressait à sa mère.

— Ça, vous pouvez le dire, répondit-il avec une certaine ironie. Est-ce que… heu… Hailey se débrouille bien ? Elle trouve ses marques, ça va ?

— Oui, je suis très contente d'elle, confirma Katie, qui ne tenait pas à en dire davantage devant l'enfant. Pourquoi ne pas nous rendre visite pour la voir progresser vous-même un de ces jours ?

— Hum… Merci, je viendrai, dit-il, puis il ébouriffa les cheveux de Hailey et remonta en voiture. Je passe te chercher à 15 h 45, ma puce.

La petite fille lui fit au revoir de la main puis se dirigea vers l'entrée avec Katie.

— Il y a deux bébés, répéta-t-elle sur le ton de la confidence. Le garçon s'appelle Daniel John et la fille, elle n'a pas encore de nom, mais il… Papa a dit qu'ils en choisiraient un aujourd'hui. Je vais les revoir après l'école.

Un véritable miracle, pensa Katie. Papa, avec l'aide de Daniel John et sa sœur, semblait avoir fait davantage pour aider Hailey à s'intégrer à Polpayne en douze heures que tous les efforts professionnels et maternels de ces quelques dernières semaines. Il fallait la voir ce matin, rayonnante comme jamais.

— Tu pourras nous raconter tout ça en classe, l'encouragea Katie. Et dès que tu as une photo des bébés, il faudra que tu nous l'apportes pour qu'on les voie.

— Oui, répondit Hailey, puis un petit air inquiet barra son front, et elle ralentit le pas. Est-ce que les bébés vont devoir partir de la maison après ? Moi je ne veux pas.

Katie éclata de rire.

— Non, pas avant qu'ils soient grands, dit-elle. Pareil que toi. Vous allez vivre ensemble pendant des années et des années, ne t'en fais pas.

Hailey hocha la tête doucement puis s'élança vers la classe. Katie l'entendit annoncer la nouvelle à Melanie.

Au moins un problème de réglé. Et maintenant qu'elle n'avait plus de souci à se faire pour Hailey, elle aurait plus de temps à consacrer au sujet Mark. Une perspective franchement agréable. Pour l'heure, quinze masques de Halloween attendaient d'être peints. Encore une journée bien remplie en perspective...

14

— Maman ?

Joe entra dans la cuisine et vint se planter à côté de Maggie, occupée à ranger les bols dans le lave-vaisselle. Elle lui déposa un baiser sur la tête. Son institutrice leur avait rapporté que Joe allait mieux, qu'il riait plus souvent depuis quelque temps et que ses rapports avec les autres enfants et les adultes continuaient de s'améliorer. Leur vie de famille, en revanche, entre ces quatre murs, semblait encore horriblement différente, et ce n'était pas près de changer. Elle ne parvenait pas à imaginer comment elle pourrait un jour trouver normal de vivre sans Olivia.

— Tu veux une banane pour le goûter ?

Il secoua la tête.

— Maman, Mme Grey a dit que si on a un problème, il faut en parler autour de soi parce que peut-être que les autres aussi ressentent la même chose et, du coup, on peut s'aider.

— Elle a tout à fait raison.

Maggie attrapa un torchon. Mme Grey était la psy qui suivait Joe et, bien qu'il n'ait jamais vraiment discuté de ce qui se passait durant leurs séances, elles lui étaient visiblement utiles. Colin et elle envisageaient également de consulter, mais pour l'instant, la douleur était encore trop vive pour être partagée. Joe, lui, se rendait toujours volontiers au cabinet de Mme Grey. Celle-ci avait conseillé à Maggie et Colin de rester ouverts si Joe avait envie de parler, mais de ne jamais le forcer à se confier. L'heure semblait venue pour son fils d'approfondir le sujet.

Maggie s'assit à table et Joe entreprit de réarranger les pommes dans la corbeille de fruits.

— Il y a des mamans de la classe qui disent que c'était ta faute si Livvy s'est perdue. Jay a même raconté que c'était écrit dans le *Carlton Gazette* hier.

Maggie le dévisagea un moment, interdite, puis tendit la main pour lui serrer le bras.

— Mais enfin, mon chéri, c'est horrible de dire des choses pareilles. Sûrement, ces mères pensent que nous aurions dû mieux surveiller Livvy, mais ton père et moi en avons parlé avec M. Moir et nous sommes tous d'accord pour dire qu'il est impossible de surveiller quelqu'un en permanence. Tu peux dire à tes copains qu'un policier nous a confirmé que ce n'était pas notre faute.

Si seulement elle pouvait s'en persuader elle aussi... et se pardonner. Cela arriverait sûrement un jour, mais il était encore loin.

— Oh, mais alors pourquoi c'était marqué dans le journal ?

Maggie se força à répondre du tac au tac.

— Je n'ai pas lu ce journal hier, alors je ne sais pas exactement ce qu'ils disent, mais je peux chercher et on en reparlera plus tard. Mais ne te fais pas de souci à cause de ça. Si nous avions fait quoi que ce soit de mal, M. Moir nous l'aurait dit et je crois qu'on peut lui faire confiance, non ?

— Parce qu'il est de la police ?

— Il est même capitaine de police.

— Cool !

Pendant que Joe filait chercher son cartable, Maggie mit la main sur le journal de la veille. En général, elle le feuilletait rapidement devant son café du matin, sauf quand la migraine s'abattait sur elle. Quant à Colin, il ne l'ouvrait jamais.

Le court article faisait un état des lieux des noyades de l'année, accompagné du récit du malaise qui avait été fatal à un adolescent de quinze ans pendant un cours de natation la semaine précédente. Vingt et un autres enfants étaient décédés par noyade un peu partout dans le pays depuis janvier, apparemment plus que la moyenne. L'auteur de l'article soutenait que ces morts étaient presque toujours évitables. Plusieurs photos illustraient le papier, dont celle d'Olivia.

Des larmes emplirent immédiatement les yeux de Maggie. N'aurait-on pas dû leur demander leur avis avant de publier un portrait de Livvy ? Mais c'était le cliché qui avait servi aux avis de recherche et on pouvait le trouver facilement sur internet. De toute façon, le problème ne tenait pas uniquement à la photo. Maggie savait qu'il ne lui faudrait pas chercher bien longtemps avant de tomber sur des forums de discussion sur lesquels on s'en prenait violemment à Colin et elle. Howard leur avait vivement recommandé de ne jamais les lire et d'ignorer tout ce qu'ils pourraient trouver sur le sujet.

Maggie s'obligea à respirer calmement. Si elle était tombée par hasard sur cet article alors qu'elle était seule à la maison, elle aurait hurlé à la mort, mais Joe était à l'étage, il fallait qu'elle garde son sang-froid. Tout ce stress… et il n'était même pas encore 9 heures.

15

Sur son lit surélevé, Jennifer roula sur le côté pour regarder au-dehors. Le temps était sec, malgré quelques nuages menaçants, et, même si l'on ne voyait pas le soleil, l'air même semblait scintiller d'un magnifique éclat argenté. Cela lui rappela les cierges magiques que l'on allumait pour la fête de Guy Fawkes, quand elle était petite. Cette journée serait unique, la première qu'elle passerait avec ses bébés.

— Bonjour, madame Marshall !

Une infirmière apparut dans la chambre, armée d'une bouée en caoutchouc enveloppée dans une taie d'oreiller. Elle l'agita en direction de Jennifer et sourit.

— Voici votre nouvel accessoire de mode ! On se prépare et je vous emmène à la nursery.

Elle s'activait tout en bavardant et Jennifer se trouva bientôt installée devant le lavabo, sur son coussin bouée, seulement vêtue de sa légère blouse d'hôpital. Sa journée était déjà un peu moins radieuse.

— Vous pourriez me donner ma robe de chambre bleue et me laisser quelques minutes ? exigea-t-elle d'un ton hautain. Je voudrais me faire belle pour mes bébés.

— Bien sûr, répondit l'infirmière en sortant la robe de chambre du placard.

Une fois seule, Jennifer poussa un soupir de soulagement. Elle se lava lentement, enfila sa propre chemise de nuit, se parfuma derrière les oreilles, se poudra légèrement le visage. Voilà qui était mieux, elle se sentait à nouveau humaine.

L'infirmière glissa son bras sous le sien pour traverser le couloir. Jennifer grimaça, mais se trouva bien heureuse d'être ainsi soutenue.

— Pour la première balade juste après, on ne se sent pas très sûre sur ses jambes, remarqua l'infirmière en souriant. Ça doit être pire après des jumeaux. Nous y sommes.

La nursery était une pièce tout en longueur, très claire, équipée de plusieurs petits berceaux aquariums et de trois couveuses. Les bébés étaient allongés là, tous les deux profondément endormis. Jennifer sentit son cœur tambouriner dans sa poitrine.

— Qu'ils sont beaux, murmura-t-elle. Comment vont-ils ? Est-ce que je peux les prendre dans mes bras ?

L'infirmière l'installa dans un fauteuil.

— Ils vont très bien. Ils vont rester au chaud là-dedans pendant un jour ou deux, mais vous pouvez les prendre dans vos bras autant que vous voulez. Un gros câlin de leur maman leur fera toujours beaucoup de bien.

Jennifer prit l'un des deux, dont elle lut le bracelet avec fierté. Daniel John Marshall. Son fils.

— Vous avez trouvé le nom de cette jeune fille ? demanda l'infirmière en déposant dans ses bras le deuxième bébé, qu'elle cala comme son frère sur un oreiller.

Brusquement, Jennifer se rappela l'existence de Phillip et se rendit compte qu'elle n'avait pas encore pensé à lui, ou à Hailey, depuis son réveil.

— Mon mari ne va pas tarder, nous déciderons de ça tout à l'heure, dit-elle en se détendant dans son fauteuil, accordant toute son attention aux bébés contre elle.

Son fils et sa fille. Sa petite fille.

Une soudaine chaleur l'envahit, un bonheur merveilleux qui la parcourut comme un feu. C'était le plus beau moment de toute sa vie. Tout le reste était oublié. Deux beaux bébés. Dont une fille.

La petite s'agita un peu et Jennifer la serra plus fort en fredonnant à mi-voix, les yeux brillants. Sa vie était redevenue parfaite.

16

Phillip s'éloigna de l'école de Polpayne Castle, en proie à un soulagement dont il était parfaitement conscient.

Enfin, il était seul, au calme. Jamais il n'aurait pu imaginer que son retour à la maison puisse ressembler à ça, même s'il s'était fait du souci pour Jennifer.

Il avait envisagé une soirée tranquille suivie d'au moins douze heures de sommeil, puis une journée en tête à tête avec Jennifer, à explorer le village et la campagne alentour. La grossesse et cette enfant qui n'était pas Hailey constituaient deux des plus gros chocs qu'il ait subis dans sa vie. Et maintenant, il lui fallait décider quelle stratégie adopter.

D'abord, voir comment Jennifer réagirait à ses questions. Ensuite, ramener cette Hailey à sa famille et trouver de l'aide pour Jennifer, tout ça en restant le plus discret possible. Il refusait de mettre en danger sa nouvelle famille. Bien sûr, Jennifer avait agi de manière particulièrement étrange, mais cela pouvait être imputé aux hormones de grossesse comme à l'arrêt de son traitement.

Il espérait encore entrer en contact avec les vrais parents de Hailey avant d'impliquer les autorités, mais était-ce vraiment réaliste ? Il lui fallait s'entretenir avec le Dr Rosen

– ou mieux, avec le psychiatre de Jennifer à Torquay, qui connaissait son passé médical. La police pourrait intervenir dans un second temps.

Une fois rentré à la maison, Phillip se fit un café. La clinique n'autorisait les visites qu'à partir de 10 heures, ce qui lui laissait le temps d'effectuer quelques recherches sur internet à propos des disparitions d'enfant signalées. Mais il découvrit bientôt que l'ordinateur avait été stocké dans un placard sous l'escalier. Il fixa d'un air résigné le fatras de câbles. Il n'allait pas pouvoir régler ça avant de se rendre à la maternité. Qu'est-ce qui était passé par la tête de Jennifer ? Et son ordinateur portable qui ne fonctionnait plus…

Il se rabattit sur son smartphone et se connecta au moteur de recherche. Deux mots tapés sur le clavier et il saurait si le visage de la fillette apparaissait. Ses doigts le démangeaient. Il reposa brusquement le téléphone sur l'étagère. Il ferait ça plus tard, quand l'ordinateur serait branché. En attendant, il allait jeter un œil sur leurs papiers, puis il partirait.

Il ouvrit le buffet placé sous la fenêtre de la salle à manger, où étaient rangés les documents importants – impôts, assurances, etc. Il manqua défaillir en constatant que le classeur étiqueté « famille » avait changé. L'acte de naissance de Hailey était toujours là, dans sa pochette plastique, mais pas son certificat de décès. Phillip fixa le dossier, incapable de comprendre ce que Jennifer essayait de faire. Il remua tous les papiers, dans l'espoir de mettre la main sur l'enveloppe brune qui contenait les formulaires concernant les obsèques de sa fille, mais elle demeura introuvable.

Pendant quelques secondes, il s'abandonna au désespoir, se remémorant les pires funérailles auxquelles il lui ait jamais été donné d'assister.

Cette interminable journée avait été effroyable, seul le jour de la mort de Hailey lui avait paru pire. Il avait fallu batailler avec les autorités turques pour pouvoir rapatrier le corps de leur fille. Jennifer, elle, n'avait quasiment pas cessé de frissonner, le regard vide, quand elle ne s'endormait pas sous l'effet des calmants. Il ne parvenait pas à l'atteindre, ni a fortiori à l'aider, quand lui-même aurait eu tant besoin d'un soutien.

Il avait choisi seul le cercueil, en bois blanc tout simple, et remis aux pompes funèbres turques des vêtements pour Hailey. Une robe d'été bleue, des socquettes et des sandales blanches.

Puis il y avait eu les funérailles. Un soleil radieux les avait nargués toute la journée. Le prêtre, malgré toute sa bonne volonté, n'avait pas réussi à trouver les mots qui auraient pu toucher Phillip. Quant à Jennifer... Elle était à la veille de son profond repli sur elle-même. Ses parents avaient tenté de la soutenir, mais elle les avait méchamment repoussés. Ils étaient repartis vexés et tristes. Sa grand-mère à lui les avait rejoints dès leur retour de Turquie, mais elle était repartie le lendemain de l'enterrement. Phillip et elle avaient convenu qu'ils se retrouveraient tous les trois en Californie la semaine suivante. Mais ça ne s'était pas passé ainsi. Il avait raccompagné sa grand-mère à l'aéroport et, à son retour, Jennifer était blottie dans un coin du canapé. Des amis et voisins étaient venus lui apporter de la nourriture, l'avaient assuré que s'il avait besoin de quoi que ce soit... Puis ils étaient rentrés chez eux.

Jamais il ne s'était senti aussi seul de toute sa vie.

Phillip se secoua pour dissiper ces souvenirs et referma le buffet. Il devait persuader Jennifer de lui parler. Il fallait qu'il comprenne ce qui s'était passé.

Il savait qu'il aurait dû appeler la mère de Jennifer, et peut-être aussi Thea, mais elles lui conseilleraient à coup sûr d'aller voir la police. Exactement ce qu'il ne voulait pas entendre. Non, il identifierait l'enfant par ses propres moyens.

Une demi-heure plus tard, il entrait dans la clinique Rosen, chargé d'un énorme bouquet de roses roses et blanches et d'une boîte de chocolats suisses pralinés, les préférés de Jennifer.

Une infirmière le débarrassa des fleurs et lui indiqua le chemin de la nursery. Il grimpa les marches quatre à quatre puis se tint sur le seuil sans oser entrer. Jennifer serrait les deux bébés dans ses bras, elle irradiait de bonheur et Phillip dut retenir un sanglot. C'était sa famille. Une femme qui l'aime et deux enfants, tout ce qu'il avait toujours souhaité. Ce n'était pas trop demander, tout de même ?

Il s'approcha sur la pointe des pieds et vint déposer un baiser sur la tête de Jennifer.

— Tu es magnifique, dit-il. Comment vas-tu ce matin, ma chérie ?

— Je suis fatiguée, mais heureuse.

Il remarqua ses yeux, encore brillants mais aussi un peu vitreux, lointains. Sa voix avait changé, elle était plus dure, plus neutre d'une certaine manière, bien que les mots paraissent parfaitement normaux. Il accusa le coup.

— Tu veux les prendre un moment ? Je commence à avoir mal aux bras.

Phillip enfila une blouse et prit la place de Jennifer. Voilà qu'il serrait contre lui ses deux enfants, dont la veille encore il ignorait l'existence. Il contempla, sous le charme, le léger duvet blond sur les crânes, les petits visages détendus, et, pendant un bref instant, il savoura ce simple fait d'être à nouveau père.

— Il nous faut un prénom de fille, lança-t-il. J'ai pensé à Miriam. Ou Lara.

— Lara, j'adore, répondit Jennifer avec un grand sourire. Lara Mary. Non, Lara Grace. Lara Grace Marshall.

— Génial.

Si seulement tout le reste pouvait se régler aussi facilement.

— Bonjour, bébé Lara. Oh, ma puce, qu'est-ce qu'on va s'amuser avec vous deux, hein ?

Oui, pensa-t-il. Il protégerait sa famille. Quoi qu'ait fait Jennifer, il arrangerait tout et remettrait leur vie d'aplomb. Ils ne pouvaient pas s'effondrer maintenant, il ferait n'importe quoi pour l'empêcher.

— Allons bavarder dans ta chambre, suggéra-t-il lorsqu'il eut reposé les jumeaux dans leur couveuse. Ça te fera du bien de t'allonger un peu.

Jennifer le laissa la raccompagner. Elle s'adossa à ses oreillers, pâle, et il remarqua combien elle était fatiguée. S'il la bouleversait davantage ce matin, il n'obtiendrait d'elle aucune information. Il allait devoir se montrer subtil.

— Hailey était une sacrée surprise aussi, commença-t-il, l'air de rien. Raconte-moi comment ça s'est passé, ma chérie.

Jennifer sourit, sans toutefois croiser son regard.

— Ah ça, elle en a eu, de la chance !

Désemparé, il vit que ses paupières se fermaient par intermittence.

— Elle s'est perdue une fois, tu te rappelles ? reprit-elle. Mais je l'ai retrouvée, hein, Phillip ?

Il repoussa les cheveux qui lui tombaient devant les yeux. Après tout ce qu'ils avaient traversé, comment avait-elle pu se persuader de la réapparition de Hailey ?

— Chérie, où était-elle quand tu l'as retrouvée ?

— Sur la plage.

Phillip retint son souffle douloureusement.

Paupières closes, Jennifer lâcha un rire bizarre.

— Une pauvre petite Hailey perdue. Mais je l'ai trouvée, Phillip, elle est de retour.

Il déglutit avec peine. Il s'agissait donc d'un enlèvement. Jennifer, en plein déni, s'était convaincue que cette nouvelle Hailey était leur fille.

— Tu sais qui sont les parents de Hailey, Jennifer ? demanda Phillip, abandonnant toute subtilité.

— C'est nous, gros bêta ! affirma-t-elle, les yeux ensommeillés.

Elle termina sur un bâillement et Phillip comprit que ses questions devraient attendre. Elle n'allait pas perdre la tête complètement cette fois, puisqu'elle était capable de parler et de bouger. Il allait d'abord voir ce qu'il pourrait découvrir par lui-même à propos de la fillette, puis il retenterait sa chance.

Il laissa Jennifer endormie et regagna Polpayne. Il s'arrêta dans une petite épicerie près du port qui semblait vendre un peu de tout, acheta un steak, quelques crudités et deux pizzas pour plus tard. De retour à la maison, il mangea avec appétit, s'autorisa même un petit verre de vin, puis s'installa dans l'élégant salon pour réfléchir.

D'après ce qu'il avait compris, Jennifer avait trouvé l'enfant errant sur une plage et l'avait prise pour sa petite Hailey. Il ne pouvait nier certaines similarités, comme leurs traits délicats, leur constitution frêle et leur couleur de cheveux. Il savait quel impact la mort de Hailey avait eu sur Jennifer, mais de là à emmener une enfant comme ça, puis à la terroriser pour faire d'elle « Hailey Marshall », lui couper les cheveux, l'envoyer à l'école…

Il reprit au début. Si la fillette se trouvait sur une plage, celle-ci était forcément dans les parages, car dans son état Jennifer n'avait pas dû effectuer de longs trajets. Donc, des tas de gens, ici, au village, devaient avoir entendu parler de la disparition d'une petite fille. Et pourtant, personne n'avait fait le lien entre cet événement et l'arrivée de Jennifer et Hailey à Polpayne. Tout le monde avait dû croire que cette petite s'était noyée. Cela expliquerait le silence des médias sur l'affaire. Le décès d'un enfant ne faisait pas la une longtemps, il était bien placé pour le savoir. Internet lui fournirait la réponse.

Il attrapa son téléphone et tapa violemment les premières lettres de sa recherche. « Dispar... »

Mais impossible de continuer. Phillip resta assis là, essayant en vain de convaincre ses doigts de terminer le mot.

Et s'il « trouvait » la fillette et entrait en contact avec ses parents ? Leur première réaction serait évidemment d'appeler la police et il perdrait le contrôle de la situation. Des policiers et des psychiatres leur tomberaient dessus en masse. Un diagnostic de troubles mentaux priverait-il ses bébés de leur mère ? Dans ce cas, la nouvelle vie qui s'ouvrait devant eux serait irrémédiablement gâchée.

Plus il y réfléchissait, plus il devenait évident que, pour préserver sa famille, il devait agir complètement seul. Il avait perdu sa fille, sa grand-mère, ses parents... C'était assez.

Il rangea son téléphone et résolut de brancher l'ordinateur dans la soirée. Il identifierait cette petite fille une fois confortablement installé. Ensuite, il la conduirait jusqu'à sa famille et la laisserait là-bas. Personne ne découvrirait que Jennifer l'avait enlevée.

Pendant un bref instant, il se détendit. Puis il pensa au nombre de personnes des environs qui croyaient que Hailey était leur fille, Mlle McLure, le Dr Rosen, les infirmières... Que pouvait-il leur raconter ? Quel merdier ! Quel effroyable merdier !

Le vin et le contrecoup de l'interminable voyage de la veille eurent bientôt raison de lui. Il s'accorda une heure de sieste avant d'aller chercher Hailey, régla l'alarme de son téléphone et s'allongea sur le canapé.

La fillette patientait près d'une porte latérale lorsque Phillip arriva à Polpayne Castle. Un groupe d'élèves saluaient Mlle McLure. Hailey était la plus petite, constata-t-il avec tristesse. Et le fait que l'enseignante ait proposé de discuter un peu ce matin laissait entendre que la vie à l'école n'avait pas très bien commencé pour cette pauvre enfant. Pas étonnant.

Il approcha et posa la main sur l'épaule de Hailey.

— Salut, ma puce, dit-il, obtenant aussitôt un sourire de la fillette.

Mlle McLure annonça qu'elle les accompagnait jusqu'à la BMW, déclenchant une vague d'angoisse chez Phillip. Y avait-il un problème ? Hailey avait-elle dit quelque chose d'inapproprié ?

Apparemment pas. L'institutrice aida Hailey à s'installer en voiture, ferma la portière et s'adressa à lui à voix basse :

— Aujourd'hui, j'ai eu l'impression d'avoir affaire à une enfant totalement différente, monsieur Marshall. Beaucoup plus heureuse, et plus bavarde. Vous lui avez tellement manqué. Et bien sûr, elle est très excitée par la naissance des bébés.

Phillip sentit soudain une grosse boule dans sa gorge.

— Oui, fit-il en tentant de prendre un air dégagé. D'ailleurs, nous filons directement à l'hôpital.

— Je ne vous retarde pas davantage alors. Saluez Mme Marshall de ma part. Nous sommes en train de préparer une grande carte de félicitations de la part de toute la classe, mais je laisse Hailey vous raconter ça.

Il marmonna un « Au revoir » avant de monter en voiture et de s'échapper du périmètre de l'école.

— Tu as passé une bonne journée ? s'enquit-il.

— Oui, j'ai fait un masque de sorcière qui fait très peur pour Halloween. On va tout de suite voir les bébés ?

— Direct. On s'arrête juste pour acheter des fleurs en route, tu choisiras. Ça fera plaisir à maman.

Hailey se prêta au jeu sans problème et entra dans la clinique un gros bouquet jaune à la main. Jennifer l'accueillit pleine de gratitude, et tous trois se dirigèrent vers la nursery.

— Daniel John et Lara Grace, répéta Hailey, debout sur la pointe des pieds pour apercevoir l'intérieur des couveuses. Et moi, c'est quoi mon deuxième prénom ?

Elle s'était tournée vers Phillip, qui lui répondit d'un ton posé, conscient du sourire fier de Jennifer, juste à côté :

— Toi, tu es Hailey Andrea.

— Hailey chérie, assieds-toi si tu veux prendre les bébés dans tes bras, proposa Jennifer.

La fillette obéit, une expression presque révérencieuse sur le visage. Phillip la regarda prendre Lara d'abord, puis Daniel, un petit sourire aux lèvres.

Elle n'avait plus cet air tendu de la veille, et Mlle McLure avait remarqué un changement de comportement. Était-ce seulement dû au fait qu'il s'occupait d'elle à la place de Jennifer ? Lui qui n'était qu'un inconnu pouvait-il à ce point faire la différence ? Elle devait être terrifiée, alors. Mais il était là, maintenant, et il l'aiderait tout le temps qu'elle resterait encore avec eux. Il la ramènerait chez elle, juré, un de ces jours.

Il resta bavarder avec Jennifer près d'une heure, pendant que Hailey suivait l'infirmière de pédiatrie chargée de la nursery, mais il ne parvint pas à lui soutirer d'autres informations. Elle bloquait toutes ses questions d'un rire, et la panique le prit bientôt à la gorge. Elle était malade et ne recevait aucun traitement. Il ignorait combien de temps ils pourraient encore continuer ainsi.

De retour à la maison, Hailey et lui mangèrent leur pizza devant un documentaire sur une réserve animalière au Kenya. Hailey était emballée par les éléphants, gloussant de les voir s'asperger d'eau. À la fin de l'émission, Phillip coupa la télévision.

— Allez, au bain, et ensuite je te lirai une histoire, proposa-t-il.

— Oh oui ! s'exclama-t-elle avant de bondir jusqu'à la porte.

Soudain, elle se retourna vers lui, le visage de nouveau pâle.

— Quand est-ce que maman revient ?

— Dans un jour ou deux. Maman n'allait pas très bien ces derniers temps. Parfois, on est un peu fatigué ou de mauvaise humeur, quand on a des bébés dans le ventre et puis qu'on déménage. Hailey, tout va s'arranger bientôt. Ne t'inquiète pas.

Hailey prit son bain, puis elle se précipita dans sa chambre pendant que Phillip rangeait serviette et savon. Il ravala les larmes qui montaient au souvenir des jours heureux en compagnie de leur fille. Sur le seuil de la chambre, il la regarda feuilleter son livre *Heidi*.

Vingt minutes plus tard, elle dormait. Si seulement c'était bien Hailey. Si seulement ils n'étaient jamais allés à la plage ce fameux jour, alors il contemplerait sa fille en ce moment. Phillip comprit qu'il ne souhaitait plus qu'une chose, l'impossible : que cette fillette se métamorphose en sa propre enfant.

Il se leva d'un coup et regagna le rez-de-chaussée.

Du placard sous l'escalier, il extirpa l'ordinateur. Il l'installerait dans la salle à manger pour l'instant.

Lentement, il se releva, referma le placard. Il était épuisé et n'avait vraiment aucune envie de mettre le nez dans les câbles et l'informatique ce soir. Et puis, une fois qu'on commençait à traîner sur internet, il était difficile de s'arrêter. Il attendrait de ne plus souffrir du décalage horaire.

Demain serait un autre jour.

17

Début novembre

Maggie tourna la page du calendrier et le raccrocha au mur, posant des yeux indifférents sur la photo du château de Culzean. 1ᵉʳ novembre. La Toussaint. Et demain, le jour des morts.

Voilà deux mois et demi qu'ils vivaient sans Olivia. Toutes ces émotions – elle en avait connu davantage depuis le 15 août que jamais auparavant. Et la vie continuait, sans relâche, sans remords, sans sa petite fille.

Tant de choses avaient changé – son travail, la maison, la routine du quotidien – qu'elle avait l'impression de se trouver dans un lieu où Olivia n'avait jamais vécu. Sa vie n'était plus liée à la leur. Et quel que soit le temps passé à souffrir, se souvenir, se forcer à oublier, tenter de relier le passé au présent, Olivia n'était plus là.

Maggie frissonna. Une fois apaisée la souffrance initiale, c'étaient les choses banales et quotidiennes qui rendaient chaque jour difficile. Maggie se surprenait à faire le compte de tout ce qui, dans une seule journée, pouvait lui évoquer sa fille. Un documentaire sur la nature qui lui aurait plu. Ses céréales préférées au supermarché. Des pots de miel entassés dans le placard. Les minicouverts dans le tiroir. Des petits détails qui comptaient tant. Autrefois.

Ce qui la minait particulièrement, c'était l'incertitude. Comment s'étaient passées ses dernières minutes ? Elle avait dû avoir peur, appeler à l'aide, se débattre contre le froid de l'Atlantique. Livvy se noyait et pendant ce temps Maggie buvait un café, Colin et Joe déambulaient entre les rochers. Et restait la plus grande question, à laquelle elle n'aurait jamais de réponse : pourquoi ?

Elle s'assit à la table de la cuisine. Il était presque l'heure d'aller travailler. Elle venait de commencer le bénévolat à l'unité de gériatrie, trois fois par semaine. Jusque-là, tout se passait bien. Les personnes âgées à qui elle tenait compagnie étaient trop séniles pour poser des questions personnelles. Peut-être avait-on choisi ce poste pour elle à dessein, mais peu importait. Cette occupation lui convenait très bien pour l'instant.

Un bruit de clé dans la serrure de l'entrée la tira de sa rêverie. Colin entra dans la cuisine, ouvrit le réfrigérateur.

— Salut, ma chérie. Tu veux un jus de fruit ?

— Non, merci, répondit Maggie en le regardant d'un air étonné. Qu'est-ce que tu fais là à cette heure ?

— J'ai besoin de la voiture cet après-midi, j'emmène un client voir une usine à Corriemer. Je te déposerai à l'hôpital et je repasserai te chercher à 15 heures.

— Pas la peine, je reviendrai en bus. Ça me donne une excuse pour aller en ville, faire un peu de lèche-vitrines.

— D'accord, répondit Colin, le regard happé par la photo de Joe et Livvy fixée au réfrigérateur sous un magnet en forme de chat.

Maggie soupira. Elle sentait bien que quelque chose le tracassait depuis plusieurs jours. Il rôdait autour d'elle, visiblement désireux de lui en parler, sans jamais y parvenir. Elle posa une main sur son bras.

— Colin, je t'en prie, dis-moi ce qui ne va pas.

Il posa la photo sur la table et s'assit.

— J'aimais Olivia, commença-t-il, le visage pâle, grave. Je suis resté éveillé des heures cette nuit, en pensant à elle. J'adorais être son père, la regarder grandir. Elle faisait partie de notre vie et c'était merveilleux, c'était un miracle. Mais elle n'est plus là maintenant, Maggie et je... Je ne veux pas abandonner ce miracle.

— Tu voudrais qu'on ait un autre enfant, conclut Maggie, consciente du ton neutre qu'elle venait d'adopter.

— Je sais que c'est encore trop tôt. Mais nous avons toujours dit que nous voulions plus de deux enfants. Jamais nous ne remplacerons Livvy, mais je crois que notre famille serait plus complète si nous avions un autre bébé. Un jour. Je veux juste qu'on envisage un projet positif pour notre avenir.

Maggie inspira un grand coup.

— Je ne veux pas d'autre enfant, affirma-t-elle, entendant la panique faire monter sa voix dans les aigus.

Slinky sauta de son rebord de fenêtre pour filer dans le jardin.

— On a perdu un enfant, Colin. J'ai donné naissance à notre fille et elle a disparu, ça ne fait même pas trois mois, merde. Comment peux-tu penser à en avoir un autre ? Ça, tu as raison, on ne pourra *jamais* remplacer Olivia, et je ne compte pas essayer.

À nouveau, sa voix s'était muée en cri. L'amour et la mort, insoutenable association. Ils avaient perdu leur fille dans les plus atroces circonstances qui soient. Jamais elle ne prendrait le risque d'aimer un autre enfant.

— Je suis désolé, reprit Colin, livide. Je ne pense pas à un futur très proche, mais j'aimerais tant que nous formions une vraie famille, avec au moins deux enfants. Nous sommes jeunes, Maggie. D'ici un an ou deux, tu auras peut-être changé d'avis.

Des larmes affluèrent d'un coup aux yeux de Maggie, elle prit un mouchoir.

— Eh bien, nous en discuterons à ce moment-là. Dans un an ou deux, quand j'aurai peut-être changé d'avis. Mais pas avant. D'accord ? Pour l'instant, tout ce que je veux, c'est Livvy, et elle ne reviendra pas, si ?

Colin fit non et s'accouda sur la table, tête baissée. Maggie grimpa se remaquiller en tremblant. Dans le miroir de la salle de bains, son visage lui apparut plus émacié, plus ridé que trois petits mois auparavant. Et il flottait désormais dans son regard une expression désespérée, vide, qui n'avait jamais été là avant le 15 août. Colin avait pourtant raison sur un point : ils étaient assez jeunes pour avoir six bébés, s'ils le souhaitaient vraiment.

D'un battement de paupières, elle balaya ses larmes et remit du mascara.

18

— Bien joué, tous les trois ! Super-partie. Maintenant, vous pouvez rejoindre les autres, il vous reste un peu de temps avant de rentrer.

Katie récupéra les cartes étalées sur la grande table et regarda en souriant Julia, Derek et Hailey se précipiter en direction du coin jeux. Les enseignants de maternelle bénéficiaient tous d'une assistante, et Katie appréciait cet avantage qui lui permettait de travailler presque individuellement avec les enfants qui en avaient besoin. Leur partie de Sept familles avait aidé Derek à prendre la parole plus distinctement, Julia à ne prononcer que les mots nécessaires, et Hailey à maintenir le contact visuel, la fillette ayant encore un peu de mal dans ce domaine.

Je leur accorde encore dix minutes et après, on écoutera une petite chanson pour terminer la journée, pensa-t-elle en approchant des jeux. Amusée et un peu moqueuse, elle remarqua que Julia venait de s'approprier totalement le jeu de la marchande qui occupait jusque-là Martin et Melanie. Les enfants avaient eu un comportement irréprochable ces vingt dernières minutes, on ne pouvait pas non plus espérer de miracle. Au moins, Hailey progressait à pas de géant depuis le retour de son père. Sans doute dormait-elle mieux, car la fatigue qui gâchait souvent ses matinées semblait avoir disparu.

Katie la chercha des yeux et la trouva devant la fenêtre, toute seule, l'air de nouveau absente.

On la croirait à l'article de la mort, songea Katie avant de la rejoindre.

— Ça va, Hailey ? Ton papa sera là dans une demi-heure, ne t'inquiète pas.

— Maman rentre à la maison aujourd'hui, murmura-t-elle en la regardant, le menton tremblotant.

Katie répondit par un sourire encourageant.

— Et c'est bien, non ? Tu te fais du souci parce que les bébés restent à l'hôpital ? Ils ne vont pas tarder à sortir. Ton papa disait hier qu'ils sont en pleine forme.

Hailey opina lentement. Elle ne semblait pas convaincue. Katie se creusa la cervelle. La fillette avait eu son père pour elle toute seule depuis son retour, peut-être craignait-elle de ne plus pouvoir passer autant de temps avec lui. Et d'ailleurs, il suffisait d'y réfléchir un peu pour voir qu'elle avait tout à fait raison.

— Papa aura souvent besoin de toi, tu sais, quand maman et les jumeaux seront de retour à la maison. Tu es assez grande pour faire tout un tas de choses maintenant. C'est rigolo, de faire partie d'une famille nombreuse et de s'entraider.

Hailey l'observa attentivement. Quelque chose d'autre n'allait pas, son visage trahissait plus de peur que de jalousie. Katie se remémora les photos des bébés dans leur couveuse que la fillette avait apportées en classe. Ces bébés âgés d'à peine quelques jours pouvaient très bien sembler à la fois fragiles et malades. Les voir à l'hôpital, entourés de toute cette impressionnante technologie, l'avait-il effrayée ?

— Ma puce, ne t'inquiète pas pour les bébés. S'ils doivent rester à l'hôpital, c'est pour grandir un peu avant de rentrer. Ton papa m'a dit qu'ils s'en sortaient comme des chefs. Et quand ils seront rentrés, on lui demandera de venir nous les présenter. Ce serait chouette, tu ne crois pas ?

Hailey hocha la tête et poussa le plus gros soupir que Katie ait entendu depuis longtemps, puis elle rejoignit ses camarades sans se départir de son air sombre.

Katie tapa dans ses mains pour obtenir le silence.

— Écoutez-moi tous, on va ranger un peu, il est bientôt l'heure.

Tous les enfants commencèrent à s'agiter, à l'exception de Hailey. On l'aurait dit revenue à son premier jour d'école, lorsque sa mère l'attendait à la sortie. Aujourd'hui comme ce jour-là, il était évident qu'elle n'avait aucune envie de rentrer chez elle.

19

Phillip s'enfonça dans les profondeurs du canapé et ferma les yeux. L'inquiétude, et puis ces allers-retours entre l'hôpital, l'école et la maison – c'était incroyablement fatigant. Il venait de préparer le dîner de Hailey et, lorsque Jennifer se réveillerait de sa sieste, il lui faudrait cuisiner à nouveau. La seule chose dont il pouvait se réjouir pour l'instant, c'était de ne pas devoir reprendre le travail tout de suite. Il pouvait rester auprès de sa famille, mais c'était également un motif d'appréhension.

Il n'avait toujours pas découvert la véritable identité de Hailey. Le fait que personne ne semble rechercher cette enfant l'incitait à laisser courir le temps de se remettre de ses émotions. L'après-midi, il s'était enfin résolu à installer l'ordinateur, mais il avait dû aller récupérer d'abord Hailey, puis Jennifer, et c'était déjà presque l'heure du dîner. Bien sûr, s'il avait vraiment voulu…

En cet instant précis, par exemple, il aurait pu commencer ses recherches, mais il était trop fatigué pour affronter les informations que la Toile lui fournirait sur la petite fille qui l'appelait papa.

Il rouvrit les yeux à l'instant où Hailey arrivait dans la pièce, sa poupée serrée contre elle. C'était déjà l'heure du bain.

— Coucou, ma puce. Tu as fini de jouer avec ta maison de poupée ?

Hailey hocha la tête, elle faisait peine à voir.

— Maman est réveillée.

Elle s'assit à côté de lui et se mit à bercer sa poupée. Phillip déglutit. Il aimait la voir jouer mais la culpabilité qu'il ressentait à chaque fois qu'il posait les yeux sur elle était écrasante. Il lui fallait prendre des mesures sans tarder. Si seulement il pouvait élaborer un plan infaillible... Hélas, vu la manière dont fonctionnait son cerveau pour l'instant, c'était peu probable.

— C'est bébé Lara que tu as dans les bras ? s'enquit-il, l'air de rien.

Hailey secoua la tête.

— Non, c'est ma Maggie. C'est mon plus beau bébé.

Elle resta assise un moment à caresser le visage de plastique, puis elle demanda :

— Quand est-ce que les bébés rentrent à la maison ?

Phillip sourit. Bébé Maggie passerait en deuxième position, quand bébé Lara serait à la maison, il était prêt à le parier.

— Lundi prochain, sûrement, comme je te l'avais dit.

Hailey opina d'un air pensif.

— La maîtresse a dit que j'étais assez grande pour vous aider. J'ai envie de leur donner le biberon et le bain, je pourrai ?

Phillip retint son souffle. Elle était impatiente de vivre son avenir dans cette famille. Un avenir qui ne pouvait... qui ne devrait pas exister.

Elle continuait d'attendre la réponse à ce qui était, de toute évidence, une question importante pour elle. Il se força à répondre avec enthousiasme.

— Ce serait super. Je serais ravi que tu nous donnes un coup de main.

Satisfaite, la petite fille reporta son attention sur sa poupée, et Phillip s'adossa à ses coussins, paupières closes. Il pouvait prolonger son rêve encore un peu.

20

La fente de la boîte aux lettres dans la porte d'entrée émit son petit claquement habituel en se refermant. Maggie jeta un coup d'œil depuis le canapé, où elle était installée devant les informations. Le facteur sortit de la cour sans tirer le portillon derrière lui, comme toujours – auparavant, Maggie aurait enragé, mais c'était désormais absolument sans importance.

La nuit précédente, pour la première fois depuis la disparition d'Olivia, Colin et elle avaient fait l'amour – inévitable point de repère doux-amer –, puis ils avaient sangloté dans les bras l'un de l'autre. Maggie avait besoin d'éprouver de la joie. Elle avait besoin, l'espace d'un instant, de laisser derrière elle l'inquiétude. Elle savait que si cela n'arrivait pas, leur mariage n'avait que très peu de chances de survivre dans le temps. Mais dans la série des terribles premières fois qu'ils avaient vécues depuis le 15 août, celle-ci avait été la plus poignante.

En apercevant les trois enveloppes qui gisaient sur le paillasson, elle eut un haut-le-cœur. Celle de couleur crème renfermait très certainement une carte de condoléances comme ils en avaient reçu récemment ; les gens ne pouvaient donc pas avoir la délicatesse d'attendre au moins que... quoi ?

Qu'ils organisent des funérailles ? Qu'ils déclarent claire-ment : « Notre fille est bel et bien décédée » ? Une banale enveloppe blanche lui fit aussitôt oublier la carte.

Était-ce encore une ignoble lettre anonyme ? Ils en avaient reçu cinq, certaines signées de prénoms, avec pour point commun l'affirmation brutale que Colin et elle étaient les pires parents au monde. Et peut-être était-ce vrai. Howard leur avait vivement conseillé de jeter ces courriers sans les ouvrir, mais Maggie en était incapable. Elle lisait conscien-cieusement chaque page d'imprécations qu'elle recevait.

Celle-ci, heureusement, était courte et ne contenait qu'une série d'insultes infectes. Maggie alla la brûler au-dessus de l'évier. Elle garderait la douleur pour elle seule. Inutile de la montrer à Colin, apprendre son existence suffirait à lui gâcher sa soirée. L'eau pailletée de noir et de gris tourbil-lonna dans la bonde. Si seulement la colère pouvait dispa-raître aussi facilement...

21

Mi-novembre

Phillip conduisait sous la pluie en ce samedi après-midi, savourant avec soulagement ces bienheureuses minutes de solitude.

Le rythme était devenu intense depuis que les bébés étaient à la maison. Jennifer leur consacrait chaque minute de son temps, les nourrissant, les berçant, changeant leurs tenues de marque si la moindre tache apparaissait. Tout le reste lui revenait, c'est-à-dire le ménage, les courses, Hailey, et il n'était même pas autorisé à câliner ses propres enfants. Certes, il avait parfois le droit de s'occuper de Daniel, mais il aurait voulu faire bien davantage que changer une couche de temps en temps. La veille, Jennifer était tellement dans son monde qu'elle lui avait à peine adressé la parole. Il se sentait à la fois mis à l'écart et impuissant, en partie à cause de sa crainte d'aggraver les choses s'il en parlait à son épouse.

Il avait donc accueilli avec joie cette occasion de descendre à l'épicerie du port pour acheter les quelques trucs oubliés la veille. Voilà à quoi se résumait sa vie désormais :

il se réjouissait de devoir aller au village pour rapporter de la crème et du poisson pané.

Il venait à peine de les trouver dans les rayons de la toute petite boutique que son panier entra en collision avec celui de la maîtresse de Hailey.

— Mademoiselle McLure ! Excusez-moi.

Elle lui sourit.

— Pas de problème. Alors, Hailey est contente de son premier week-end avec les bébés ? Elle était tout excitée, hier.

Phillip eut bien du mal à lui rendre son sourire et à se comporter comme un père qui vient d'accueillir ses nouveau-nés à la maison.

— Ah ça, que d'excitation ! Et de fatigue, évidemment. J'avais oublié ce que c'était, de passer toute la nuit debout. Mais c'est merveilleux aussi, ils sont vraiment en pleine forme.

— C'est super. Il faudrait que vous les ameniez à l'école pour une visite, bientôt. Les enfants seraient vraiment ravis.

— Bonne idée, dit Phillip en se tournant vers la caisse. Pardon, il faut que je file. Jennifer attend la, hum, la crème. À lundi.

Elle s'écarta pour le laisser passer.

— Dites bonjour à Hailey pour moi.

Il hocha la tête et se dirigea vers la caisse aussi vite qu'il le put. Son portable sonna alors qu'il était dans la queue.

L'irritation perçait dans la voix de Jennifer.

— Mais enfin, chéri, qu'est-ce que tu fabriques ? J'ai besoin de toi ici !

Phillip sentit son rythme cardiaque s'accélérer. Elle l'avait ignoré toute la journée de la veille et voilà qu'il ne pouvait pas s'absenter quelques minutes pour faire une course sans qu'elle l'appelle pour le presser de revenir.

— C'est bientôt mon tour à la caisse. Tout va bien ? souffla-t-il, mais elle avait déjà raccroché.

De retour à la voiture, il jeta son sac de commissions sur la banquette arrière puis se laissa tomber derrière le volant, enfonça la clé dans le contact. Il n'était plus question de se balader un peu au port, maintenant. Il aurait dû laisser son téléphone à la maison, mais il fallait qu'il soit sûr que Jennifer puisse s'occuper des jumeaux seule. Et il y avait Hailey, aussi. Il ne devait rien lui arriver, or Jennifer ne se préoccupait que des bébés.

Une autre voiture lui tournait autour, attendant qu'il libère la place. Phillip démarra et regagna tout doucement sa maison sur la colline. Il avait affirmé à Mlle McLure que la vie était merveilleuse. Elle aurait dû l'être et, d'une certaine manière, elle l'était, avec ces deux petites vies toutes neuves et une aînée de cinq ans mignonne comme tout.

Bizarrement, il avait presque oublié que Hailey n'était pas sa fille et avait naturellement endossé le rôle de père de cette enfant... Après tout, ce rôle aurait dû être le sien, et la ressemblance entre le visage au repos de cette petite avec celui de son Hailey l'aidait à faire abstraction de la vérité. Cette fillette avait parfaitement comblé l'absence, empli un vide cruellement béant. Il arrivait maintenant que plusieurs heures s'écoulent sans qu'il y songe, puis la culpabilité resurgissait et le tourmentait. Il ne pourrait pas vivre avec ça.

Seul l'espèce de brouillard qui l'envahissait de plus en plus souvent lui permettait d'atténuer un peu ce sentiment. Très rarement, il s'autorisait à penser aux vrais parents de Hailey et à l'épreuve qu'ils subissaient par sa faute. Car lui n'était pas en dépression, il savait que Hailey n'était pas sa fille. Il choisissait délibérément d'ignorer la réalité, le fait qu'il cachait chez lui une enfant kidnappée.

Il n'avait jamais entré les mots « fillette disparue » dans le moteur de recherche, avait cessé de lire la presse et de regarder les journaux télévisés, par lâcheté. Si seulement il avait réussi à la ramener chez elle au tout début. Mais il ne l'avait pas fait, et il devait vivre avec ce fardeau.

Pour l'instant, Hailey était loin d'être son plus gros souci – Jennifer la surpassait largement. Son comportement ne cessait de troubler Phillip. Elle était complètement obsédée. Possédée. Effroyablement différente. C'était comme si elle vivait sur une autre planète, en un lieu où il ne pouvait tout simplement pas l'atteindre. Il ne voyait pas du tout ce qu'il pouvait faire.

De retour à la maison, Phillip rangea ses courses dans le réfrigérateur, puis se rendit dans le salon. Daniel dormait dans son couffin et, Jennifer berçait Lara dans ses bras.

— Salut, ma chérie. Où est Hailey ?

Jennifer leva vers lui des yeux brillants de colère.

— Oh, Phillip, il faut vraiment que tu t'occupes de cette gamine ! Elle manque vraiment de considération, dit-elle entre ses dents, en écrasant Lara contre son sein.

Le bébé gémit et Jennifer se remit à la bercer.

— Chut, chut, mon petit ange. Maman est là.

Elle se tourna à nouveau vers Phillip.

— Elle faisait un bruit pas possible en jouant avec sa poupée. Je l'ai recadrée et envoyée dans sa chambre. Ça ne peut pas continuer comme ça, c'est intolérable.

— Je… Je vais voir, répondit Phillip, en grimpant à l'étage.

Jennifer n'avait pas pu faire de mal à Hailey, tout de même… Il avait comme l'impression que cela avait déjà dû se produire avant son retour de Californie. Les réflexes de recul que pouvait avoir Hailey, l'expression sur son visage à chaque fois que Jennifer entrait dans une pièce… Mais Jennifer adorait sa fille, elle l'idolâtrait, même. Autrefois.

Il ouvrit la porte de la chambre et trouva la petite assise sur son lit, sa poupée Maggie serrée contre son épaule. Sur sa joue baignée de larmes, Phillip découvrit une affreuse rougeur. Il distinguait la marque des doigts de Jennifer. En deux pas, il était à côté d'elle et la prenait dans ses bras.

— Papa, murmura-t-elle.

La ressemblance de cette enfant avec Hailey n'allait pas jusqu'au caractère, et voilà que Jennifer se retournait contre elle. Elle était loin de se comporter comme la mère aimante qu'elle était pour les jumeaux.

Phillip inspira en tremblant, essayant désespérément de retenir ses larmes. Son brouillard intérieur se dissipait et la culpabilité le terrassait. Il était désormais tout aussi responsable que Jennifer de la présence de Hailey dans cette maison et il lui avait causé un tort impardonnable. Hailey qui n'était pas Hailey et dont il ignorait même le prénom.

Par une terrible ironie, la même Jennifer qui avait enlevé l'enfant la rejetait désormais. Et pas seulement Hailey, d'ailleurs, mais aussi Daniel et lui. Jennifer avait son bébé, sa petite fille, et rien d'autre ne comptait.

Phillip songea qu'il était bien trop tard pour arranger les choses.

QUATRIÈME PARTIE

L'accident

1

Mi-novembre

Un brouhaha de conversations envahissait la salle de classe. Katie regarda autour d'elle, satisfaite. Le mois de novembre était tellement agréable en classe. Qu'il vente ou qu'il pleuve, ils étaient bien au chaud à l'intérieur, comme Monsieur l'escargot dans la comptine. La pièce restait lumineuse et gaie en dépit de la grisaille dehors, et tout le monde était très affairé.

Cet après-midi, les enfants devaient confectionner des gâteaux d'anniversaire en pâte à modeler colorée.

— Fabriquez-moi le plus beau gâteau que vous ayez jamais mangé, si vous arrivez à vous en souvenir, demanda Katie. Sinon, le plus beau que vous pouvez imaginer. Demain nous voterons à bulletin secret – tout le monde choisira celui qu'il préfère et le gagnant remportera un cadeau !

Elle désigna le crayon à rayures blanc et rouge. Les enfants se mirent au travail autour de la grande table, Katie assise à côté d'eux pour les regarder. Après les anniversaires, ils évoqueraient les autres fêtes de famille, qui les conduiraient tout naturellement au thème de Noël.

Ils ont tellement progressé depuis la rentrée, songea-t-elle en balayant du regard le groupe d'élèves, tous plus bavards les uns que les autres. Derek bégayait moins et, la plupart du temps, s'entendait bien avec ses camarades. Hailey aussi avait beaucoup changé.

Katie ne put s'empêcher de froncer les sourcils. Il y avait un « mais », bizarrement, dans son cas, sans qu'elle sût dire ce qui clochait. La fillette était bien plus heureuse depuis le retour de son père, presque bavarde et bien plus enjouée, mais il lui arrivait encore de rester les yeux dans le vide, l'air perdue. Elle parlait souvent de son père et des bébés, mais mentionnait si rarement sa mère que celle-ci aurait aussi bien pu ne pas exister. Si elle obtenait des résultats dans la moyenne dans son apprentissage de la lecture et du calcul, sa graphie et, surtout, ses dessins restaient très immatures – si toutefois ce terme pouvait s'appliquer à une enfant de cinq ans. Malgré toutes ses avancées, Hailey restait une énigme.

Katie se leva et déambula autour de la table. Mark lui manquait chaque jour un peu plus. Elle pensait souvent à lui, seul dans le froid d'Aberdeen, à s'occuper de quatre enfants et de la maison de sa sœur. Au moins, elle n'avait été confrontée à aucun problème grave depuis son départ et, si cela continuait ainsi, cela n'arriverait pas.

La plupart des enfants avaient modelé des gâteaux ronds, avec des bougies. Julia avait choisi une forme de cœur, et Aiden essayait de s'atteler à une création verte.

— Qu'est-ce que c'est exactement ? s'enquit Katie, provoquant un grand soupir du petit garçon.

— Une grenouille, mais je n'y arrive pas trop.

— Tu as eu un gâteau en forme de grenouille ?

— J'ai toujours un animal. C'est maman qui les fait. À mon prochain anniversaire, j'aurai un dinosaure.

— Ouah ! Elle est forte, ta maman.

Katie s'approcha ensuite de Hailey, très concentrée sur son gâteau aux proportions plus traditionnelles, bleu et vert.

— Tu as l'air en forme, Hailey. Je parie que tu es contente d'avoir retrouvé ton papa.

La fillette hocha la tête lentement.

— Je n'ai plus besoin de cachets, ajouta-t-elle soudain.

— Tant mieux. Et il est super, ton gâteau.

— J'avais eu un gâteau de la mer, avec trois bougies, déclara-t-elle en s'emparant d'un morceau de pâte à modeler marron. Avec des vagues en pâte d'amande et puis un bateau en pâte d'amande au-dessus, aussi. J'adore la pâte d'amande. Avec ça, je vais faire le bateau.

— Génial. C'est ta maman qui l'avait fait ?

Le visage de la petite fille s'assombrit. Elle haussa les épaules et reporta son attention sur la fabrication de sa petite barque. Katie n'insista pas. Ce n'était qu'un des moments où Hailey redevenait distante.

Lorsque la plupart des enfants eurent terminé, elle tapa dans ses mains pour réclamer le silence.

— Demain, je voudrais que vous m'apportiez des photos d'anniversaire. On va en faire des posters : d'abord, on va les agrandir avec la photocopieuse, puis on les collera sur une affiche et vous pourrez dessiner ou écrire entre chaque image. Ce serait bien d'avoir des photos de tous vos anniversaires, du premier jusqu'au cinquième. Pas forcément le moment où vous soufflez le gâteau, juste une photo d'anniversaire. Tout le monde a compris ?

Les enfants n'ayant aucune question, Katie les fit ranger avant de les renvoyer chez eux.

Le lendemain matin, elle fut accueillie par une petite troupe d'enfants agitant des enveloppes de tailles variées.

— J'y ai pensé !

— Les miennes, elles sont déjà imprimées !

— Et moi, j'en ai apporté une de quand j'étais tout bébé !

— Quelle bonne idée, répondit Katie en riant. Allez, on s'installe, maintenant. Tout le monde est là ?

— Il manque Hailey et Graeme ! s'écrièrent plusieurs élèves.

— On va patienter un peu, alors. Vous avez tous écrit votre nom sur l'enveloppe ?

Quatre ou cinq têtes se penchèrent, concentrées, et Katie en profita pour aller chercher l'affiche qui leur servirait de support dans le placard du bureau. À son retour, M. Marshall et Hailey l'attendaient. Hailey tenait une enveloppe à la main et affichait une expression bizarrement rebelle.

— Bonjour, monsieur Marshall. Ça va, Hailey ?

Katie interrogea M. Marshall du regard. Il avait l'air fatigué, mais avec deux nouveau-nés à la maison, les bonnes nuits de sommeil devaient se faire rares. Il s'éclaircit la gorge et elle remarqua un nerf qui vibrait juste en dessous d'un de ses yeux.

— Nous avons un problème avec les photos de Hailey. Il semble que quelques albums aient disparu lors du déménagement, et l'ordinateur où elles sont stockées est fichu. Hailey n'a de photos que de ses deux premiers anniversaires.

— Pas de problème. Elle pourra nous dessiner les suivants, n'est-ce pas ?

M. Marshall paraissait pressé, Katie l'accompagna donc jusqu'à la porte. Hailey demeura près du bureau, l'air toujours aussi malheureuse.

— Vraiment, Hailey, ce n'est pas grave, la rassura Katie en posant la main sur sa tête. Ça arrive, d'égarer des objets, quand on déménage. Tes albums vont sûrement réapparaître quand vous ne les chercherez plus.

— Non, affirma Hailey en clignant des yeux comme pour retenir ses larmes. Mes albums sont tous dans l'ancienne maison. Je ne les ai pas pris. Je n'ai rien emporté avec moi.

— Je parie que ta maman les a rangés quelque part, répondit Katie en caressant ses cheveux courts.

Elle avait meilleure allure, maintenant que ses cheveux avaient un peu repoussé, mais, étrangement, ils semblaient aussi plus foncés.

— Ne t'inquiète pas, on va se débrouiller avec ce que tu as apporté.

Katie ne pouvait s'empêcher de juger que les Marshall prenaient bien à la légère les trésors de leur fille. Voilà que des albums s'étaient perdus, maintenant... La liste s'allongeait.

Les enfants commencèrent par un travail d'écriture. Katie les emmenait un par un photocopier leurs photos au secrétariat, laissant Alison surveiller les autres. Lorsque vint le tour de Hailey, celle-ci ne s'était pas déridée.

— Ce gâteau-là aussi, il est super ! dit Katie en désignant la photo de son premier anniversaire.

On y voyait un bébé joufflu avec une touffe de cheveux en bataille derrière un gâteau en forme de nounours. Hailey renifla.

— Je ne m'en souviens pas.

— Ah, j'imagine. Viens...

— Je ne veux pas ces photos. Moi j'ai eu un beau gâteau de la mer, ceux-là, je n'en veux pas.

Hailey jeta les photos sur la table et resta là, le menton tremblant. Elle était toute rouge et la petite ecchymose sur sa joue parut s'enflammer.

Katie n'en revenait pas. Cette enfant s'était toujours montrée très coopérative.

— Hailey, est-ce que ça va ?

— Je ne veux pas ces photos.

Elle pleurait pour de bon, cette fois. Katie dut réfléchir très vite.

— Bon. Tu sais quoi ? On va retourner en classe, et tu pourras dessiner tes anniversaires, d'accord ?

Hailey accepta sa proposition et se mit au travail, à la grande table. Katie termina ses photocopies avec les autres puis vint la rejoindre. Le gâteau de la mer, soigneusement dessiné et colorié, apparaissait à côté d'un autre, tout rond, avec deux bougies, et d'un autre encore, surmonté d'une unique bougie.

— Ils sont drôlement beaux, la félicita Katie pour l'encourager. Et tes quatre ans, alors ? Tu avais eu quoi comme gâteau ? Tu t'en souviens ?

— J'avais demandé des bougies rose et blanc sur un gâteau tout blanc, murmura-t-elle. Ma maman et moi, on avait acheté les bougies, et on allait le préparer ensemble. Moi, je voulais une fête sur la plage comme l'an dernier. Ça, ça m'aurait plu !

Soudainement, sous les yeux horrifiés de Katie, la petite fille pâlit, se figea sur sa chaise en fixant le vide puis commença à trembler. Deux larmes roulaient sur ses joues. Katie glissa un bras autour de ses épaules et appela son assistante.

— Alison, va vite chercher Nora. Dis-lui que Hailey est à nouveau malade.

La jeune fille s'élança et réapparut quelques minutes plus tard en compagnie de l'infirmière.

— Elle était en train de dessiner un gâteau d'anniversaire, précisa inutilement Katie, sans lâcher Hailey.

— Allez, viens, ma puce, dit Nora en posant la main sur le front de la fillette. Tu vas t'allonger, d'accord ?

Katie les regarda partir, le cœur serré, puis ramassa les dessins de Hailey avant de rejoindre le reste de la classe, sans parvenir à se débarrasser de son sentiment de tristesse. Quelque chose n'allait pas chez Hailey, quelque chose qui continuait de leur échapper.

2

Phillip reprit la direction de Polpayne. En temps normal, il appréciait la compagnie de Hailey, mais ç'avait été un vrai soulagement de la laisser à l'école ce matin. Une simple demande de photos s'était transformée en problème majeur – jamais il ne l'avait vue aussi bouleversée que la veille. Le désespoir avait brillé dans ses yeux lorsqu'il avait sorti les albums de bébé de sa fille. Elle devait se souvenir de ses anniversaires à elle, avec sa vraie famille, et ce genre de chose pouvait se produire à tout moment, à tout propos.

Il avait totalement perdu le contrôle de sa vie, songea-t-il en se mordant la lèvre – il revoyait le visage de la fillette lorsqu'il avait raconté à la maîtresse qu'ils avaient égaré les albums. Ce n'était pas un mensonge, Jennifer avait bel et bien « perdu » ceux où l'on voyait leur fille plus âgée. Il aurait paru évident à n'importe quel observateur que la fillette des photos n'était pas la même que celle qu'ils présentaient maintenant comme la leur.

Arrêté au feu, Phillip se passa la main sur les yeux en se demandant de quoi exactement Hailey se souvenait de son ancienne vie. Elle vivait dans leur famille, les appelait papa et maman, mais elle devait bien savoir qu'il s'agissait d'un mensonge. Et se souvenir d'un tas de choses – sa réaction d'aujourd'hui prouvait bien qu'elle n'avait pas tout oublié. Qu'est-ce qui la retenait de se confier à sa maîtresse, de lui révéler sa véritable identité ? Phillip voyait bien qu'elle l'aimait beaucoup, comme elle semblait d'ailleurs adorer les bébés, et l'apprécier, lui aussi. Mais quels sentiments nourrissait-elle envers Jennifer ?

Cette marque de gifle sur son visage, quelle honte ! Cela aussi avait donné lieu à d'autres mensonges, puisqu'il avait fallu garder la petite à la maison pendant trois jours, le temps qu'on ne puisse plus distinguer la trace des cinq doigts. Y avait-il eu d'autres blessures avant son retour de Californie ? Il l'avait examinée aussi complètement que possible à l'heure du bain, le jour où Jennifer l'avait frappée, mais les bleus disparaissaient assez vite. Et si Hailey parlait de ses ecchymoses, des photos ou du reste à quelqu'un ?

— Elle ne dira rien, déclara-t-il à voix haute, en se garant sur le parking du port.

Rien ne le pressait de rentrer cette fois, et une balade lui ferait le plus grand bien.

Non. Hailey ne dirait rien. Le bourrage de crâne pratiqué par Jennifer avait visiblement fonctionné, mais pourquoi alors s'était-elle montrée aussi bizarre et peu coopérative avec cette histoire de photos ? L'emprise terrible de Jennifer était-elle en train de s'évanouir maintenant qu'il était de retour et qu'il s'occupait plus de Hailey ? Ou alors était-ce l'anniversaire qui avait posé problème ? Quand tombait le sien ?

Phillip inspira une grande goulée d'air marin, mâtinée d'odeur de poisson. Combien de fois s'était-il assis devant son ordinateur, sommant ses doigts de se mettre en marche ? Combien de fois avait-il ignoré ces pensées désagréables pour l'autre famille, celle qui avait perdu son enfant ? Dieu lui pardonne sa faiblesse, mais leur fille avait désormais une place dans son cœur et il ne voulait plus la laisser partir. Pire, il en était incapable. Sinon il perdrait tout, et on l'enverrait en prison.

La douleur associée à cette prise de conscience suffit à le rendre malade.

Il s'arrêta près du chantier naval, tourné vers le large. La journée était froide et claire, le vent salé. Il distinguait la côte au loin, les falaises sombres, le bleu de l'océan. C'était un endroit magnifique, un endroit où l'on rêverait de vivre. Il aurait pu être si heureux...

Phillip reprit le chemin de sa voiture et se laissa gagner par le bienfaisant brouillard intérieur qui, peu à peu, avalait la culpabilité. C'était mieux comme ça.

3

Fin novembre

— Maman ! Je ne trouve pas mes affaires de foot !

Joe dévala l'escalier et déboula dans la cuisine, où Maggie était occupée à préparer le déjeuner qu'il emporterait à l'école. Elle lui sourit.

— Et pour une fois, ce n'est pas ta faute, répondit-elle en lui tendant sa boîte à sandwich. Elles sont dans le garage. Papa a nettoyé tes crampons hier soir, n'oublie pas de lui dire merci.

— Mmm-mm. Sue et Greg sont là. Salut, maman !

Maggie le serra contre elle et resta sur le seuil pour lui dire au revoir, suivant des yeux la voiture de Sue jusqu'à ce qu'elle disparaisse. L'habituel silence de mort s'abattit alors sur la maison. Maggie soupira. Dieu merci, elle avait trouvé un travail. Même si elle était en congé aujourd'hui, cet emploi structurait sa semaine et lui ouvrait de nouveaux horizons. À l'unité de gériatrie, elle côtoyait des personnes qui ignoraient tout d'elle, en dehors de son rôle de bénévole. Être « Maggie, celle qui nourrit Vi Simpson » lui donnait une rassurante impression de normalité. C'était d'ailleurs le seul domaine de sa vie où elle se sentait elle-même. Et elle ne manquait pas de temps pour mener sa tâche à bien, depuis qu'elle n'avait plus à s'occuper que de son fils.

Joe avait repris sa routine. Il se rendait à l'entraînement de football deux fois par semaine, et chez les scouts tous les lundis. Ses week-ends étaient un mélange de loisirs en famille et de sports avec ses amis. Le samedi précédent, il était allé dormir chez un copain pour la première fois depuis l'été et s'était amusé comme un fou. Les cauchemars avaient quasiment disparu et il semblait bien plus heureux, presque comme avant.

Slinky le chat vint se frotter contre ses mollets, elle se baissa pour le caresser.

— Oh, Slinky, tu te souviens de Livvy, dis-moi ? Elle t'adorait.

Sûrement, il n'avait pas oublié. Lui aussi aimait Olivia. Et pour l'heure, il était la seule autre créature vivante dans la maison, la seule à qui elle pouvait s'adresser à voix haute. Quelquefois, elle avait besoin de briser le silence en parlant.

Avec un soupir, Maggie servit la pâtée du chat et alluma la radio. Elle n'avait jamais particulièrement aimé avoir un fond musical, mais la radio comblait le silence plus efficacement que Slinky et elle. Le bulletin d'informations de 9 heures commençait.

« ... toujours aucune nouvelle de la petite Carla Graham, sept ans, disparue durant une excursion au château d'Édimbourg hier après-midi. La police a interrogé... »

En une fraction de seconde, Maggie fut transportée sur la plage, à l'instant où elle avait pris conscience de l'absence d'Olivia. Un violent haut-le-cœur la plia en deux et elle réussit à rallier les toilettes où elle vomit, se passa de l'eau sur le visage et se dévisagea dans le miroir. Elle était blanche comme un linge, les yeux fous.

Une autre enfant avait disparu. En compagnie de sa famille, tout comme Livvy. Pouvait-il y avoir un lien ?

Sa fille avait-elle pu être kidnappée ? Si oui, avait-elle souffert ? Combien de temps avait-elle été torturée ? Était-elle morte, et comment ? Avait-elle été violée, avait-elle... Il arrivait que des petites filles soient enlevées et violentées des années durant...

Une voix hurla en elle : Livvy s'était noyée, elle était morte noyée...

Maggie se concentra pour remettre de l'ordre dans les pensées qui se bousculaient dans sa tête. Édimbourg se situait à l'autre bout du pays...

La nausée revint, mais elle parvint à l'endiguer et se dirigea vers le téléphone. Howard, lui, saurait lui répondre.

L'inspecteur était occupé et elle dut patienter un moment avant de pouvoir lui parler. Elle lui posa ses questions, haletante et à peine capable de contenir la panique dans sa voix.

Celle de Howard, en revanche, était calme et rassurante. Il n'avait pas grand-chose de concluant à lui apprendre.

— Nous sommes en contact, bien sûr, et pour l'instant rien n'indique que les deux affaires puissent être liées. Carla se trouvait en compagnie d'un groupe assez nombreux, elle a disparu pendant que les autres faisaient la queue pour les tickets d'entrée, ou regardaient les remparts et les cartes postales. Il leur a fallu une bonne demi-heure pour se rendre compte qu'elle avait vraiment disparu. Une fugue n'est pas complètement exclue, car sa mère et elle venaient de se disputer à propos d'un souvenir que Carla voulait acheter. Apparemment, les alentours du château d'Édimbourg sont un vrai dédale de rues et d'impasses, avec des boutiques partout. Il se pourrait qu'elle se soit tout simplement perdue. Maggie, je comprends que cela puisse être très difficile pour vous, mais il faut que vous acceptiez qu'Olivia est allée dans l'eau ce jour-là. Je continue de la chercher, vous savez.

— Oui, dit Maggie en fermant les paupières.

Il avait raison, bien sûr.

— Oh, Howard, si seulement je pouvais la retrouver !

— J'aimerais tant que ça arrive…

Elle imaginait son visage triste et ridé.

La sonnette de l'entrée retentit à l'instant où elle raccrochait. Elle alla ouvrir en se tamponnant les yeux avec un mouchoir.

C'était Sue qui débarquait après avoir déposé les garçons au foot, bébé sous le bras et Liam, deux ans, dans son sillage. Elle regarda attentivement le visage de Maggie puis entra d'un pas décidé et laissa tomber son grand sac sur le sol.

— Je vois que tu as entendu les infos. Nous sommes venus te tenir compagnie un moment, déclara-t-elle en tendant le bébé à Maggie. Et pas de discussion, Mags. Je sais que tu ne travailles pas aujourd'hui et il ne faut pas que tu restes seule.

Maggie se sentit soulagée. C'était bon d'avoir une amie ici, qui lui préparait un café et bavardait, emplissant ce silence. Et puis respirer le parfum de bébé de Rosie sur ses genoux et regarder Liam courir partout la réconfortait, même si les idées pénibles ne cessaient pas de tourner dans sa tête.

À 10 h 10, Howard la rappela.

— Ils ont retrouvé Carla, elle s'était bien enfuie, résuma-t-il. Elle avait réussi à se cacher dans une arrière-boutique et le responsable l'a trouvée en ouvrant son magasin il y a une heure. Donc aucun lien avec Olivia.

— Tant mieux, répondit Maggie. Tant mieux pour eux, et pour nous aussi. Oh, Howard, j'aimerais tellement avoir la certitude que Livvy…

Elle s'arrêta. Articuler à voix haute qu'elle préférerait être sûre de la mort de sa fille était insurmontable. Qu'avait donc fait Livvy pour mériter ça ? Qu'avaient-ils fait, tous ?

Et pourquoi les Graham, une famille normale, tout à fait semblable à la sienne, avaient-ils récupéré leur petite fille et pas eux ? C'était injuste et jamais aucune de ces questions ne trouverait de réponse.

Howard reprit la parole :

— Je sais, je sais. Maggie, il faut que vous acceptiez, au fond de vous, que Livvy s'est noyée. Cela se reproduira, vous savez. Des enfants disparaissent et, parfois, ils sont enlevés et agressés. Maggie, Olivia s'est noyée.

— Je sais. Ça va aller. Merci, Howard, pour tout. Je vous rappellerai plus tard dans la semaine.

Elle raccrocha et fondit en larmes. Ces Graham ne savaient pas, ils ne pouvaient pas savoir quelle chance ils avaient. Toutefois, apprendre qu'une petite fille de sept ans avait été retrouvée saine et sauve n'aurait pas dû provoquer en elle cet accès de ressentiment. Le chagrin et la culpabilité réapparurent au galop. Sue lui passa une main dans le dos, sans tenter d'arrêter le flot de larmes.

Affolée, Maggie sentit le cri monter en elle. Elle s'entendit gémir. Le cri se rapprochait et elle ne pouvait rien faire pour l'empêcher de sortir.

— Livvy ! Oh mon Dieu, Liiivyyy !

Après plusieurs salves de sanglots, elle parvint à se calmer un peu et vit près d'elle le visage inquiet de Sue, et celui, interloqué, du petit Liam.

— Ça va aller, reste assise un moment, lui conseilla Sue, d'une voix tremblante, elle aussi.

— Je suis désolée, fut tout ce que Maggie parvint à dire.

Lentement, elle s'adossa au canapé.

— Prends ton temps, ajouta Sue en lui tendant un mouchoir.

Au bout d'un moment, Maggie se redressa et inspira profondément. L'air qui gonflait ses poumons parut lui apporter une paix inattendue. Elle resta là à respirer, inspirer, expirer, et soudain elle sut que c'était la dernière fois. Les crises, le cri qui la submergeait, cette partie du travail de deuil était terminée. Elle continuerait de pleurer, mais l'intolérable, l'incontrôlable souffrance était derrière elle.

Et bien sûr, Howard avait raison sur toute la ligne, il fallait qu'elle l'accepte. Elle se tourna vers Sue.

— Nous allons organiser une cérémonie à la mémoire de Livvy, très bientôt, annonça-t-elle en souriant à travers ses larmes. J'aimerais qu'elle soit aussi joyeuse que possible. Pour montrer à quel point nous aimions Olivia.

Le moment était venu. Colin serait d'accord, elle le savait. Un service pour lui dire au revoir, un peu après Noël pour leur laisser le temps de tout préparer soigneusement, pour que ce soit réussi. Ce serait la dernière chose qu'elle pourrait faire pour sa fille.

4

À l'heure du déjeuner, Katie accompagna les quatorze élèves qui lui restaient jusqu'à la cantine puis alla trouver Nora.

— Hailey est rentrée chez elle, lui annonça celle-ci. J'ai appelé son père, qui est passé la chercher. Elle commençait à se sentir mieux, mais j'ai pensé qu'une journée à la maison lui ferait du bien.

— À ton avis, qu'est-ce qui lui arrive ? Ce sont des sortes de crises ? Elle avait l'air totalement absente. Tu as vu la marque sur son visage ?

Nora avait l'air inquiet.

— Je ne sais pas, Katie. Je ne pense pas qu'il s'agissait d'une crise, là non plus. J'ai conseillé à M. Marshall de la faire examiner sérieusement par un médecin. J'espère qu'il va s'en occuper.

— Oui, répondit Katie en se dirigeant vers la porte. C'est justement ça qui n'est pas normal, elle va vraiment mieux depuis que son père est rentré.

— Ça pourrait tout simplement être un contrecoup de tout ce qui s'est produit dans sa vie ces derniers temps, résuma Nora, fataliste. Plus le fait qu'avant nous, personne ne l'aidait à gérer tout ça. Je n'ai jamais vu ce genre de réactions chez un enfant.

— Eh bien, nous sommes deux. Je crois que je vais faire un saut chez elle après l'école. Juste pour savoir comment elle va.

— D'accord, mais n'oublie pas que tous les enfants se cognent de temps à autre. Ne commence pas à t'imaginer le pire.

— Je sais. Mais je passerai quand même. Pas longtemps.

— D'accord. Et maintenant, je ferais bien d'aller me montrer au réfectoire avant que tes petits chéris ne lancent une bataille de nourriture. Ne t'inquiète pas, Katie, le père de Hailey a l'air de très bien s'occuper d'elle. Elle va s'en sortir, j'en suis sûre.

— J'espère que tu as raison.

Après la classe, Katie passa chez elle pour se changer puis chez le fleuriste du quartier, où elle choisit une petite fleur en pot pour Hailey. À 16 h 30, elle sonnait chez les Marshall.

Hailey lui ouvrit, l'air normal.

— J'ai reconnu la voiture, dit-elle en laissant entrer Katie. Papa dit d'aller au salon. Maman se repose en haut.

— Merci. Tu vas mieux ?

Katie lui offrit sa petite plante et lui embrassa le front. Si l'on en croyait son grand sourire, Hailey était ravie du cadeau.

Katie la suivit au salon et se figea. Phillip Marshall, installé sur un canapé, donnait le biberon à l'un des bébés. Le second gazouillait paisiblement dans son couffin juste à côté.

— Oh, qu'ils sont mignons !

Katie sentit une boule se former dans sa gorge. Elle caressa une petite joue du bout du doigt.

Phillip Marshall lui sourit : il paraissait moins beaucoup moins nerveux ici, chez lui. Il déposa bébé et biberon dans un coin du canapé sécurisé par une barrière de coussins et tendit les bras vers le nourrisson dans son couffin.

— Si vous vous asseyez, je vous passe Daniel pendant que Lara termine son biberon. C'est une petite paresseuse, elle met deux fois plus de temps à le boire que son frère.

Katie accepta volontiers et contempla le petit garçon, l'œil humide.

— Hailey va mieux, maintenant, comme vous pouvez le voir, dit Phillip. Je l'emmènerais volontiers chez le médecin, mais je suis persuadé qu'elle n'a aucun problème. Elle était simplement contrariée par l'histoire des albums photo, mais nous en avons acheté deux grands tout neufs avant de rentrer à la maison, n'est-ce pas, ma puce ? On a déjà fait quelques clichés pour les remplir très vite.

Hailey et lui échangèrent un sourire.

— C'est moi qui ai donné son biberon à Daniel à midi, raconta Hailey en se penchant sur le bras de Katie pour caresser la tête du bébé. Ils sont gentils, hein, maîtresse ?

— Ils sont magnifiques. C'est la première fois que je vois des bébés aussi adorables.

Elle observa Phillip qui tapotait le dos de Lara, jusqu'à ce que la petite lâche un gros rot sonore. C'est un bon père, conclut-elle. Pour les bébés comme pour Hailey.

De retour à sa voiture, elle repensa à la scène familiale dont elle venait d'être témoin. Elle savait qu'elle n'était pas censée s'impliquer personnellement, mais, d'une certaine manière, Hailey lui paraissait différente.

Si elle avait un jour des enfants, songea-t-elle, elle s'assurerait que ni doudou ni album photo ne se perdraient en route. Même chose pour d'éventuels chats, ils resteraient dans les parages jusqu'à la toute fin de leurs neuf vies.

5

Le dernier jour

Jennifer fut réveillée par le passage d'une camionnette devant sa fenêtre. Elle s'étira voluptueusement puis se tourna vers les deux berceaux, disposés de son côté du lit, et sourit tendrement à ses bébés endormis.

Depuis quatre semaines maintenant, ces petites choses étaient ce qui comptait le plus au monde. Non, bien sûr que ce n'étaient pas des choses. Ils étaient ses petits d'homme à elle, rien qu'à elle, qu'elle pouvait bercer et chérir tout son soûl. Elle resterait auprès d'eux à jamais, veillerait sur eux, les protégerait.

Jennifer remonta la couette sur elle, sans les quitter des yeux. Elle était mère. Elle leur avait donné la vie. Aucun pouvoir ne surpassait celui-là.

Phillip, endormi à côté d'elle, se tourna sur le dos et commença à ronfler. Le plaisir de Jennifer disparut instantanément. Il n'avait vraiment aucun respect, parfois. Elle le poussa un peu, puis, constatant que le ronflement persistait, un peu plus fort. Pour finir, elle saisit son oreiller, le plaqua sur son visage et appuya. Phillip l'écarta dans un grognement.

— Mais ! protesta-t-il en s'asseyant d'un coup pour la fusiller du regard.

— Chut ! Tu vas réveiller les bébés !

— Ça m'étonnerait ! Eux m'ont réveillé deux fois cette nuit, en revanche, répliqua Phillip. Tu n'as pas remué un orteil, pour ta part. Tu ne les as pas entendus ?

— Moi aussi, ils m'ont réveillée, prétendit-elle, menton en avant. Mais j'ai besoin de repos, tu le sais. N'oublie pas que c'est moi qui ai accouché.

— Oh, ne nous disputons pas pour ça, répondit-il en faisant le tour du lit pour jeter un coup d'œil dans les berceaux. Ils valent bien tous ces efforts, non ?

Récupérant sa robe de chambre au passage, il sortit sur le palier. Jennifer sortit du lit plus lentement, satisfaite que Phillip soit parti se doucher dans la salle de bains de Hailey plutôt que risquer de réveiller les jumeaux en utilisant la salle d'eau attenante à leur chambre. Elle descendit préparer deux biberons et remonta juste au moment où Daniel commençait à pleurer.

Elle s'assura que Lara dormait toujours, changea la couche de son frère et posa son biberon dans le lit, coincé par un oreiller.

— Et voilà, mon chéri. Maintenant, ma petite princesse.

Elle souleva Lara, qui se réveillait à peine, et déposa un baiser sur sa joue.

— Tout va bien se passer, mon amour. Maman est là, roucoula-t-elle en changeant sa couche avant de l'emmener jusqu'au fauteuil à bascule près de la fenêtre.

Voilà le moment qu'elle préférait – quand il n'y avait qu'elle et sa petite fille. Sa petite Lara Grace.

— Tu es la petite chérie de maman. Mon ange. Tu ne laisseras jamais maman toute seule, n'est-ce pas, mon cœur ? Tu vas rester la petite fille de maman pour toujours.

6

— Eh bien, mesdemoiselles, on est samedi matin et le soleil brille ! Qu'aimeriez-vous faire aujourd'hui ?

Phillip était en train de préparer la tartine au beurre de cacahuètes de Hailey – Jennifer se fâchait tellement pour la moindre tache sur les vêtements ou sur la table qu'il était plus simple de s'en charger à sa place.

— Tiens, voilà ta tartine, ma puce. Qu'en penses-tu, Jennifer ? Une balade au parc ou un tour en ville ? On peut aussi rester à la maison, tranquilles...

Jennifer l'inquiétait de plus en plus. Elle se repliait sur elle-même, parlait rarement et paraissait ne pas l'entendre lorsqu'il s'adressait à elle. Ou, en tout cas, elle ne répondait pas. Et la situation avait encore empiré ces derniers jours. Elle restait assise, sourire aux lèvres, et il lui arrivait parfois d'éclater de rire sans raison. Une seule chose la faisait réagir à coup sûr : les pleurs des bébés.

Cependant, Phillip avait remarqué qu'avec eux aussi elle se comportait étrangement. Le matin même, il l'avait trouvée en train de nourrir Lara. Elle ne semblait pas s'apercevoir qu'elle serrait le bébé bien trop fort contre elle, l'empêchant de respirer et a fortiori de boire son biberon. Jennifer était enfermée dans une rêverie quelconque, elle se balançait dans son fauteuil en fredonnant une mélodie bizarre. Quand il lui avait donné une petite tape sur l'épaule, elle avait baissé les yeux vers Lara et s'était détendue. Mais s'il n'avait pas été là ? Plus inquiétant encore, elle n'avait absolument pas réagi à sa présence à lui, seulement à celle de Lara. Pendant ce temps, Daniel pleurait dans son lit, son biberon à demi renversé sur lui.

Et puis elle avait failli l'étouffer avec un oreiller au petit matin. Ce qu'il avait lu dans ses yeux l'avait terrorisé, pendant un instant. Il ne restait plus rien de la Jennifer qu'il avait épousée, la femme qu'il aimait.

Il avait peur. Il était terrifié, même, à l'idée qu'ils risquaient de tout perdre. Il faisait passer une enfant kidnappée pour la sienne et il ne demandait pas d'aide pour sa femme, qui souffrait visiblement de troubles mentaux. S'il impliquait qui que ce soit maintenant, il serait condamné, Jennifer envoyée en hôpital psychiatrique, les bébés placés Dieu sait où et Hailey ne serait plus son Hailey. Tout ça à cause de Jennifer.

Elle traversait une crise bien plus redoutable que sa période noire. Phillip ignorait comment lui venir en aide. Il devait pourtant tout essayer.

— Tu as envie de faire un peu de shopping, Jennifer ?

Cette fois, elle l'entendit, et tourna aussitôt vers lui des yeux bien trop brillants.

— Oh oui ! répondit-elle en riant, provoquant un certain désarroi chez Phillip. Il nous faut des tas de vêtements pour les bébés. Ces petits choux grandissent si vite ! Allons à ce magasin qui vient d'ouvrir à Newquay, tu vois où il est ?

Pas du tout, mais au moins ils avaient une conversation.

— Bonne idée. Et j'imagine que Hailey aussi a besoin de vêtements d'hiver.

Mais le regard de Jennifer paraissait traverser Hailey sans la voir. Seuls les bébés éveillaient son intérêt. Spécialement Lara.

Perdu, Phillip résolut pour l'instant de paraître le plus normal possible. Cela forcerait peut-être Jennifer à redevenir normale elle aussi.

— Je sais, déclara-t-il tout à coup en réservant son plus beau sourire à Hailey, qui le dévisageait avec de grands yeux. Si on déjeunait au Mill Hotel à Newquay avant d'aller faire un tour au magasin ? Ensuite, je te redépose à la maison avec les jumeaux, chérie, et Hailey et moi, on fera un saut à Polpayne pour acheter des fruits.

Hailey posa une main sur sa manche.

— La maîtresse a encore parlé du jean. La semaine prochaine, on va aller au jardin et tous les enfants ont un jean, sauf moi…

— Tu as plein de jolies robes, l'interrompit Jennifer en se penchant brusquement par-dessus la table pour frapper le nez de Hailey, si rapidement que Phillip n'eut aucune chance de l'en empêcher. Les petites filles n'ont pas besoin de jean.

Elle se leva et s'en alla au pas de charge retrouver les bébés dans le salon.

— Jennifer !

Hailey porta une main à son visage. Du sang coulait de son nez jusque sur sa bouche, ses yeux immenses étaient emplis de terreur. Mais elle n'émit aucun son et Phillip comprit qu'elle avait même peur de pleurer.

— Ça va aller, ma puce, fais-moi voir.

Il attrapa une feuille de sopalin pour la nettoyer puis lui appuya sur le nez pour arrêter le saignement. Toujours sans un mot, elle le laissa faire. Au moins, elle n'avait rien de cassé. Lorsque le saignement fut contenu, il lui servit un verre d'eau fraîche.

— Tiens, bois tout doucement, chaton. D'ici un petit moment, ça ira mieux.

Hailey but à petites gorgées, ses dents claquant contre le verre. Phillip lui passa la main dans le dos, en jetant un coup d'œil en direction du salon où Jennifer berçait un des jumeaux.

Il fallait qu'il l'emmène chez un médecin. Ça ne pouvait pas durer.

Jennifer réapparut dans la cuisine avec Lara dans les bras. Hailey se précipita aussitôt à l'étage.

Incapable de regarder sa femme en face, Phillip débarrassa la table puis rejoignit Hailey. Il la trouva blottie sous sa couette, où elle sanglotait en silence. Du sang coulait à nouveau de son nez, tachant les draps.

— Attends, ma puce, je vais de nouveau appuyer dessus un moment pour arrêter ça. Hailey, maman est vraiment malade. Je vais l'emmener chez un nouveau docteur dès... dès lundi, mais pour l'instant, on va essayer de ne pas la contrarier, d'accord ? Tant qu'elle est contente, tout ira bien.

Hailey hocha la tête. Phillip attendit que le saignement cesse, lui passa de l'eau sur la figure, soulagé de constater qu'elle s'en tirait avec une simple bosse.

Ils redescendirent, Hailey serrant sa main de toutes ses forces. Elle retrouva bientôt le sourire tandis qu'ils lavaient la voiture ensemble, puis Phillip pressa Jennifer de sortir, avec les bébés. Elle s'habilla en chantant gaiement, faisant retomber un peu la tension de Phillip. Son plan fonctionnait, ils faisaient des choses normales, en famille, et Jennifer était heureuse. Tout irait bien, c'était certain.

Le restaurant du Mill Hotel était très fréquenté à l'heure du déjeuner, mais Phillip avait pensé à réserver une table près de la fenêtre. Il installa Hailey à côté de lui, Jennifer et la poussette double juste en face. Hailey contempla la salle, un petit sourire aux lèvres. Je l'aime, pensa soudain Phillip, une boule dans la gorge. Je l'aime vraiment. Nous allons surmonter tout ça.

Cet optimisme fut de courte durée. Malgré ses efforts, Phillip échouait à lancer la moindre conversation avec Jennifer. Elle ne répondait pas, comme si elle ne comprenait pas qu'elle était censée réagir à ses commentaires. Elle avait fredonné, chantonné quasiment toute la matinée à la maison, et voilà qu'elle s'enfermait dans le mutisme. Mais en y réfléchissant Jennifer ne chantait jamais, avant.

Il assistait impuissant à la détérioration de sa santé mentale. Elle concentrait toute son attention sur Lara, qu'elle ne cessait de cajoler au beau milieu du restaurant.

Elle est en pleine dépression et je ne peux rien faire pour empêcher ça, songea Phillip en coupant la part de pizza de Hailey, avec qui il discutait, sans se démonter, de l'école, des vacances, des restaurants en Amérique – n'importe quoi pour maintenir un semblant de normalité. Au moins, Hailey lui donnait une réponse de temps en temps. Il ne parlait pas tout à fait seul.

La fin du déjeuner fut accueillie comme un soulagement. Il avait senti les regards curieux des autres clients, et tous n'étaient pas dus à la présence des bébés. L'anormalité du comportement de Jennifer devenait impossible à ignorer et il redoutait de l'accompagner au magasin de puériculture. Mais elle risquait de faire une scène s'il refusait et, quoi qu'il arrive, il ne fallait pas la contrarier.

— J'ai envie de faire pipi, dit Hailey au moment où il réglait l'addition.

— Les toilettes sont juste là, derrière le bar. Maman va t'accompagner, répondit Phillip en prenant d'office les commandes de la poussette. Je vous attends à la voiture.

Il fut soulagé de voir Jennifer emboîter le pas à Hailey. Elle ne toucherait pas la fillette ici, il le savait. Elle considérerait cela comme un manquement à la dignité. Phillip poussa les jumeaux en direction du parking. Deux voitures s'étaient garées très près de part et d'autre de la leur. Il faudrait reculer pour pouvoir installer les nacelles à l'arrière.

Soudain, Hailey réapparut à côté de lui.

— J'aime bien la pizza, déclara-t-elle.

Phillip sourit. Heureusement qu'elle était là. Cette petite était ce qu'il y avait de mieux dans sa vie en ce moment.

— Ah oui, j'ai vu ! dit-il en passant une main sur ses frêles épaules. Où est maman ?

— Je sais pas.

Cinq bonnes minutes s'écoulèrent sans que Jennifer réapparaisse, mettant les nerfs de Phillip à rude épreuve. Il finit par poser d'autorité les mains de Hailey sur la poussette.

— Reste ici avec les bébés. Je vais chercher maman.

Que fabriquait-elle ? Il allait la trouver, la faire monter en voiture et la conduire droit à la clinique Rosen. Là-bas, quelqu'un pourrait sûrement les aider.

À l'instant où il ouvrait la porte de l'hôtel, il l'aperçut qui marchait dans sa direction. Elle s'était remaquillée et il frissonna à la vue de ses lèvres bien rouges.

— Ça va ? demanda-t-il en lui prenant le bras. Hailey et les jumeaux sont juste là. Nous…

— Tu as laissé mes bébés tout seuls ? siffla-t-elle en se précipitant vers le parking, titubant sur ses talons hauts.

La scène se déroula comme dans un film. Il vit Hailey se tourner vers eux, Jennifer foncer droit sur les jumeaux, et tout à coup, une camionnette quitta sa place de parking en marche arrière.

— Jennifer ! hurla-t-il, courant à toutes jambes, de toutes ses forces, pour l'écarter du passage de la camionnette.

Pas assez vite, cependant. Le véhicule le heurta au flanc au moment où il tentait désespérément de pousser Jennifer.

Il s'écroula sur le sol, Jennifer tomba juste à côté de lui puis fut brutalement entraînée par la camionnette, hors de sa vue.

Il entendit Hailey lancer un cri strident, un seul, et soudain des personnes apparurent autour et au-dessus de lui. Elles crièrent d'appeler les secours et le maintinrent au sol lorsqu'il tenta de se relever. La douleur dans sa jambe était effroyable. Pendant un instant, il n'entendit plus rien, puis un voile noir tomba devant ses yeux.

— Hailey ! cria-t-il, sans parvenir à produire davantage qu'un murmure.

— Allongez-vous, ne bougez pas. L'ambulance arrive.

Il ne voyait toujours ni Jennifer, ni Hailey ou les bébés.

— Hailey !

Cette fois, quelqu'un l'entendit.

— La dame est là-bas, on s'occupe d'elle en attendant les secours. Les enfants vont bien. Ne bougez pas.

Il entendit des sirènes qui se rapprochaient. Bientôt, une silhouette vêtue de vert l'auscultait.

— Comment vous appelez-vous, monsieur ?

La silhouette verte attendait, mais Phillip ne pouvait pas prononcer le moindre mot. Les voix lui parvenaient, ainsi que quelques formes colorées. Son corps tout entier était balayé par des vagues de douleur.

— Il a dit « Hailey » il y a juste une minute, intervint la première voix. Et il y a trois gosses, juste là, mais ils ne sont pas blessés.

Phillip se sentait partir. Ce n'était pas désagréable, un peu comme s'assoupir sur un matelas pneumatique qui voguerait sur l'océan. On le déplaça pour le bloquer en position allongée, soulageant un peu sa douleur. En sentant une sorte d'à-coup, il comprit qu'on venait de le monter à bord de l'ambulance. L'obscurité planait juste au-dessus de lui.

— Alors, ma grande, tu grimpes avec ton papa, et les bébés iront avec ta maman. Il y a assez de place pour tout le monde.

C'était la voix de l'urgentiste. Phillip essaya de s'adresser à Hailey, en vain. Le véhicule démarra dans une secousse, toutes sirènes hurlantes.

— Nous serons à l'hôpital dans cinq minutes, même pas, les rassura la voix. Comment tu t'appelles, petite ?

Phillip entendait le souffle de Hailey, mais elle ne répondit rien.

— Moi, c'est Davie, et toi, tu t'appelles comment ?

Alors la voix enfantine se fit entendre, presque méconnaissable :

— Je m'appelle Livvy.

Elle s'appelait Livvy. À cet instant, Phillip, bien qu'écrasé par la douleur physique, sut qu'il ne la reverrait jamais. Sa Hailey était la Livvy de quelqu'un d'autre. Ils allaient retrouver ces personnes, et elle l'abandonnerait.

— C'est un joli nom. Alors, Libby, on arrive à l'hôpital. Quelqu'un va s'occuper de toi pendant que les médecins aident ton papa et ta maman.

Il y eut encore quelques saccades, puis Phillip sentit qu'on le soulevait. La voix parlait toujours, informant d'autres voix qu'à en croire son permis de conduire il s'appelait Phillip Marshall, qu'il avait une fracture à la jambe, peut-être aux côtes et une blessure à la tête.

— Et voici Libby. Elle va bien, mais a eu très peur. Elle a surtout besoin qu'on la rassure, à mon avis.

Une autre voix, pleine de compassion :

— Oh, la pauvre. Ne t'en fais pas, nous allons trouver quelqu'un qui pourrait venir te chercher. Est-ce que tu as des grands-parents dans le coin, ou bien une tante ? Ne t'inquiète pas, Libby, les médecins vont s'occuper de ton papa.

Phillip voulut crier quelque chose à Hailey. Lui dire qu'il était désolé, qu'il avait agi par amour pour elle. Mais aucun son ne sortit de sa bouche et l'obscurité se fit plus pesante, enveloppante, prête à l'engloutir.

7

Maggie hissa ses sacs dans le coffre de la voiture et le referma d'un coup sec. Elle était en retard. Elle avait annoncé qu'elle serait de retour à la maison à 12 h 30 et il était déjà plus de 13 heures. C'était entièrement sa faute, même si le supermarché s'était révélé inhabituellement bondé, même pour un samedi midi. Elle aurait dû faire ses courses la veille.

Les décorations de Noël étaient installées depuis plusieurs semaines déjà, tout le monde faisait ses provisions. En attendant que le feu passe au vert, Maggie dut réprimer de nouvelles larmes brûlantes.

La période s'annonçait difficile. Ils n'avaient plus qu'un enfant à gâter cette année. Cela semblait impossible et pourtant, pour Joe, ils allaient devoir faire de leur mieux pour traverser les fêtes sans faillir. Les chants de Noël braillés à plein volume dans la grande surface, qui l'avaient tant stressée, ne seraient pas les derniers : on n'était qu'en novembre.

Elle savait que son retard importait peu puisque Joe passait la journée chez un copain, et que Colin se moquait de dépasser l'horaire habituel du repas.

Maggie avait l'impression qu'une vie entière s'était écoulée depuis le 15 août. Elle souffrait encore de ne plus jamais tenir sa fille dans ses bras, mais d'une certaine manière elle savait que sa vie commençait à reprendre forme. La préparation du service d'adieux à Livvy les aidait à lui dire au revoir de façon positive. Ils avaient déjà rencontré Ronald à deux reprises, ils le verraient une troisième et dernière fois juste après le nouvel an pour finaliser les arrangements. La cérémonie aurait lieu le premier vendredi après-midi de janvier. Une cérémonie pour les enfants. Maggie tenait à ce que chacun vienne allumer une bougie. Au lieu d'un cercueil, ils se réuniraient devant une table couverte de bougies multicolores, pour symboliser la lumière qu'Olivia avait apportée dans leur vie. Elle voulait également qu'il y ait partout des fleurs de toutes les couleurs. Ils chanteraient quelques hymnes et puis Ronald lirait aux enfants une histoire sur ces personnes qui vivent à jamais dans nos cœurs. Pour sa part, elle s'était attelée à dresser la liste, la plus longue du monde, des choses qu'Olivia aimait, depuis les sucettes à la framboise jusqu'à Slinky, le chat. Colin et elle avaient prévu de lire lors du service cette description de la vie et des coups de cœur d'une petite fille.

L'année commencerait par un adieu et représenterait un nouveau départ pour eux tous.

Mais d'abord, il fallait passer Noël. Après ça, plus rien ne pourrait être aussi douloureux. La vie continuait, chaque jour semblant un peu plus normal que le précédent. Elle n'avait appelé Howard qu'à trois reprises durant la semaine, et elle avait même quelquefois ri aux éclats à une remarque de Joe ou bien devant une série à la télévision. Elle savait qu'un jour, peut-être pendant l'année à venir, elle commencerait à envisager d'avoir un autre bébé.

Elle se pressa de rentrer à la maison et s'attela à remplir le réfrigérateur. Colin était scotché devant la télévision, qui diffusait un énième compte rendu du match de mercredi.

— Une pizza, ça te va pour ce soir ? demanda Maggie en mettant au frais la préférée de Joe – et d'Olivia.

— Super. Tu as pensé aux piles ?

— Non, désolée. Je passerai en acheter lundi. Col...

Des voix d'enfants résonnaient dans le jardin voisin, des petites filles qui profitaient du soleil d'automne, s'interpellaient en criant d'un air joyeux. Pendant un instant, Maggie avait cru entendre la voix d'Olivia parmi elles.

— Mags ? Qu'est-ce qui ne va pas ? Attends, assieds-toi.

Colin l'attrapa par les épaules et elle leva vers lui des yeux pleins de larmes.

— Oh, Col. Livvy. J'ai entendu sa voix à l'instant, je te jure.

Elle le contempla d'un air désemparé, la porte du réfrigérateur toujours ouverte et les pizzas posées là, sur la clayette.

— Non, Maggie, non. Elle est partie, mon amour, elle n'est plus là.

Dehors, les enfants s'étaient calmés. Maggie approcha de la fenêtre et reconnut Delia, Lucy et Maisie. Pas Olivia.

D'une voix qu'elle savait à nouveau monocorde et lasse, elle conclut :

— Je sais. Elle n'est plus là. J'ai simplement eu l'impression de l'entendre appeler. Mais tu as raison. Excuse-moi.

8

Il y avait un problème. Elle ne pouvait pas bouger, sa tête bourdonnait et elle ne parvenait pas à ouvrir les yeux. On lui touchait la hanche.

Des gens parlaient aussi, la touchaient d'une manière intime, même si leurs voix paraissaient lointaines. Aucune d'elles ne lui était familière.

— La pression sanguine remonte. 140 contre 95.

— Le pouls est stable. John, elle reprend connaissance.

— Tant mieux. Jennifer ? Vous m'entendez ? Ouvrez les yeux, Jennifer.

Elle faisait tout son possible pour obéir. Il fallait qu'elle reprenne le dessus et qu'elle parte d'ici.

— Vous avez eu un accident, Jennifer. Vous êtes à l'hôpital. Pouvez-vous serrer ma main ?

Oui, elle pouvait, mais pourquoi le ferait-elle ? Qui était cette personne ? Ça n'allait pas, ces voix – elle n'avait pas eu d'accident, ça, c'était... C'était Hailey, n'est-ce pas ? Qu'était-il arrivé à Hailey ?

Les voix parlaient d'elle à nouveau.

— Elle a accouché tout récemment – on a retrouvé son dossier ?

— Sa famille a été amenée avec elle. Elle est dans le système, mais son dernier passage à l'hôpital était pour une cheville foulée il y a quatre ans.

— Faites-lui passer un scan, Viv. Il faut réparer ce pelvis et je suis un peu inquiet pour sa rate aussi.

Jennifer eut l'impression de flotter. Elle était bloquée dans une sorte de cauchemar dont elle ne parvenait pas à se réveiller. Elle se trouvait avec Phillip et Hailey et il était arrivé quelque chose d'affreux... Hailey avait disparu. L'effroi, glacial, s'abattit sur Jennifer à l'instant où tout lui revint. Ils étaient à la plage et ils avaient perdu Hailey. Son petit ange avait disparu.

Elle ouvrit les yeux, mais les referma aussitôt. Pourquoi tant de lumière ? Avec la lumière arriva la douleur, dans ses hanches, son ventre. Elle était allongée sur un lit dur et étroit, entourée de machines, de néons et de gens vêtus de vert.

— Voilà qui est mieux, Jennifer. Je m'appelle John, je suis votre médecin. Vous avez une fracture du pelvis. Vous pouvez éloigner ce spot, Viv ? Ouvrez les yeux, Jennifer.

Sentant l'ombre bienvenue sur son visage, Jennifer entrouvrit les paupières. Un homme d'un certain âge portant un tablier de plastique taché de sang se tenait à côté d'elle.

— Mon bébé.

Ils ne comprenaient pas. Elle devait les obliger à écouter. Jennifer parvint à lever son bras gauche, qu'elle tendit aussi fort qu'elle le put vers le médecin. Il attrapa sa main et la plaqua sur le lit. Jennifer gémit. Il fallait retrouver Hailey.

— Restez aussi immobile que possible, Jennifer. Nous allons vous envoyer au scanner d'ici une minute, ensuite nous pourrons réparer votre pelvis. Vous devrez subir une opération, mais ne vous inquiétez pas, vous serez sous anesthésie.

Elle voulut se relever, mais c'était comme si elle avait perdu toute sa force. Son énorme effort ne produisit qu'un petit mouvement pitoyable, et sa tête lui paraissait vraiment bizarre.

Sa voix jaillit dans un souffle :

— Je veux mon bébé ! Où est ma petite fille ?

— Calmez-vous, Jennifer. D'après ce qu'on m'a dit, tout le monde va bien. Viv, vous pouvez essayer de savoir ce qui est arrivé à la famille de Jennifer, s'il vous plaît ?

Elle ressentit un soulagement incroyable. De toute évidence, Hailey avait été retrouvée et Phillip allait bien lui aussi, sûrement. Elle se détendit un peu, mais une douleur lancinante dans le bas-ventre lui fit serrer les paupières.

— La tension redescend à nouveau, John, le pouls remonte.

— Redonnez-lui cinq de morphine.

Elle entendait une machine qui bipait au loin. Que s'était-il passé exactement ? Hailey n'était pas à l'école ? Quelque chose avait changé, mais quoi ? Hailey avait eu peur, mais Jennifer était incapable de se souvenir de quoi. Et il y avait eu des funérailles... Elle revoyait le cercueil blanc et le visage de Phillip... Pourtant Hailey dormait profondément, dans la maison de campagne...

La voix répondant au nom de Viv revint :

— Jennifer ? Votre petite fille va bien, ils sont tous en forme. Nous recherchons simplement quelqu'un pour s'occuper d'eux pendant qu'on vous soigne, votre mari et vous. Il a une jambe cassée, lui aussi a besoin d'être opéré.

Hailey allait bien ? Il ne s'agissait donc pas de son enterrement ? Si seulement elle pouvait se souvenir...

Ils étaient à la plage, non, à l'école, oui, c'est ça, et ensuite Phillip les avait emmenés au restaurant. Tout ça s'était-il passé aujourd'hui ?

Au prix d'un autre effort monumental, elle réussit à s'exprimer clairement :

— Amenez-moi mon bébé. Tout de suite.

Personne ne répondit. N'avait-elle pas parlé à voix haute ? Les bips se rapprochaient et Jennifer sentit son lit changer de position, mais la douleur ne revint pas. Elle rouvrit les paupières à grand-peine. Le moniteur se trouvait tout près d'elle, sur la civière, et un homme la poussait vers la porte. Elle voulut crier, mais aucun son ne sortit de sa bouche.

L'infirmière se pencha sur elle, tache sombre sur la lumière.

— C'est l'heure du scanner, Jennifer. Ne vous faites pas de souci pour votre famille, tout le monde va bien.

Le plafond bougeait. Jennifer se rendit compte qu'on l'éloignait de ce médecin qui s'appelait John. Elle fut transpercée par une douleur nouvelle, à gauche cette fois, qui lui donna la nausée. L'élancement partait de son épaule, descendait jusque dans son ventre puis vers sa jambe. Mais elle devait s'assurer que Hailey allait bien et que Phillip...

Les bips à côté d'elle accéléraient, les voix s'éloignaient de plus en plus. La civière s'immobilisa dans une secousse et repartit brusquement dans l'autre sens.

— La tension est en chute libre ! On va la perdre... Ramenez-la ici, hémorragie interne, sa rate...

De retour sous les lumières, Jennifer sentit le vertige la reprendre.

— Lavage antiseptique, Viv. Que quelqu'un appelle le bloc.

Jennifer se réfugia quelque part à l'intérieur de sa tête, là où tout était paisible et sans douleur. Elle ignorait ce qu'ils faisaient, mais cela la soulageait. Peut-être la laisseraient-ils voir Hailey après. Mais Hailey était partie... dans un petit cercueil blanc... Son bébé était mort... Son bébé...

Qu'avait-elle fait ?

Pendant un instant, une terreur pure la consuma, puis un calme d'un genre nouveau l'envahit. Tout irait bien, elle le ressentait très clairement. Il faisait froid, et elle n'entendait plus le brouhaha de l'hôpital. Le monde rétré-cissait… Il faisait si froid. Elle eut l'impression de flotter dans de l'eau laiteuse, tout simplement flotter, et soudain tout s'effaça.

9

Katie déposa une brassée de sacs sur son canapé et s'écroula à côté. Un après-midi à arpenter les boutiques de vêtements était bien plus fatigant que ses heures de classe. En ville, des gens en avance pour leurs achats de Noël s'écharpaient autour des promotions. Katie, elle, était partie chercher une tenue pour la petite fête de ce soir. Mark rentrait à la maison.

Elle avait prévu de l'accueillir à l'aéroport. Ils rentreraient dîner chez elle et tout serait parfait. Katie sortit ses vêtements neufs pour les défroisser. Ce pantalon noir en lin lui allait à merveille, quant au chemisier en soie crème, on aurait cru qu'il avait été cousu sur mesure. Elle voulait quelque chose de spécial et heureusement elle l'avait trouvé.

Un sourire se dessina sur ses lèvres. Mark lui avait manqué. Elle s'était languie de sa compagnie davantage qu'elle ne l'aurait cru, alors elle voulait savourer chaque minute de la soirée à venir. Elle allait prendre un bain, se faire un masque de beauté, mais d'abord, elle avait besoin d'un café.

Le téléphone sonna alors qu'elle attendait devant la machine à espresso. Elle pria pour que ce ne soit pas Mark qui lui annonçait un retard, mais ce fut une voix féminine qui l'interpella.

— Oh, mademoiselle McLure, enfin ! Nous essayons de vous joindre depuis un moment. Je m'appelle Adele Morrison, je suis l'assistante sociale en chef de l'hôpital de Newquay. Il y a eu un accident et je suis désolée de vous apprendre qu'une petite fille de votre classe a été impliquée, Libby Marshall. Elle n'est pas blessée, mais ses deux parents le sont, gravement, et Libby est bouleversée. Vous êtes la seule personne dont elle ait pu nous donner le nom. Savez-vous s'ils ont de la famille dans les environs ? Ou est-ce que vous pouvez venir vous-même ? Libby a besoin de quelqu'un auprès d'elle.

Katie hésita.

— Marshall ? Vous voulez parler de Hailey Marshall ? Petite, menue, cheveux bruns très courts ?

— C'est ça. Elle a dit à l'ambulancier qu'elle s'appelait Libby.

— Non, c'est Hailey. La pauvre. J'arrive tout de suite. Je ne suis pas sûre qu'ils aient de la famille à proximité. Comment vont les bébés ?

— Ils vont bien eux aussi. Venez directement aux urgences.

Katie enfila aussitôt sa veste. Si les Marshall étaient gravement blessés, l'accident avait dû être affreux, et Hailey terrifiée. L'homme du SAMU avait dû mal entendre, et c'était déjà un miracle qu'elle ait réussi à parler dans un moment pareil.

Katie trouva l'hôpital de Newquay sans problème. Le bâtiment des urgences semblait relativement neuf et grouillait d'activité. Katie n'aurait pas cru qu'il pouvait y avoir des gens saouls et agressifs un samedi après-midi à Newquay, et pourtant… Elle dut patienter dans la queue pendant que trois autres personnes détaillaient leur problème à l'unique infirmière affectée à l'accueil, chacun avec une histoire plus rocambolesque que la précédente. Elle n'apercevait aucun signe de la présence de Hailey ou de ses parents. Lorsqu'elle atteignit enfin le guichet, la femme l'orienta vers une pièce située un peu plus loin dans le couloir. Elle courut jusqu'à la porte et l'ouvrit à la volée.

Hailey était assise du bout des fesses sur une chaise en bois, à côté d'une très jeune infirmière qui lui tenait la main.

— Hailey, chérie !

Katie se précipita pour serrer la petite fille dans ses bras.

— Ma pauvre petite ! Comme tu as dû avoir peur. Est-ce que ça va ?

Tout son petit corps tremblait. Katie serra plus fort la fillette qui blottit contre elle.

— Que s'est-il passé ? Comment vont ses parents ? murmura-t-elle à l'intention de l'infirmière.

— Ils ont été renversés par une camionnette. M. Marshall a été emmené en chirurgie orthopédique. Je vais chercher quelqu'un qui vous donnera des détails.

Elle s'éloigna et Katie sortit un mouchoir pour essuyer le visage de la petite fille.

— Hailey, chérie, tu peux me rappeler où habitent tes grands-parents ? Tu as une grand-mère, non ? Ou bien des oncles et des tantes qui vivraient pas très loin ?

Hailey posa sur elle des yeux pleins de larmes.

— Je ne sais pas, souffla-t-elle. Est-ce que papa va bien ?

Katie prit la voix la plus rassurante possible :

— Je suis sûre que oui. Tu sais, les médecins sont très forts de nos jours, mais si ton papa s'est cassé quelque chose, il va peut-être devoir passer un jour ou deux à l'hôpital. Où sont les bébés ?

— Ils les ont emmenés pour s'occuper d'eux.

Un homme de petite taille vêtu d'une blouse tachée déboula soudain dans la pièce. Katie se leva aussitôt, Hailey dans ses bras.

— Mademoiselle McLure ? Je suis le Dr John Peters. Nous allons devoir trouver quelqu'un pour s'occuper de cette jeune demoiselle, ainsi que de son frère et sa sœur, pendant un moment. Le portable de M. Marshall a été endommagé durant l'accident et madame n'en avait pas sur elle, nous n'avons donc aucun renseignement concernant des amis ou des proches. Connaissez-vous quelqu'un que nous pourrions appeler ?

Katie secoua la tête.

— Je ne peux pas vous répondre comme ça, de but en blanc, mais je peux la prendre en charge pour l'instant. Elle a au moins un grand-parent, mais je ne me souviens pas où il vit. Nous pouvons peut-être chercher un numéro de téléphone chez eux, et aller récupérer des affaires pour Hailey ? Comment vont ses parents ?

— Je peux seulement vous dire que ni l'un ni l'autre n'est près de rentrer à la maison, répondit le Dr Peters, déjà en train de se diriger vers la sortie. Je vous envoie quelqu'un des services sociaux pour vous aider. Les bébés peuvent rester ici jusqu'à ce qu'on voie si vous parvenez à joindre la famille. Si vous faites chou blanc, l'assistante sociale leur cherchera un foyer d'accueil susceptible de tous les accueillir.

Vingt minutes plus tard, Katie emmenait Hailey vers sa voiture. Il pleuvait maintenant, et le vent soufflait des feuilles à travers le parking.

— Ma pauvre chérie, dit-elle doucement. On va d'abord passer chez toi pour chercher des numéros de téléphone, d'accord ?

Hailey n'ouvrit pas la bouche de tout le trajet vers Polpayne, malgré les petits mots de réconfort que lui glissait Katie à intervalles réguliers. Un accident peut ficher en l'air tout une vie en une poignée de secondes, songea Katie. Voilà que celle de Hailey connaît un nouveau bouleversement, un de plus. Et pile au moment où elle commençait à prendre ses marques.

— Bon, fit Katie alors qu'elles se tenaient dans l'entrée. On y est.

La maison était plongée dans un silence total, sinistre. On n'entendait aucun bruit de circulation, pas de conversation ou de radio chez les voisins. Les talons de Katie résonnèrent sur le parquet ciré de l'entrée et elle regarda autour d'elle, gênée. Sa présence ici lui paraissait déplacée.

Elle se secoua, décidée à faire vite afin de pouvoir ramener Hailey chez elle pour attendre. Elle passerait un coup de fil à Mark pour le prévenir qu'elle ne l'attendrait pas à l'aéroport.

— Hailey, tu vas pouvoir m'aider, dit-elle en serrant la petite dans ses bras. J'imagine que tes parents ont enregistré tous les numéros importants dans le téléphone, non ?

Hailey se contenta d'un haussement d'épaules. Katie alla chercher le combiné et chercha le menu du répertoire mais ce fut pour découvrir, consternée, que n'étaient enregistrés que les portables de Phillip et Jennifer Marshall, ainsi que le numéro de l'école et celui d'un salon de coiffure. Au quotidien, les Marshall devaient surtout utiliser leurs portables. Cela lui compliquait la tâche. Le téléphone de Mme Marshall était-il quelque part à proximité ? Katie tenta de le faire sonner, mais il était éteint.

Elle rassura Hailey d'un sourire.

— Bon, ça ne m'a pas été très utile. Est-ce que ta maman aurait un carnet d'adresses, quelque chose dans ce genre ?

La fillette désigna la console de l'entrée. Dans le tiroir, Katie découvrit un répertoire papier à l'ancienne et s'installa sur les marches pour le feuilleter. Il contenait des tas de noms et de numéros, parmi lesquels elle finirait sûrement par trouver quelqu'un qui pourrait l'aider.

— Bingo. Alors, dis-moi, comment s'appelle ta mamie, Hailey ? Marshall aussi ?

Mais elle ne semblait pas savoir, ce qui, une fois encore, poussa Katie à s'interroger sur les relations qu'entrete-

naient les membres de cette famille. Elle essaya la lettre
« M » d'abord, mais elle n'y vit aucun Marshall et reprit
tout depuis le début ; Elle finit par tomber sur ce qu'elle
cherchait, à la lettre « F ». Il y avait une entrée appelée
« Maman », avec un numéro de téléphone dont elle reconnut l'indicatif. C'était celui de Torquay. Il devait s'agir de
la mère de Mme Marshall.

Elle sourit de nouveau chaleureusement à la fillette, qui
était restée debout et jouait avec son écharpe.

— Enlève ton manteau, ma puce, il fait chaud ici. Je
crois que j'ai le numéro de ta grand-mère. Elle habite à
Torquay ? Tu vois de qui je veux parler ?

Mais Hailey, tout en ôtant son manteau, fit non de la tête.

— Eh bien je vais appeler et on verra bien qui décroche,
reprit Katie, de plus en plus perplexe.

Était-elle en état de choc ? Ils l'auraient sûrement remarqué, à l'hôpital.

Elle composa le numéro.

La voix qui répondit était brusque, le ton efficace :

— Bea Felix.

Katie hésita, regrettant de ne pas avoir pris quelques
secondes pour préparer l'annonce qu'elle devait faire.

— Bonjour, madame. Je m'appelle Katie McLure. Êtes-vous la mère de Jennifer Marshall ?

— Oui. Vous êtes une de ses amies ?

— Une... voisine, répondit Katie, préférant faire court.
Je suis vraiment désolée, mais Jennifer et Phillip ont eu un
accident de voiture aujourd'hui, ils sont à l'hôpital. L'assistante sociale m'a chargée de trouver quelqu'un qui puisse
s'occuper des bébés pendant ce temps. Pourriez-vous les
prendre chez vous ?

Un silence absolu lui répondit, à l'autre bout de la ligne.

— Madame Felix ? Je suis désolée, je ne peux pas vous
en dire plus sur l'état de santé de Jennifer, mais les bébés
vont bien et...

— Quels bébés ? lâcha Mme Felix.

Katie crut avoir mal entendu.

— Daniel et Lara, les jumeaux de votre fille, précisa-t-elle d'un ton incertain.

— Ma fille a *des jumeaux* ? Mon Dieu ! Mais je n'en savais rien, Jennifer a coupé les ponts… J'arrive dès que je peux, bien sûr. Où sont-ils ?

— Les petits sont à l'hôpital, mais j'ai Hailey, ici, avec moi. Je pourrais…

— Vous avez *qui* avec vous ? *Hailey ?*

— Oui, s'étonna Katie. Elle va bien, elle n'a absolument pas été blessée, mais…

— Mademoiselle McLure, commença Mme Felix d'un ton si horrifié qu'il fit aussitôt frissonner Katie. Il y a un problème. Ma petite-fille Hailey s'est noyée en Turquie il y a plus de deux ans. Jennifer a traversé une grave période de dépression après ça, c'est à ce moment-là qu'elle a rompu tout contact avec sa famille. J'ignore qui est cette enfant avec vous, mais Hailey Marshall est morte. Maintenant, si vous voulez bien me donner les coordonnées et le numéro de téléphone de l'hôpital, je dois aller récupérer ces bébés. Quant à vous, vous feriez bien de faire quelque chose pour cette autre petite.

Katie eut l'impression d'avoir reçu un coup sur la tête. La voix tremblante, elle lui transmit toutes les informations nécessaires et raccrocha d'une main glacée, moite. La fille de Jennifer Marshall, Hailey, était décédée. Alors qui était la Hailey Marshall qu'elle connaissait ?

La fillette était allée s'asseoir dans le salon, dans un angle du canapé. Prise de vertige, Katie s'assit à côté d'elle et lui serra la main. Elle avait du mal à trouver ses mots.

— Ma puce, dans l'ambulance, tu as dit que tu t'appelais Libby, c'est ça ?

Hailey se mit à pleurer.

— Je vais mourir, murmura-t-elle. Elle a dit que si j'en parlais à quelqu'un, à n'importe qui, elle me punirait.

— Qui ? Ta mam… Jennifer Marshall ?

Hailey hocha la tête. Katie enlaça le corps frêle secoué de tremblements. Le ventre noué, elle recula pour mieux la regarder dans les yeux.

— Je vois bien que c'est très dur pour toi, ma chérie. Mais je te promets, je te jure que je ne laisserai personne te faire du mal. Jamais. C'était affreux de la part de Mme Marshall de dire une chose pareille, parce que ce n'est pas vrai. Et maintenant que je sais que tu n'es pas Hailey Marshall, il faut que tu me dises ton vrai nom, c'est très important, comme ça je vais pouvoir t'aider. Nous allons trouver ta famille.

Katie se surprenait elle-même à parler aussi calmement. Hailey tremblait de plus en plus fort. Elle cacha son visage dans ses mains.

— Avant Hailey Marshall ? Elle a dit de ne jamais, jamais le dire. Elle va me faire du mal.

— Je te jure qu'il ne t'arrivera rien, chérie.

La fillette prit une grande inspiration et deux larmes roulèrent sur ses joues.

— Je m'appelle Olivia Granger.

— Olivia ? Alors c'est Livvy que tu as dit à l'ambulancier cet après-midi, pas Libby ? Bon, Livvy, voyons si l'on arrive à savoir d'où tu viens.

Brusquement, Katie entendit une sorte de sirène retentir avec urgence, insistance, dans sa tête. Pendant une seconde, elle eut même du mal à respirer.

Avez-vous vu Olivia Granger ?

Elle était au volant, immobilisée à hauteur de l'arrêt de bus… elle avait aperçu une affiche… une petite fille à l'air joyeux du nom… d'Olivia Granger. La fillette qui avait disparu… dont on disait qu'elle s'était noyée. L'été précédent.

Oh mon Dieu ! pensa Katie en mesurant les implications de la présence de Hailey au sein de cette maisonnée. Cette enfant ne s'était pas noyée, elle avait très probablement été enlevée. Jennifer Marshall, ayant perdu sa propre enfant, avait décidé de s'approprier celle-ci, laissant la famille d'Olivia croire à sa mort. Que faire maintenant ? Appeler la police ? Les parents de Livvy ?

Elle avait énormément de mal à garder une voix posée, rassurante, mais il le fallait pour Hailey – pour Olivia, plutôt.

— Est-ce que tu connais ta vraie adresse ou ton numéro de téléphone, Livvy ?

L'adresse, le numéro, tout ça était beaucoup trop lui demander. Katie, assise sur le canapé, caressait le dos de la fillette en réfléchissant à toute vitesse. Elle avait par-dessus tout très envie d'en discuter avec Mark, mais il était encore en plein vol. Elle se débrouillerait donc seule.

— Bon, écoute, je crois que le mieux, c'est encore d'appeler la police. Ils vont venir, et ils sauront où trouver tes parents.

L'enfant la fixa, le visage impassible.

Cette fois, Katie dut véritablement s'appuyer au mur pour trouver la force de composer le numéro. Tout ceci dépassait l'entendement. Mme Marshall était folle. Et que dire de Phillip Marshall ? Il lui avait semblé tellement plus normal que sa femme. Pourquoi avait-il fait une chose pareille ? Qui pouvait faire subir ça à un petit enfant ?

Avec soulagement, elle exposa les détails à l'opérateur de police-secours. On lui promit de l'aide et elle raccrocha. Très vite, le téléphone sonna et elle répondit, un peu tremblante.

— Je m'appelle Howard Moir, je suis chargé de l'enquête sur la disparition d'Olivia Granger. Nous sommes en route. Pouvez-vous me raconter ce qui s'est passé ?

— Elle est ici. Olivia. Elle vivait avec la famille Marshall à Polpayne, elle...

Katie, sans parvenir à réprimer les hoquets dans sa voix, relata à nouveau toute l'histoire.

— Ne bougez pas, on arrive, la rassura Howard.

Katie se tourna vers la petite fille sur le canapé. Elle pleurait en silence, sans essayer d'essuyer ses larmes.

— Oh, Livvy, ma chérie, et si on te préparait un bon chocolat ? C'était M. Moir au téléphone, le policier qui te cherche depuis tout ce temps, il est en route. Viens à la cuisine, je vais te faire chauffer du lait.

Olivia accepta. Dans la cuisine, Katie se mit à observer les lieux. La pièce semblait tout à fait normale, banale. Il y avait des objets de puériculture ici et là, une coupe de fruits en bois sur la table. Mais quelles horreurs s'étaient donc passées dans cette maison ? La gorge nouée, Katie interrogea Olivia :

— Livvy, ma puce, est-ce que M. et Mme Marshall t'ont fait du mal ?

Olivia écarta sa tasse de chocolat et posa la tête sur la table.

— Des fois, elle me tapait, murmura-t-elle. Et elle disait qu'elle me ferait du mal si je racontais tout. Mais pap... Mais lui, il était gentil. Je l'aimais bien.

Katie passa la main sur ses cheveux courts.

— Et est-ce que quelqu'un d'autre t'a fait quoi que ce soit... des méchancetés ?

Olivia secoua la tête.

— Elle ne voulait pas m'acheter de jean, répondit-elle seulement.

Un léger soulagement envahit Katie, qui parvint du coup à sourire. De toute évidence, Olivia avait simplement servi de substitut à la petite Hailey décédée. Désormais, Katie devait faire de son mieux pour l'aider, jusqu'à ce que sa mère prenne le relais.

— Bois ton chocolat, Livvy, et ne t'inquiète pas, tout va s'arranger très bientôt.

Elle savait cependant que ces phrases n'étaient qu'une maigre consolation pour Olivia. Combien de mots creux avait-elle dû entendre entre ces murs ?

Brusquement, la sonnette retentit. Olivia se leva d'un bond et fit tomber la tasse à moitié vide sur le sol, où elle vola en éclats.

— Elle vient me chercher !

— Non, non, elle est à l'hôpital, rappelle-toi. C'est sûrement la police. Viens.

La main d'Olivia fermement serrée dans la sienne, Katie ouvrit la porte d'entrée. Deux voitures de police étaient garées dans la rue balayée par le vent, et trois agents patientaient sur le seuil, abrités sous leurs parapluies. Le plus âgé, un homme aux traits tirés, lui tendit son insigne, le regard rivé sur la fillette qui se pressait contre elle. Soudain, son visage se détendit et un sourire apparut.

— Olivia, dit-il. Ta maman m'a donné une photo de toi. Tu veux la voir ?

Olivia leva la tête vers lui, puis vers les deux femmes policières qui l'accompagnaient, et se mit à crier de toutes ses forces avant de s'enfuir en trébuchant vers la cuisine. Sous le coup du stress, Katie ne put retenir ses larmes lorsqu'elle prit la parole.

— Je suis désolée, elle a très peur pour l'instant. Elle est complètement perdue, vous pouvez le comprendre.

Howard hocha la tête, puis tendit une clé de voiture à une de ses collègues.

— Bien sûr. On est peut-être trop, à trois. Vois quelles infos tu peux trouver sur les Marshall, Amanda, ajouta-t-il à l'attention de sa consœur, et essaie de savoir quand on pourra leur parler.

La femme regagna la voiture. Katie guida Howard et l'autre policière vers la cuisine, où ils trouvèrent Olivia blottie dans un coin. Sans un mot, Katie récupéra la fillette et alla s'asseoir, en la gardant sur ses genoux.

— Tout va bien, ma puce. Ces policiers sont gentils, tu n'as pas à avoir peur. On va écouter M. Moir, d'accord ?

Howard tendit une photo à la petite fille. Katie la regarda, elle aussi, et constata que « Hailey » lui en avait parlé.

— Ton gâteau d'anniversaire avec les vagues en pâte d'amande. Tu m'avais raconté, tu te souviens ?

Olivia hocha la tête avec solennité, les yeux rivés sur le cliché.

— Et tu avais ajouté que tu voulais un gâteau rose pour ton prochain anniversaire, se remémora Katie. Mais moi je croyais que tu étais Hailey. Oh, mon Dieu, Olivia, je suis vraiment désolée…

Elle cacha son visage dans sa main libre. Howard se pencha vers elle.

— Vous ne saviez pas. Et comment auriez-vous pu imaginer ? Livvy. Écoute. Tu te souviens de la plage, quand tu étais avec ton papa, ta maman et Joe ? Le dernier jour où tu les as vus ?

Olivia fit oui de la tête.

— Tu as construit un château de sable avec ta maman. Après, tu as voulu rejoindre ton papa et Joe près des mares et ta maman t'a laissée partir toute seule. Qu'est-ce qui s'est passé à ce moment-là ?

Olivia le dévisagea sans ouvrir la bouche.

— Jennifer Marshall était là ?

Hochement de tête.

— Sur la plage ? Ou sur le chemin ?

La fillette fondit en larmes.

— Sur le chemin. Elle m'a dit de venir voir ses bébés qui étaient dans sa voiture. Elle était tellement gentille et très jolie, et comme j'adore les bébés, je suis allée voir, juste une minute. Mais elle n'avait pas de bébés.

— Et elle t'a emmenée dans sa voiture ?

Nouveau hochement de tête. Katie ravala un sanglot.

Howard opina à son tour, puis s'adossa à sa chaise et sourit. Il semblait soudain comme éclairé de l'intérieur.

— C'est bien, Olivia. Et maintenant, je crois qu'il est temps qu'on appelle ton papa et ta maman. Qu'est-ce que tu en penses ?

10

Joe, assis en tailleur sur le sol, regardait des dessins animés. Maggie sourit en l'entendant éclater d'un long rire.

— C'est marrant, ce que tu regardes, on dirait ? lança-t-elle depuis la cuisine.

— Hmm-mm, répondit-il, toujours concentré sur l'écran.

Maggie le rejoignit. Elle ne l'avait pas vu de la journée. Elle adorait passer du temps en compagnie de son fils ; partager les rires, les larmes, les devoirs et les jeux, c'était ça, être parent. Elle s'assit pour suivre avec lui la course-poursuite entre le chat et la souris tout autour du jardin. Soudain, un chien, surgi de nulle part, se jeta sur le chat et l'aplatit. Maggie et Joe, surpris, éclatèrent de rire en chœur.

Livvy aurait ri elle aussi, songea Maggie avec mélancolie. Livvy riait beaucoup.

Colin passa la porte d'entrée.

— Ça a l'air drôle, votre truc, dit-il en se laissant tomber sur le canapé à côté de Maggie.

Dans des moments comme celui-ci, Maggie se sentait infiniment reconnaissante envers sa famille. Malgré tout ce qui leur était arrivé, ils étaient ensemble.

À la fin du dessin animé, Colin se leva et prit la direction de la cuisine.

— Je mets les pizzas au four. On mange quoi avec ça ?

Le téléphone sonna. Joe alla répondre.

— J'ai acheté du coleslaw, répondit Maggie, et il y a aussi une laitue. Tu pourrais…

— Maman ? C'est le capitaine Moir.

Maggie vit le visage de Colin blêmir d'un coup. Ils avaient eu le policier au téléphone la veille. Maggie sentit ses jambes se dérober sous elle, et le nœud qui, encore maintenant, restait tapi au creux de son ventre, se resserra douloureusement. Elle approcha du téléphone et Colin vint poser son bras sur ses épaules.

Ils y étaient. Le moment qu'elle attendait, la fin de toute incertitude, de toute attente, de tout espoir. Maggie déglutit avec peine. Adieu, Livvy. Mon Dieu, Livvy, je t'aimais tant !

— Howard ? souffla-t-elle d'une voix rauque.

— Maggie. On l'a retrouvée, Maggie, elle est vivante ! Elle est avec moi en ce moment même. Elle n'a pas été blessée. Elle a peur, elle est perdue, mais personne ne lui a fait de mal. Maggie ? Vous comprenez ? Nous avons retrouvé Olivia.

11

Encore sous le choc, Katie écouta Howard appeler les Granger, puis un collègue au commissariat. Olivia était toujours sur ses genoux. Dehors, la pluie tombait à verse et de lourds nuages obscurcissaient la journée. Howard réapparut dans la cuisine, rayonnant. Katie fit de son mieux pour lui donner le change, consciente d'être beaucoup plus près des larmes que du sourire franc. Son cœur continuait de battre la chamade, elle imaginait à peine ce qui devait se passer dans la tête d'Olivia en cet instant précis.

— Tout est arrangé, déclara Howard. Ton papa et ta maman seront là dans une heure, à peu près. Un hélicoptère de la police va les amener pour te chercher, Livvy, et ensuite il te ramènera à la maison, si tu veux. Ou sinon une voiture de police, tu choisiras avec tes parents.

Olivia ouvrit des yeux ronds comme des soucoupes. Elle tourna la tête vers Katie.

— Je ne suis jamais montée dans un hélicoptère, lui glissa-t-elle en confidence.

Katie la serra contre elle.

— Moi non plus. Tu as vu comme tu es importante ? Tout le monde veut que tu retrouves ton vrai papa et ta vraie maman le plus vite possible.

Olivia hocha la tête pensivement, puis poussa un gros soupir.

— Le papa d'ici était gentil, lui aussi.

— Il t'a aidée, j'imagine ? dit Katie. Ça, c'est bien. Mais pendant tout ce temps il savait que tu n'étais pas Hailey, alors il aurait dû te ramener chez toi. C'est mal de ne pas l'avoir fait. La maman d'ici a fait une chose horrible en t'emmenant comme ça. Tous les deux ont mal agi, mais tu ne pouvais pas le savoir.

Elle ne supportait pas d'imaginer quelle terreur Olivia avait dû ressentir, surtout avant le retour de Phillip Marshall. Elle n'était pas fière à l'idée qu'une enfant de sa classe ait pu avoir à mener toute seule une telle bataille, sans qu'elle s'en rende compte.

Howard se pencha vers Olivia.

— Livvy, pourquoi tu n'irais pas dans ta chambre pour voir s'il y a des choses que tu voudrais rapporter chez toi ? Des jouets peut-être ?

Olivia réfléchit un instant, puis bondit des genoux de Katie et fila à l'étage.

Katie cacha son visage dans ses mains.

— Plus j'y pense, dit-elle, le visage entre les mains, plus je me dis qu'elle a lâché beaucoup d'indices. Depuis le début. Quand j'ai demandé aux enfants de représenter leur famille, c'est sa véritable famille qu'elle a dessinée. Et le jour où une autre fillette appelée Olivia est venue dans notre classe, elle s'est mise dans un état... Le doudou perdu, le chat... Et cet hématome horrible ! Elle a été maltraitée, au moins deux fois. Les photos d'anniversaire... Mon Dieu, elle n'a en fait que quatre ans, n'est-ce pas ?

— Stop, stop, l'interrompit Howard. Voyez ça comme un puzzle de cent pièces. Olivia vous en a peut-être donné une dizaine, mais il vous était impossible de deviner tout le tableau. Je vois bien qu'elle vous fait confiance, sinon j'aurais déjà convoqué les psychologues et les médecins de la police. Sans vous, nous l'aurions embarquée en hélico jusque chez elle. Mais là, c'est beaucoup mieux. Elle peut attendre avec quelqu'un qu'elle apprécie, en qui elle a confiance, que ses parents viennent la chercher. Ça lui permet de tourner la page ici, le traumatisme sera beaucoup moins grand. Grâce à vous.

— Merci, dit-elle, après s'être mouchée et essuyé les yeux.

Un jour peut-être, elle le croirait.

Katie raconta à Howard tout ce dont elle se souvenait des « dix pièces du puzzle » que « Hailey » lui avait données. Tout semblait si évident maintenant.

Olivia redescendit, et le cœur serré de Katie bondit dans sa poitrine.

La petite fille était chargée de tout ce qu'elle avait fabriqué à l'école ces derniers mois. Dessins, peintures, gâteau en argile – elle n'avait rien oublié. Le masque de Halloween, la boîte en coquillages...

— Je n'arrive pas à décrocher ma mouette, je la veux aussi, précisa-t-elle. Et puis la plante que tu m'as achetée, elle est sur le rebord de fenêtre dans la salle de bains.

Howard tendit la main.

— Montre-moi, je vais t'aider. On a encore du temps avant que ton papa et ta maman arrivent.

— Je vais préparer un café, d'ailleurs, proposa Katie. Ils en auront sûrement bien besoin.

Howard hocha la tête et emboîta le pas à la fillette. Katie examina la machine à café, puis envoya un texto à Mark. Il lui répondit quelques secondes plus tard qu'il l'attendrait chez lui. Un souci de moins, songea-t-elle avec soulagement.

Howard et Olivia réapparurent avec la mouette et la petite plante. Une certaine tension était apparue dans le menton du policier. Katie l'interrogea du regard.

341

— Livvy, je crois que j'ai laissé mon portable sur le lavabo, dit-il d'un ton neutre. Tu pourrais aller me le chercher, s'il te plaît ?

La fillette détala et Howard se tourna vers Katie.

— Il y a du sang sur son oreiller et sur son drap, lui souffla-t-il. Demandez-lui ce qui s'est passé, vous voulez bien ?

Olivia revint, le téléphone à la main, et Katie parvint à lui poser la question d'une voix assez calme :

— Livvy, ma puce, M. Moir est un peu inquiet parce qu'il a vu du sang sur ton lit. Est-ce que tu as été blessée ?

Olivia resta silencieuse un instant, puis répondit de manière assez factuelle :

— Elle m'a tapée ce matin, et j'ai saigné du nez.

Katie observa le nez de la petite fille. Il était bien un peu enflé si on l'observait de près, mais rien qui indiquait une blessure grave.

— Elle n'aurait pas dû te faire de mal comme ça, Livvy, intervint Howard. On va demander à un gentil docteur de t'examiner, quand tu seras de retour à la maison. Pour être sûrs que tu n'es pas du tout blessée.

— Je vais bien, affirma la fillette. Je voudrais un sac pour ranger mes affaires.

Katie fouilla un peu à la recherche d'un sachet plastique, puis l'aida à tout mettre dedans. Ôtant le couvercle de la boîte en coquillages pour l'emballer dans du sopalin, elle s'étonna d'y découvrir une plaquette de Valium.

— Livvy, qu'est-ce que c'est ?

— C'est les cachets que je devais prendre. Mais plus maintenant.

Howard récupéra les médicaments, le visage tendu.

— Le médecin s'en occupera aussi.

Les larmes aux yeux, Katie se concentra à nouveau sur son essuie-tout. Olivia n'en avait probablement pas beaucoup pris ces derniers temps, mais ça ne voulait pas dire que ça ne lui avait pas fait de mal.

— Alors, on a tout ? demanda Katie en emballant ses dernières affaires.

Après un instant de réflexion, Olivia passa une main sur sa tête et répondit :

— Je veux retrouver mes cheveux.

Katie se pencha pour l'embrasser.

— Oh, ma puce, c'est dommage, c'est vrai, mais ils vont repousser, ne t'en fais pas. Écoute ! Tu entends ?

Une voiture venait de se garer devant la porte, des voix criaient pour se faire entendre par-dessus le vacarme croissant. Howard approcha de la porte. Olivia se jeta au cou de Katie.

— Allez, viens, dit Katie sans parvenir à retenir deux larmes qui roulèrent sur ses joues. Allons à la rencontre de tes parents.

12

En s'élevant dans la nuit, l'hélicoptère tanguait à vous retourner le cœur. La pluie torrentielle ne faisait pas le poids face aux pales rapides, tranchantes. Maggie prit la main de Colin et ferma les paupières. Elle avait toujours eu horreur de voler, et cette machine vrombissante semblait beaucoup trop fragile pour y risquer sa vie. Cependant, elle n'avait pas le choix, c'était le moyen le plus rapide de rejoindre Livvy.

Pour la première fois depuis le coup de téléphone de Howard, Maggie avait un peu de temps pour réfléchir. Livvy était vivante. Elle rentrait à la maison. Quand ils l'avaient annoncé à Joe, ses yeux s'étaient d'abord écarquillés, il avait pâli, puis un immense sourire avait surgi sur son visage.

« Maman ! Livvy sera à la maison à temps pour Noël !

— Elle sera à la maison à temps pour aller se coucher ce soir, oui », avait rectifié Maggie, qui avait pourtant bien du mal à s'en rendre compte elle-même.

Colin et elle appelèrent leurs parents, puis Maggie passa un coup de fil à Sue, qui proposa aussitôt de venir garder Joe pendant qu'ils partaient chercher leur fille. Elle promit aussi qu'ils en profiteraient, Joe et elle, pour remettre la chambre de Livvy en ordre.

Ils n'eurent ensuite que le temps de préparer un petit sac avec le jus de fruit au cassis qu'Olivia aimait tant, un paquet de biscuits et Vieux Nounours bien sûr, tout froid après son long séjour au grenier. Une voiture de police les emmena jusqu'à l'hélicoptère. L'homme qui conduisait avait davantage d'informations à leur fournir :

« Elle vivait à Polpayne dans une famille qui la faisait passer pour leur fille. Cet après-midi, le couple a eu un accident et l'hôpital a chargé une personne de s'occuper de la petite. Elle a appelé une parente, qui lui a appris que la fillette était morte il y a deux ans, et là, c'est ressorti. »

Maggie avait du mal à tout saisir. Livvy était vivante.

« Et elle va bien ? Vous êtes sûrs qu'elle n'a pas été blessée ?

— Assez sûrs, oui, répondit le policier avec gentillesse. Mais évidemment, tout ça a dû l'embrouiller un peu. »

Et comment, songea alors Maggie. Mais s'il n'y avait que ça à gérer, ils s'en sortiraient. Brusquement consciente qu'elle respirait très fort, elle se força à se détendre. La seule chose qu'elle s'était interdit d'espérer était en train de se produire. Elle était en route pour rejoindre Olivia et la ramener à la maison. À l'héliport voisin de l'hôpital de Plymouth, on l'avait fait monter à bord de cet horrible et minuscule engin, où régnait un tel vacarme qu'elle s'entendait à peine penser. Mais rien de tout ça n'avait d'importance, elle allait retrouver sa petite fille.

— Il y a du vent, mais ne vous inquiétez pas, nous arriverons à bon port, cria le pilote en refermant la porte derrière eux.

Maggie eut l'impression d'avoir pris place dans un de ces effroyables manèges qui vous secouent, vous tordent et vous retournent l'estomac. Elle eut tout juste le temps de se réjouir de n'avoir pas encore mangé. Oui, il y avait du vent, mais elle concentra toute son énergie dans l'attente.

À leur arrivée, une autre voiture de police les prit en charge : Amanda Donnelly, un sourire jusqu'aux oreilles, les conduisit à travers des rues humides et sombres. Ils laissèrent derrière eux un petit port, puis gravirent une colline et s'arrêtèrent devant une grande maison blanche.

Maggie fut saisie de tremblements irrépressibles. Soutenue par Colin, décoiffée par des rafales de vent, elle progressa dans l'allée et la porte s'ouvrit sur Howard. C'était la première fois qu'elle le voyait sourire comme ça. Derrière lui se tenait une femme, plus jeune et plus menue qu'elle, et, dans ses bras, il y avait Olivia.

— Livvy !

Maggie manqua de tomber. Olivia était agrippée au cou de la femme. La fillette était pâle, ses cheveux très courts, et elle les dévorait des yeux. Elle ne souriait pas, ne parlait pas – elle les regardait.

— Doucement, Maggie. Elle va bien, mais donnez-lui une minute, prévint Howard en l'attrapant par le coude.

— Allons dans le salon, suggéra la femme en désignant une porte. Comme ça tu pourras t'asseoir avec ta maman et ton papa sur le canapé, Livvy, pour leur montrer que tu vas bien.

Maggie avait beaucoup de mal à ne pas arracher Olivia des bras de cette femme. Mais visiblement la petite fille avait besoin de temps, et Dieu merci, ils n'en manqueraient pas.

— Livvy ! Oh, Livvy ma chérie, on est enfin arrivés. Ils nous ont amenés aussitôt qu'on t'a retrouvée. Comment vas-tu, mon cœur ? dit Maggie, essayant désespérément de rester calme.

Une fois qu'Olivia fut installée sur le canapé, Maggie s'assit doucement à côté d'elle. Elle n'osait presque pas la toucher, mais brusquement Olivia se tourna vers elle, grimpa sur ses genoux et fondit en larmes. Maggie sentit le bras de Colin l'entourer également et enfin, ça y était, elle serrait sa Livvy contre elle, saine et sauve.

— Je vais faire du café, vous avez besoin d'un moment seuls, déclara la femme.

Howard s'éclipsa à son tour et Maggie resta là, au creux du bras de Colin, Olivia sur les genoux.

— Tout va bien, Livvy, tu vas rentrer à la maison, dit-elle.

Petit à petit, les sanglots disparurent et, finalement, Olivia resta blottie en silence tout contre Maggie.

— Qui est cette dame ? demanda Colin.

Olivia se redressa.

— Et les gens qui t'ont gardée ici ? demanda Maggie, en récupérant un mouchoir pour s'essuyer les yeux.

— Mlle McLure, c'est ma maîtresse.

Le seul son de sa voix suffisait à ravir Maggie. Olivia semblait *à l'aise*. Elle avait peut-être été terrorisée, bouleversée, mais elle était capable de se sentir bien dans sa peau.

— Une maîtresse d'école ? s'étonna Colin, presque en riant. Ils t'ont envoyée à l'école ?

Mlle McLure réapparut chargée d'un plateau, sous les yeux de Maggie qui songeait qu'elle ne pourrait jamais assez remercier cette femme qui avait découvert que Livvy n'était pas à sa place.

— Mademoiselle McLure, je ne sais pas quoi dire. Merci d'avoir aidé Livvy.

Howard arriva juste après.

— Vous me racontez ce qui s'est passé, exactement ? lui demanda-t-elle.

Elle voulait tout savoir, connaître le moindre détail de la vie de sa fille ces derniers mois. Cependant, la toute première partie du récit défiait presque l'entendement.

— Cette femme a emmené Livvy jusqu'en haut de la falaise et Colin et moi n'avons rien vu ?

— Maggie, s'il y a bien une chose que j'ai apprise de toutes ces années au sein de la police, c'est que les événements les plus incroyables se produisent sous le nez des gens chaque jour que Dieu fait, sans que quiconque se rende compte de quoi que ce soit. Vous savez bien que le chemin est largement invisible depuis la plage. J'imagine que Jennifer Marshall aura vu Olivia quelque part, dans une boutique, n'importe où, que sa ressemblance avec sa propre fille l'aura frappée, et qu'elle vous aura suivis jusque chez vous. Elle aura pu vous espionner pendant des jours, attendant que l'occasion se présente pour enlever Olivia.

Maggie frissonna. Pendant des jours...

— Nous n'avons pas encore pu questionner les Marshall, poursuivit Howard, mais nous pensons que Livvy a été droguée et qu'elle a vécu dans un autre endroit, auparavant. Nous ne savons pas où. Peu de temps après, elle a emménagé à Polpayne, et Livvy est devenue Hailey Marshall. Elle a commencé l'école et c'est grâce à Katie qu'elle a pu garder sa santé mentale, j'en suis sûr.

— Au début, Mme Marshall était seule ici avec Olivia, expliqua Katie McLure. Elle m'a toujours semblé être une femme dépourvue d'émotion. Ensuite, lorsque M. Marshall est revenu de son séjour aux États-Unis, il s'est davantage occupé de Hai... je veux dire Olivia, et elle allait mieux. Il était plus chaleureux. Il me paraît incroyable qu'il n'ait rien fait pour mettre un terme à tout ça. Je regrette seulement de ne pas avoir compris beaucoup plus tôt de quoi il retournait.

Olivia se redressa d'un coup sur les genoux de Maggie.

— Je vais à l'école lundi ?

— Mon cœur, je suis désolée, mais on habite beaucoup trop loin, tu ne peux pas aller à l'école ici, lui répondit Maggie. Mais ne t'en fais pas, si tu veux, tu pourras commencer la maternelle à Carlton Bridge après Noël.

Le visage d'Olivia se décomposa.

— J'ai une idée : la semaine prochaine, nous viendrons dans ta classe pour dire au revoir à Mlle McLure et à tes copains. Ça te va ?

Olivia n'avait toujours pas l'air convaincue. Maggie sentit des larmes lui brûler les yeux.

— Super-idée, renchérit Katie McLure en se mettant à hauteur de l'enfant. Comme ça, nous organiserons une fête « Au revoir Hailey, bonjour Olivia ».

— Avec un gâteau, ajouta Maggie, à qui l'idée plaisait de plus en plus. Un gâteau d'anniversaire – puisque tu as loupé le tien.

— Avec des bougies rose et blanc ! s'écria Olivia, le visage soudain radieux.

Tandis qu'elle serrait sa fille contre son cœur, Maggie sentit les larmes ruisseler sur ses joues.

13

Il ignorait combien de temps il était resté inconscient. Lorsqu'il revint à lui, allongé sur un lit d'hôpital, Phillip ne fut d'abord conscient que de la douleur diffuse dans ses jambes et d'une raideur dans sa poitrine. Puis il commença à se souvenir. La camionnette. Il y avait eu un accident. Où était Jennifer ? Qu'était-il arrivé à Hailey ? En remontant à la surface, les événements de la journée lui arrachèrent un gémissement douloureux, qu'il fit taire bien vite.

Il tourna doucement la tête et constata qu'il était seul dans sa chambre. Le cathéter fixé à son bras gauche était relié à un goutte-à-goutte mais le monitoring à côté du lit n'avait pas l'air branché.

Les draps recouvraient une sorte de cage au-dessus de ses jambes. Son pied gauche était bloqué dans quelque chose, sa tête lui semblait à l'étroit, elle aussi. Il leva la main pour la toucher, mais une infirmière entra aussitôt au pas de course.

— Bien, vous êtes réveillé. Vous vous souvenez de ce qui s'est passé ?

Il prit la parole, la gorge douloureuse :

— Une camionnette. Nous avons été renversés par une camionnette sur le parking.

— Exact. Nous vous avons administré un anesthésiant léger pour vous tirer d'affaire. Vous avez sept points de suture sur le crâne, n'y touchez pas, et votre jambe est cassée. Vous aurez peut-être besoin d'une opération, mais ça ne sera pas aujourd'hui. Vous avez quelques côtes cassées, aussi, alors restez tranquillement allongé. Rien de grave, ne vous inquiétez pas. Nous sommes dans le service orthopédique. Vous êtes dans une chambre particulière, mais je pense qu'on ne devrait pas tarder à vous transférer dans l'aile principale.

— Ma femme et mes... les enfants ?

— Je vais me renseigner.

Elle lui tapota l'épaule et sortit. Elle ne devait rien savoir à propos de Hailey, sans quoi elle ne se montrerait pas si amicale. Dans quel pétrin il était ! Allait-on le poursuivre ? Le condamner ? Qu'arriverait-il à Jennifer ? Et à Hailey ?

Lorsque l'infirmière serait au courant, c'en serait fini de la gentillesse et des petites tapes sur l'épaule... Il s'était rendu coupable d'une chose effroyable, tout le monde allait le mépriser, et il le comprenait. Si seulement il pouvait remonter le temps...

L'infirmière réapparut quelques minutes plus tard en compagnie d'une femme plus âgée. Toutes les deux affichaient une mine grave et Phillip se prépara au pire.

Mais la nouvelle n'était pas celle qu'il attendait.

— Monsieur Marshall, je suis Sarah Campbell, consultante en chirurgie orthopédique. Je supervise vos soins depuis votre arrivée à l'hôpital.

Tout en parlant, elle vérifiait son pouls tandis que l'infirmière se tenait à son chevet, silencieuse. Puis le médecin s'assit au bord du lit, le regarda. Phillip hocha la tête, la bouche sèche.

— Je suis désolée, j'ai de très mauvaises nouvelles. Monsieur Marshall, votre femme est arrivée ici avec des blessures très graves, et nous n'avons pas pu la sauver. Jennifer est décédée il y a quelques minutes aux urgences. Je peux simplement vous assurer qu'elle n'a pas souffert. Je suis désolée.

Les yeux dans le vide, il hocha la tête, conscient que la panique accélérait dangereusement son rythme cardiaque. Jennifer était morte. Il était seul, désormais. Plus de grand-mère, ni de femme, ni d'enfant. Des larmes brûlantes montèrent, roulèrent sur ses joues. L'infirmière les essuya avant de lui mettre un mouchoir dans la main.

Sarah Campbell se leva sans montrer rien d'autre que de la compassion.

— Nous allons vous laisser seul un moment. Un policier va venir vous interroger à propos de la petite fille qui était avec vous, mais ça peut attendre.

Elle serra sa main et toutes deux s'en allèrent.

Une fois seul, Phillip s'efforça de recouvrer un peu de calme, mais les sanglots déchiraient sa cage thoracique. Une image de sa femme avant la mort de Hailey, avant la période noire, apparut devant ses yeux. Il n'avait pas été à la hauteur. Elle était morte aussi par sa faute. S'il avait cherché de l'aide dès son retour, elle serait en vie aujourd'hui. Hailey serait rentrée chez elle, et peut-être aurait-il été autorisé à la voir de temps en temps.

Un quart d'heure plus tard, les deux femmes étaient de retour. Cette fois, leur expression ne laissait aucune place au doute : elles savaient. Quelqu'un leur avait tout raconté. L'infirmière contrôla son pied sans croiser son regard et la voix du médecin était devenue brusque et glaciale.

— Le lieutenant de police est là et je pense que vous pouvez lui parler quelques minutes. Vous n'aurez qu'à sonner si vous trouvez que c'est trop pour vous.

L'infirmière lui tendit le bouton d'appel, puis elles laissèrent la place à une autre femme, seule.

— Je suis coupable, lâcha-t-il à l'instant où la policière entrait dans sa chambre. Jennifer était folle de chagrin à la mort de Hailey, Dieu sait que je n'aurais jamais dû la laisser seule aussi longtemps à la maison, mais j'ignorais tout de ce qui se passait. À mon retour, elle avait enlevé la petite, et je n'ai même pas cherché à savoir qui elle était. Je l'ai cachée aussi parce que je l'aimais. Mon Dieu, je suis désolé ! Je suis tellement, tellement désolé.

Il pleurait, la douleur se répandait dans tout son torse, mais il l'accueillait avec joie, car elle était méritée. La policière l'observa un moment sans bouger, puis elle prit la parole :

— Phillip Marshall, je vous arrête. Vous êtes soupçonné d'enlèvement et séquestration de mineur. Vous avez le droit de ne rien dire, mais sachez que si vous nous cachez quelque chose que vous pensez utiliser au tribunal, cela jouera en votre défaveur. Tout ce que vous direz pourra être...

Phillip n'écouta pas le reste.

— Hailey... je veux dire Livvy, est-ce qu'elle va bien ? se força-t-il à demander lorsqu'elle eut terminé.

Elle le transperça du regard, manifestement furieuse.

— À votre avis ? Vous avez la moindre idée de ce qu'a vécu sa famille ? Vous avez un certain nombre d'explications à nous fournir, mais puisque vous n'êtes pas près de sortir, ça peut attendre. Désolée pour votre femme.

— Je peux la voir ?

— Votre femme ?

— Non, Hai... Livvy.

— Monsieur Marshall, je pense que vous êtes la dernière personne sur terre qu'Olivia ait envie ou besoin de voir en ce moment. Je reviendrai demain.

Tandis qu'elle quittait la pièce, il cria :

— Dites-lui que je suis désolé ! Dites-lui bien que je suis terriblement désolé !

Cet effort déclencha une quinte de toux accompagnée de vertiges, et l'infirmière vint réajuster la perfusion dans son bras. Phillip ferma les paupières. Tout le monde savait, maintenant. L'histoire ferait bientôt la une des journaux et, dans leurs pages intérieures, il serait voué à l'enfer éternel. Mais peu lui importait. Il n'y avait rien qu'il pût faire pour l'instant.

14

Howard Moir s'isola dans la cuisine pour répondre au téléphone. Katie observait Olivia, blottie sur les genoux de sa mère. Elle va me manquer, songea-t-elle avec une boule au ventre. Hailey avait eu besoin d'elle, mais ce n'était pas le cas d'Olivia, désormais entourée d'une famille aimante.

Maggie Granger fouilla dans son sac.

— Regarde, Livvy, je t'ai apporté Vieux Nounours. Je crois que nous ferions bien de partir, maintenant. J'espère qu'il y aura moins de vent qu'à l'aller.

— Tu nous raconteras ton voyage en hélicoptère quand tu viendras nous voir, dit Katie à Olivia, accrochée à son ours en peluche, ses yeux immenses observant tout autour d'elle, à nouveau pleins de gravité.

— Oui, donnez-moi votre numéro, je vous appellerai, intervint Maggie. Et s'il vous plaît, j'aimerais discuter plus longuement avec vous de la vie de Livvy ici. Vous êtes sûrement la mieux placée pour m'en parler.

— Bien sûr. Quand vous voudrez.

Katie nota son numéro de téléphone sur un Post-it, que Maggie rangea dans son sac. En voyant Olivia enfiler son manteau, elle mesura combien elle souhaitait garder le contact avec elle, savoir comment elle reprenait ses marques à la maison, s'assurer que cette histoire se terminait vraiment bien.

— Je peux dire au revoir aux bébés aussi ? demanda Olivia à la cantonade.

— Quel bébé ? demanda Colin.

— Jennifer Marshall a accouché de jumeaux vers la fin octobre, expliqua Katie, qui lut aussitôt un ressentiment amer sur le visage de Maggie. Ils sont à l'hôpital, leur grand-mère va venir les chercher.

— Elle attendait des *jumeaux* et elle a enlevé Livvy ! s'exclama Maggie.

La douleur perceptible dans sa voix donnait une idée de ce qu'elle avait subi.

— Il s'agit de toute évidence d'une femme très perturbée, intervint Howard, qui venait de réapparaître sur le seuil.

— Votre collègue a pu lui parler ? s'enquit Katie.

— Non, seulement à Phillip Marshall, très brièvement. Il a reconnu avoir retenu Olivia ici. Il nous a chargés de vous dire qu'il est désolé. J'imagine qu'il tentait de maintenir sa famille unie.

— Une famille unie... Je crois que je préfère ne pas entendre ce genre de choses, dit Maggie.

Katie lui posa une main sur l'épaule.

— Alors, je peux dire au revoir aux bébés ? demanda encore Olivia.

Consciente du malaise que provoquait cette demande chez Maggie et Colin, Katie décida d'intervenir :

— Tu sais, il est trop tard pour ce soir. Tout va bien se passer pour Lara et Daniel. Leur mamie va aller les chercher et puis ils vont passer du temps chez elle.

Elle se releva et sourit au « Merci » que lui souffla Maggie.

Cinq minutes plus tard, ils étaient partis. Katie resta sur le trottoir en compagnie de Howard, à saluer de la main la voiture des Granger qui s'éloignait. Ce ne sera plus pareil, sans elle, pensait-elle. L'école primaire de Polpayne Castle sans Hailey. Mais c'était merveilleux pour Olivia. Il lui faudrait choisir ses mots avec soin pour annoncer la nouvelle à la classe. Tout cela s'étalerait dans les journaux, dès le lendemain peut-être, et Dieu sait en quels termes l'histoire serait rapportée. Mieux valait que les parents soient présents aussi le lundi matin. Elle allait convoquer une cellule d'aide psychologique pour les deux premiers jours. Elle appellerait Jeanette McCallum dès son retour à la maison, puis commencerait à organiser ce qui marquerait un des grands temps forts de la classe.

— Que va-t-il se passer maintenant ? demanda-t-elle à Howard.

— Je ne sais pas trop, répondit-il avec une grimace. Phillip Marshall sera mis en examen, bien sûr, mais c'est Jennifer qui a agi, et malheureusement on vient de m'apprendre qu'elle est décédée. Je ne voulais rien dire devant Olivia ; elle aura le temps d'apprendre tout ça lorsqu'elle sera de retour à la maison. Phillip se remettra.

Il fixa la route à l'endroit où la voiture avait disparu.

— Vous croyez que Livvy ira bien ? Qu'elle est assez forte pour surmonter tout ça ?

La boule réapparut dans la gorge de Katie.

— D'une certaine manière, oui. D'ici quelques années, il se pourrait qu'elle ne se souvienne plus vraiment, même si cela l'aura forcément changée. Ils vont tous devoir reconstruire leur vie.

Howard hocha la tête et récupéra ses clés de voiture. Katie se dirigea vers son propre véhicule.

— Merci pour tout, Howard. Vous viendrez à notre petite fête à l'école, n'est-ce pas ?

Howard se tourna vers elle, un immense sourire aux lèvres, et, à nouveau, elle put lire dans ses yeux une profonde satisfaction.

— Essayez de m'en empêcher, pour voir.

15

Phillip s'adossa à son siège. Le train filait à travers la campagne. Depuis le vendredi précédent, il retrouvait le bonheur d'être un homme libre. Son séjour en prison avait été difficile, les autres détenus l'avaient surnommé « le pédophile ». Ils savaient pourtant tous que ce n'était pas la vérité, sans quoi les représailles ne se seraient pas limitées aux insultes et à l'ostracisme.

La culpabilité continuait de l'écraser. Ses actes avaient causé tant de souffrances... pour Hailey et sa véritable famille d'abord, mais aussi pour ses propres enfants, qui avaient vécu les deux premières années de leur vie avec leur grand-mère plutôt qu'avec leur père. Et puis pour Jennifer, bien sûr, qui ne serait pas morte s'il avait agi autrement.

Deux années de prison avaient soldé sa dette vis-à-vis de la société, il pouvait désormais envisager un nouveau départ. Il devait cette chance aux jumeaux. Jamais il n'oublierait leur expression lorsqu'il était arrivé chez Bea la semaine précédente. Pour eux, il était un inconnu. Lara avait sympathisé très vite, mais il avait fallu tout le week-end pour que Phillip et son fils deviennent « papa » et « Danny ». Cela semblait impossible, mais il devait maintenant laisser le passé derrière lui et bâtir une belle vie pour eux trois.

Cependant, il ne pourrait s'y atteler qu'après s'être assuré que Hailey allait bien. Il se sentait incapable d'avancer dans la vie sans savoir, sans voir, rien qu'une fois, qu'elle avait survécu au traumatisme et retrouvé le bonheur.

« Très, très mauvaise idée, Phillip », avait dit Bea.

Et elle avait raison. Approcher les Granger et s'enquérir de leur enfant n'était pas une option.

Phillip descendit en gare de Plymouth. Il ne lui restait plus qu'à trouver le bus pour Carlton Bridge. Il n'avait pas prévu de se rendre chez les Granger, simplement d'attendre devant l'école primaire pour apercevoir Hailey à l'heure de la sortie. Il ne comptait pas lui adresser la parole et il prendrait garde à ce qu'elle ne le remarque même pas – voir de ses yeux qu'elle allait bien suffirait. Bien sûr, il ne pouvait pas être sûr qu'elle serait présente, mais il tenterait sa chance.

Le bus le déposa à l'angle de la rue où était située l'école primaire de Carlton Bridge. Il alla se poster près du marchand de journaux, en face des grilles, où il pouvait faire mine de consulter les petites annonces en vitrine. Dix minutes devraient suffire, après quoi il s'en irait rejoindre Bea et les jumeaux le cœur plus léger.

La cloche de l'école retentit peu après, stridente, et bientôt les premiers élèves surgirent dans la cour pour se précipiter vers la petite foule d'adultes qui patientaient devant le portail. Avec empressement, Phillip scruta les visages des fillettes. Il était certain de reconnaître Hailey au premier coup d'œil. Même avec des cheveux plus longs et deux ans de plus, elle resterait cette petite fille dont il s'était occupé.

Le flot d'écoliers se fit plus dense. Il y avait beaucoup de petites filles brunes, toutes à peu près de la même taille, et aucune Hailey parmi elles. Il en suivit une des yeux qui partait avec son grand frère. Livvy avait un frère, mais était-ce elle ? Il était incapable d'en avoir la certitude. Ou alors était-elle dans cet autre groupe de filles un peu plus âgées, là-bas ?

Les enfants bavardaient avec animation, entre eux ou avec leurs parents. Phillip recula davantage sous le porche de la boutique. Il ne fallait surtout pas qu'on le voie ici et ce n'était pas parce qu'il n'avait pas repéré Maggie Granger qu'elle n'était pas là. L'expression sur son visage lorsqu'elle l'avait fixé, le dernier jour du procès, le hanterait à jamais.

Il ne restait plus beaucoup d'enfants, maintenant. Un garçon courut vers une femme qui attendait près d'une voiture tout près de Phillip.

— Jess ! Qu'est-ce que tu fais là ? Où est maman ?

— Elle a dû emmener Slinky chez le véto. Il a une épine coincée dans le palais, répondit la femme en lui ouvrant la portière du passager. Alors vous restez avec moi, tous les trois, en attendant. Où est ta sœur ? Ah, la voilà. Allez, on se presse, coquinette. Ta maman t'autorise à donner le biberon à Tommy pendant qu'elle est chez le vétérinaire.

Une petite fille aux cheveux sombres fonça jusqu'à la voiture, jeta son cartable sur la banquette arrière à côté d'un siège auto.

— Pourquoi elle est chez le vétérinaire ? Dis donc, Tommy, il est à moi, Vieux Nounours ! Arrête de baver dessus. Jess, je peux…

La fillette avait à peu près la bonne taille, des cheveux de la bonne couleur, des traits délicats, mais Phillip hésitait car rien dans son comportement ne lui rappelait son Hailey, si calme, si timide, si polie. Elle claqua la portière et la voiture démarra.

— Phillip ? Ça va ? Bea m'a dit que tu venais ici. Tu n'as pas fait de bêtise, au moins ? Allez, monte en voiture.

C'était Thea. Elle s'était montrée solide comme un roc en soutenant Bea ces deux dernières années, après la mort de Jennifer, puis pendant le procès, et enfin avec les jumeaux. Elle avait même rendu visite à Phillip en prison.

Lorsqu'il lui répondit, il avait des larmes dans la voix.

— Elle n'était pas là, Thea. Je ne l'ai pas vue.

Elle posa sur lui un regard apaisant.

— Phillip, la petite fille que tu cherches n'existe plus en dehors de ton esprit.

Phillip monta en voiture et Thea fit demi-tour pour reprendre la route de Torquay. Il savait qu'elle avait raison. La seconde Hailey rejoindrait la première, saine et sauve dans son cœur. Thea lui sourit chaleureusement et il prit une grande inspiration.

C'était sa deuxième chance, à lui de la saisir.

Il était temps de rejoindre ses enfants, Lara et Danny. Temps de repartir de zéro.

Remerciements

Une mer si froide a mis près d'une décennie à éclore. Je ne peux même pas compter le nombre de personnes qui m'ont encouragée à aller jusqu'au bout, merci à tous.

Un grand merci à toute l'équipe de Legend Press, pour son soutien, sa patience et tout son travail en général.

J'embrasse mes fils, Matthias et Pascal, mes experts en informatique, c'est à Pascal que je dois notamment mon site internet.

Un coup de chapeau à Olivia Azoughe, qui m'a inspiré l'Olivia de ce livre ; ainsi qu'à Christine Grant, pour son aide inestimable avec les procédures de police.

À ceux qui, en Cornouailles, il y a des années de cela, ont offert à l'enfant venue de Glasgow que j'étais ces vacances inoubliables dans le plus bel endroit qu'elle ait jamais vu. Grâce à l'écriture de ce livre tout m'est revenu : les images, les sons et les odeurs des Cornouailles.

Pour terminer, et ils n'en sont pas moins importants, loin de là, une pensée pour mon armée de « *Card people* » – continuez comme ça !

Imprimé en France par CPI en avril 2017

N° d'impression : 139631
Dépôt légal : mai 2017